十年踪迹十年心

纳兰词中的初恋痕迹

> 人生若只如初见,
> 何事秋风悲画扇?
> 等闲变却故人心,
> 却道故人心易变。
> 骊山语罢清宵半,
> 泪雨霖铃终不怨。
> 何如薄幸锦衣郎,
> 比翼连枝当日愿。
> ——木兰花令

梅边吹笛 著

重庆出版集团 重庆出版社

图书在版编目(CIP)数据

十年踪迹十年心：纳兰词中的初恋痕迹 / 梅边吹笛
著. —重庆：重庆出版社，2012.8
　　ISBN 978-7-229-05087-0

　　Ⅰ.①十… Ⅱ.①梅… Ⅲ.①纳兰性德（1654～1685）
—词（文学）—诗歌研究 ②纳兰性德（1654～1685）
—人物研究 Ⅳ.①I207.23 ②K825.6

中国版本图书馆CIP数据核字(2012)第067810号

十年踪迹十年心：纳兰词中的初恋痕迹
SHINIAN ZONGJI SHINIAN XIN:NALANCI ZHONG DE CHULIAN HENJI
梅边吹笛　著

出 版 人：罗小卫
责任编辑：陶志宏　曾　玉
特约编辑：陈瑞侠　陈忠涛
责任校对：杨　婧
装帧设计：凌云工作室

重庆出版集团
　　　　　　出版
重庆出版社
重庆长江二路205号　邮政编码：400016　http://www.cqph.com
安徽省快马印务有限责任公司印刷
重庆出版集团图书发行有限公司发行
E—MAIL：fxchu@cqph.com　邮购电话：023—68809452
全国新华书店经销

开本：570mm×860mm　1/32　印张：7.5　字数：180千字
2012年8月第1版　2012年8月第1次印刷
ISBN 978-7-229-05087-0
定价：21.80元

如有印装质量问题，请向本集团发行公司调换：023-68809955转8005

版权所有　侵权必究

南乡子

飞絮晚悠飏,
斜日波纹迤画梁。
刺绣儿女楼上立,
柔肠。
爱看晴丝百尺长。

风定却闻香,
吹落残红在绣床。
休堕玉钗惊比翼,
双双。
笑唤苹花绿满塘。

木兰花令
——拟古决绝词

人生若只如初见,
何事秋风悲画扇。
等闲变却故人心,
却道故人心易变!
骊山语罢清宵半,
泪雨霖铃终不怨。
何如薄幸锦衣郎,
比翼连枝当日愿。

梦江南

昏鸦尽，
小立恨因谁？
急雪乍翻香阁絮，
轻风吹到胆瓶梅。
心字已成灰。

梦江南

昏鸦尽，
小立恨因谁？
急雪乍翻香阁絮，
轻风吹到胆瓶梅。
心字已成灰。

鹊桥仙

梦来双倚，醒时独拥，
窗外一眉新月。
寻思常自悔分明，
无奈却、照人清切。

一宵灯下，连朝镜里，
瘦尽十年花骨。
前期总约主元时，
怕难认、飘零人物。

目录

初恋，那最深的伤口	1
一生一代一双人	5
吹落残红在绣床	12
多少怨眉愁睫	15
瘦尽十年花骨	21
谁翻乐府凄凉曲	25
几番空照魂销	30
薄衾寒凉	34
便是有情当落日	38
余寒欲透缕金衣	41
樱桃一夜花狼藉	44
可怜人掩屏山睡	48
尽教残福折书生	51
花骨冷宜香	55
青衫湿一痕	58
退粉收香情一种	62
今夜相思几许	66
若解相思	70
独自立瑶阶	74
从此簟纹灯影	77
相逢不语	81
又误心期到下弦	84
昨夜个人曾有约	88
凄凉满地红心草	92
半生已分孤眠过	95
摘花销恨旧风流	99
还剩旧时月色在潇湘	102
时节薄寒人病酒	105
曾照个人离别	109
荒鸡唱了	112
休孤密约	116

空作相思字	192
银汉难通	195
今夜冷红浦溆	198
肠断黄昏	201
回廊一寸相思地	206
寻常风月	210
绣被春寒今夜	215
此情已自成追忆	219
人生若只如初见	226

片月三星	121
总是别时情	126
夜雨做成秋	131
梦见犹难	135
为伊判得憔悴	138
割取秋潮	141
珊枕泪痕红泫	144
昨夜香衾觉梦遥	147
春欲尽纤腰如削	150
心期便隔天涯	155
满地梨花似去年	160
心已成灰	164
肠断天涯	169
一片幽情冷处浓	174
瘦断玉腰沾粉叶	177
可惜春来总萧索	183
帘外落花红小	188

初恋，那最深的伤口

　　隔了三百多年云烟，在一片梨花纷飞里，你听到了纳兰容若心碎的声音吗？那电闪雷鸣的瞬间，那岩石撕裂的瞬间，有玉佩落地的声音，你能够听见吗？

　　在北京后海渌水亭那几株昼开夜合的树下，低过红唇的温柔越来越远，手掌已长满荆棘。故事里的凄苦，在大片绚丽投下的阴影中，默然不动。灯火都阑珊了，你是否看见了他凄凉的背影？是否看见一朵凋谢的火焰形成某种隐喻？

　　纳兰容若，满洲正黄旗人，康熙王朝权臣明珠的长子，皇家禁卫军一等侍卫（少将），一生淡泊名利，善骑射、好读书、擅长于词。他的词以"真"取胜，以情写真，独步清代词坛。这位中国历史上最杰出的"官二代"兼"富二代"、古今伤心人，一生为情所困，三十一岁便撒手人寰，如烟花一般闪过清初的天空，留下四百多首清冷的词。

　　生于繁华，却尝透凄凉。这是怎样一种宿命？

　　初恋是人生最美好的炊烟，注定要飘渺而去。纳兰容若的初恋，就是人世间最恍惚、最美丽的错误。

　　在历史的风沙里，纳兰容若的初恋一直扑朔迷离。清代著名人士无名氏曾在一篇日记里记录："纳兰眷一女，绝色也，有婚姻之约。旋此女入宫，顿成陌路。容若愁思郁结，誓必一见，了此风因。会遭国丧，喇嘛每日应入宫唪经，容若贿通喇嘛，披袈裟，居然入宫，果得彼妹一见。而宫禁森严，竟不能通一语，怅然而出。"

　　但这个记载因为不属于正史，没有经过官方认可，始终被权威文化所排斥。对于纳兰容若的初恋及初恋情人，史料蹊跷地出现了空白。而各种版本在民间闪烁其词。有传言：纳兰容若有一个十分漂亮的表妹，叫雪梅，曾经寄养在他家。两人青梅竹马、两小无猜，后来，雪梅按例参选宫女，被选上，两人顿成陌路。那年，十九岁的纳兰悲痛成疾，卧床数月。病愈之后，他郁郁寡欢、深居简出。时任刑部尚书的徐乾学曾回顾当时，说纳兰容若："闭门扫轨，萧然若寒素。客或诣者，则避匿。"

这段夭折的初恋就是纳兰容若终身不愈的暗伤。

在纳兰容若留下的词里，可以发现大量对于初恋的追忆和悲叹。这一切都指涉这样的真实：一场神魂颠倒的初恋被某种不可抗拒的力量挫断。由此，纳兰容若陷入无尽的悲伤里，始终不能自拔。

"人生若只如初见，何事秋风悲画扇？等闲变却故人心，却道故人心易变。骊山语罢清宵半，泪雨霖铃终不怨。何如薄幸锦衣郎，比翼连枝当日愿。"（木兰花令）当中蕴含的无奈和苦楚无法比拟。那些情感的羽毛、那些忧伤的音阶在回望中纠缠，在纳兰容若的低吟中，正流失成一缕清香。原来，原来，我们最后的结局，只是"比翼连枝当日愿"啊。

这首词，是对初恋的悲叹，读起来，有一种沉重的疼痛，久久徘徊不去。这首词也是对不能"执子之手，与子偕老"的控诉。不过，在这种控诉当中，除了怀念，还有说不尽道不完的哀痛。而在梨花飘零的时节，初恋的花瓣静悄悄地遗落，凄婉、迷茫，唯有暗香盈袖。

落英缤纷里，那些若即若离的梨花，始终是一段黯然伤神的独白。

这些都是真的吗？考证派在康熙皇帝后宫花名册里，怎么也没有找到纳兰容若这个叫雪梅的表妹，唯有康熙大帝的惠妃与纳兰容若沾亲带故。叶赫那拉氏惠妃是康熙皇帝宠爱的妃子，为康熙生了两个儿子，其中一个还是皇子中的大阿哥。她与纳兰容若是没出五服的堂兄妹，而且，她是在纳兰

十五岁那年入宫的,与纳兰的生平和他的初恋词的情感流露存在时间差。整合这些条件,她与纳兰的相恋线索缺乏有力的支撑。就此,考证派一致认为,纳兰的初恋情人系宫人之说纯属子虚乌有。

在中国历史选择性忽略的记载纲领中,指涉皇族的事件必须坚持正确的舆论导向。所谓的正确,是以维护皇族利益为核心内容的。在有关历史文献里,对纳兰容若无果的初恋都是肯定的,但对他的初恋对象却始终讳莫如深。这本身就说明了问题。

在康熙大帝早期的治理生涯中,纳兰容若的父亲明珠一直被康熙所倚重,权倾朝野。生于富贵之家,纳兰容若要风得风,要雨得雨,更何况他仪表堂堂,精于骑射、长于诗词,文武双全。这种种优越的条件竟然无法捍卫一场初恋,可见拆散他们的力量是何等强大。除了皇权,还有什么是明珠不能战胜的?

纳兰容若的初恋情人纵然不是那拉氏惠妃,为什么不可以是一个宫女?宫妃和宫女,其实是两个不同的概念。宫妃是皇帝的记名老婆,宫女是皇宫里的工作人员,侍候皇族贵人。纳兰的外公英亲王阿济格是清太祖努尔哈赤第十二子,清朝著名的开国功臣,后因宫廷斗争被囚自尽。家道中落,留下的后代慢慢衰落了,纳兰母亲觉罗氏的姐妹或者嫁了一个稍有地位的包衣佐领,家庭成分低下。根据清朝的戒律,包衣的后代只能入选宫女,于是,表妹应征入宫,当上了宫女。

宫女地位卑微,被历史资料忽略合情合理。其他的问题,需要想象。

雪梅,纳兰词里呼之欲出的这个柔软的名字,一直在他心底蜗居,成为始终无法拔出的刺,无论是呼吸还是屏息都痛心疾首。

"人生若只如初见,何事秋风悲画扇"这不是随发的阐释,而是闭合的空间诉求,纳兰在这个限度里反复哭泣,"枕函香,花径漏。依约相逢,絮语黄昏后。时节薄寒人病酒,划地梨花,彻夜东风瘦。"（鬓云松令）他在枕函、花径、黄昏的秩序中接近语词的真相。而又在彻夜东风的骚动声里发现明天离爱情越来越遥远。这是无比痛苦的拟喻，在触手可及的世界里遭遇最渺茫的情感，所有的寄托都无所适从。

皇墙阻隔了一对恋人的未来。这是多么的无奈！诞生于寂寞，诞生在花落的天际，在春暖花开的季节，遇到了令人感动的回眸，那一份刻骨铭心的美丽。可是，世事无常，深情易被雨打风吹去，除了望眼欲穿，什么也没有。纳兰只能在暗夜里谱写了一段又一段的只有自己能够听得懂的暗香心曲。

在情感的迷津里颠沛流离是纳兰词的主要特色。这个贵显公子崇尚爱情，却始终被爱情之手捉弄。初恋情人被无情拆散；相濡以沫的妻子过早夭折；情投意合的情人因身份悬殊而不被家庭接纳。幸福似乎一直与他南辕北辙。倾听他凄楚的呢喃，世界慢慢变得更加柔软、湿润。初恋，青春的第一次颤动，人生最纯净的柔情，在纳兰词发黄的书简里流连。爱情啊，多么美丽，触手可及，却始终无法把握。

夜深了，风寒露冷，一切似乎葬于月色。他站在时光的深处，像一只静候回家的鸟。寒雾滑过潮冷的青石，落在他的额头。最接近沉默的，是一阵料峭的风，或者，怀念是风中唯一的词语。

一生一代一双人

一生一代一双人,争教两处销魂。
相思相望不相亲,天为谁春。
浆向蓝桥易乞,药成碧海难奔。
若容相访饮牛津,相对忘贫。

——画堂春

当你老了的时候,坐在轮椅上,用空洞的眼睛张望空洞的岁月。一生忙碌,心底竟然没有一个柔软的角落存放一次回眸、一份诗情、一段悸动、一行湿漉漉的文字,无疑是一段枯燥的生涯。

让我们慢下来,梳理情感的羽毛。一群音符在回首中纠缠,忧伤的泪水,润湿一阕古典的爱情。从纳兰容若第一个颤音开始,十里红尘,青春已流失成一缕清香。低过红唇的温柔越来越远的时候,手掌已长满荆棘。故事里的凄苦,在大片绚丽投下的阴影中,默然不动。灯火都阑珊了,你是否看见了他凄凉的背影?是否看见一朵凋谢的火焰形成某种隐喻?

康熙十七年(公元1678年)春节,二十四岁的三等侍卫纳兰站在乾清宫门口,远远望见表妹雪梅在皇室的家宴上,在川流不息的宫妃里,楚楚动人而郁郁寡欢。傍晚时分,乾清宫丹陛左右的万寿天灯闪烁着,灯光映照在旁边对联的金字上,使幽暗的夜晚格外透亮。

此时此刻,纳兰的心里百味杂陈。除了一丝狂乱的悸动,更多的是辛酸、痛楚,还有悲愤。至高无上的皇权是无法抗衡的。纳兰痛不欲生,却又束手无策。痛苦、憋屈、愤怒和无奈交织在一起,成就了这首绝唱。

"一生一代一双人,争教两处销魂。"这是质问,也是抱怨,更是控诉,是对命运和皇权的痛斥。五年前,也就是康熙十二年（公元1673年）二月，纳兰顺利通过了会试（相当于全国统考），成为贡士。正准备一鼓作气拿下殿试，考取进士，敲开那扇铺往锦绣前程的大门时，他青梅竹马的表妹被选进皇宫做了宫女。纳兰邪火攻心，引发了寒疾，卧床不起。这种因寒冷、风湿而导致的恶疾，很难彻底治愈。从此，情伤与寒疾双管齐下，如影随形地折磨他到生命的终点。

纳兰容若，满清第一公子。生于繁华，却尝透凄凉。

许多学者经过认真负责的考究，认为纳兰初恋情人雪梅入宫一事纯属子虚乌有。他们在清代康熙皇帝有记载的嫔妃的身世里苦苦寻觅，查找与纳兰有户籍关系的嫔妃，查来查去，查到纳拉氏惠儿与纳兰有亲戚关系，有人说是堂姑，有人说是堂姐，半天没有扯清楚。真实的情况是：惠妃是叶赫部末代首领金台石长子德尔格勒的孙女，纳兰是他另外一个儿子尼雅汉的孙子，他们是第三代旁系血亲，也就是堂兄妹。

史料记载，纳拉氏初封庶妃，康熙九年生了皇子承庆，照这个记录推算，她至少在康熙八年就进了宫，而这年，纳兰才十五岁，虽然同属一个曾祖父，当时，惠儿的父亲不比纳兰的父亲明珠混得差，也就没有寄养在明珠家的可能，就算走走亲戚，也不可能像纳兰词描绘的那般经常在夜里幽会。种种资料表明，纳兰的初恋情人不可能是惠儿。

这个推断我同意。让我纳闷儿的是为什么所有的人都把目光投向皇妃们，纳兰初恋的蛛丝马迹为什么不能闪现在宫女的背影里？

宫妃和宫女，其实是两个不同的概念。宫妃是皇帝的记名老婆，宫女是皇宫里的工作人员，侍候皇帝、皇后、嫔妃、公主、阿哥等人。上层的为宫中女官，下层的为普通奴

仆。顺治十八年（公元1661年），清朝将秀女和宫女分开。秀女是八旗官员的女儿，可以选为妃嫔或指配给宗室王公大臣的子弟；宫女是内务府包衣佐领们家的女儿，地位较低，供内廷役使。

纳兰的母亲觉罗氏是英亲王阿济格的女儿。阿济格是清太祖努尔哈赤第十二子，清朝著名的开国功臣，后来因皇室内部斗争被囚自尽。留下的后代慢慢衰败了，有亲戚投靠正在崛起的明珠也很正常。

纳兰的表妹就是这样出现的。家道中落的觉罗氏的姐妹嫁了一个稍有地位的包衣佐领，地位也许有了，但家庭成分低。

包衣，是满语奴才的意思，是满族的战争俘虏、罪犯、负债者这些群体，为上层统治阶级贵族所占有。清朝入主中原后，包衣有因战功等而置身于显贵的，但对其主子仍然保留其奴才身份。包衣的后代只能入选宫女。

于是，纳兰有表妹去当宫女就完全有可能。宫女地位卑微，被历史资料忽略合情合理。其他的问题，需要读者自己去想象发挥了。

"一生一代一双人，争教两处销魂"，明明天造地设一双人，偏要劳燕分飞，两处黯然神伤。为什么相亲相爱的人不能共同厮守在一起，恩爱一生？这样的句子，不需要语不惊人誓不休的推敲，完全是脱口而出、素面朝天。这是化用唐朝诗人骆宾王《代女道士王灵妃赠道士李荣》诗中成句"相怜相念倍相亲，一生一代一双人"，但表达的是截然不同的意义，骆宾王赞誉一段旷世之恋，纳兰痛诉一对天生恋人被命运拆散。

唐朝武则天时代，阴盛阳衰，在女皇帝武媚娘和太平公主以身作则下，世风更为奔放，男欢女爱，百无禁忌，道观也成了一方乐土。长安有个道观，一个年轻貌美的女道士王灵妃毫无悬念地爱上了富有才华的道士李荣，两人经常幽会，缔结鱼水之欢。

后来李荣玄游蜀中，守在道观的王灵妃苦苦思念，正好青年作家骆宾王到此一游，她就请他代笔，表述自己对李荣的无限相思。骆宾王才思敏捷，挥笔写下了这首洋洋洒洒的诗。诗很长，复制过来浪费空间，反正知道纳兰这著名的词句是借化骆宾王的就成了。

爱情多么美好，那些情感的碰撞、那些缠绵、那些眼底跳跃的渴望、那一低头的温柔、那像两个志忐的动词纠缠不休的甜蜜，让多少人沉湎其中，又念念难忘。而人生无数的痛，就因这样的甜蜜被无情的力量硬生生中断。

纳兰把一种优美推向悲痛的境地，在强烈的落差里，给人一种心口被子弹击中的痛。"一生一代一双人"后，仅仅加了一句"争教两处销魂"，意义突变，使词语显示出悖谬，张扬出跌宕起伏的情感波折。"天为谁春"是生命、情感、灵魂的维权意识觉醒。在对骆宾王的诗句进行了深加工之后，词意在逆转过程中提升，青出于蓝而胜于蓝。

就技术层面上来说，这首《画堂春》的上片用词爽朗、意出不凡。但下片接连用典，显得生涩了。词一般以频繁用典为大忌，小令更是如此，这是通例。我想，恐怕是因为涉及到与皇帝争风吃醋的这种百年难遇的事件，得掩饰一些。

"浆向蓝桥易乞"为倒装句，实际上是"向蓝桥乞浆易"，意思是，到蓝桥求一碗稀饭容易，与下面的"药成碧海难奔"形成对偶，一句一典。

"浆向蓝桥"这个典故出自唐代裴铏所作小说《传奇·裴航》。传说唐朝秀才裴航因科考落榜，到荆楚一带游玩散心。老朋友崔相国热情接待了他，一尽地主之谊，离开时，还送了他二十万铜钱作为路费。二十万铜钱在唐朝不是一笔小数目，可以买二十万斤大米，差不多可以装两个火车皮。那时候，还没有纸币、银票什么的，裴航挑着铜钱，买了船票登船回家。同船的有一个贵妇樊夫人，雍容华贵、美

艳逼人。手头有了这么一大笔钱财,裴秀才腰杆子笔挺笔挺的,难免心思奔放。他贿赂樊夫人的侍女转送了一首情诗,表达爱慕之情。那首情诗水平一般,倒也直爽,一片心猿意马淋漓尽致。

情诗递去后,泥牛入海无消息。裴秀才大不甘心,船途中停靠码头时,他下船咬牙捡贵的买了许多美酒和水果送去。樊夫人耐不过他再三纠缠,约他正式面谈,婉转地拒绝了他,并送上一首离奇的小诗:"一饮琼浆百感生,玄霜捣尽见云英。蓝桥便是神仙窟,何必崎岖上玉清。"

失望加羞愧,裴秀才下一站就下船坐马车改走陆路,与美艳无双的樊夫人分道扬镳。行至蓝桥驿(今陕西蓝田县境内)时,因口渴求水,偶遇一位名叫云英的美女,又一见倾心。这时,裴秀才想起樊夫人的小诗,若有所悟。他急忙从麻袋里掏出一大把铜钱向云英求婚。云英姑娘的老娘很有经济头脑,她说:"想娶我的女儿嘛,也不是不可以,但你得给我找来一件叫做玉杵臼的宝贝,我要用来捣药。"有钱好办事,一个月后,裴秀才终于花大价钱买来了玉杵臼,娶了美女云英。

"药成碧海难奔",用的是嫦娥偷吃灵药奔月的典故。嫦娥是远古神射手大羿的老婆,根据能者多劳的原则,大羿为了天下太平和民众的幸福,到处征战,《山海经》里记载他镇压凿齿族,杀死怪物封豨,甚至还射杀了帝俊的九个太阳儿子,以免他们制造的酷热危及人类的生命。由于他长年在外,顾不上家,嫦娥长期独守空房,面对无限难挨的寂寞,生出了离家出走的念头。她偷了大羿向王母娘娘要来的灵药,一个人飞到月亮上去了。历史上,也只有她飞上了月亮,天海茫茫,不是那么好渡的。

两句对偶,一易一难,凸显矛盾。纳兰分明说:像裴航那样的际遇于我而言并非什么难事。纳兰家有的是银子,求一件珍奇异宝抱得美人归,不是难事。但他哀叹,但纵有不死之灵药也难上青天,暗喻宫禁森严,与情人很难相会相亲。

"若容相访饮牛津,相对忘贫。""饮牛津"用的是晋代张华《博物志》的典故,说的是天河与大海相通,海边的老百姓年年八月,都看见木筏来来去去不亦乐乎,不知在倒腾什么。

后来,有一个探险家漂洋过海,寻求古老传说的真谛。也不知漂了多久,这一天,他漂到了一个岛上,只见城郭和屋舍,女人们都在织布机前忙碌,有一名农家汉子牵着牛在水边饮水,他问这里是什么地方,农家汉子告诉他:"你回到蜀郡问严君平就知道了。"

这位探险家带着疑惑回去找到严君平。严君平是当时著名的神算,上通天文,下晓地理。严君平掐指一算,说:"某年某月,有客星犯牵牛宿。"探险家这才知道自己到了天河边,那个其貌不扬的农民就是牛郎,他在天河边买了一套"经济适用房"长期住下,便于每年"七夕"之夜,与织女金风玉露一相逢。

纳兰使用这个典故,表达自己坚持不懈的决心。纵然与恋人可遇而不可求、可望而不可亲,也要去守候。哪怕抛弃繁华家世、放弃世间名利,穷困潦倒,也要等待着与恋人相依相亲,相濡以沫。

为捍卫初恋那一缕洁净的情怀,纳兰宁可放弃荣华富贵,耗尽一生去等待。弱水三千,我只取一瓢饮。《红楼梦》里,贾宝玉曾对林黛玉如此说过。

在初春依然料峭的夜风里,纳兰似乎在低语:伊人,悄悄想你的双唇,那是唯一可以回味的温度。想你纤指柔情曾透过夜雾,仿佛穿越轮回的梦。

谁将我们相隔成两个空间,近在咫尺却似远隔天涯?你我只能相望不能相见,相见不能相爱,相爱不能相守,相守不能白头。

夜深了，风寒露冷，一切似乎葬于月色。他站在时光的深处，像一只静候回家的鸟。寒雾滑过潮冷的青石，落在他的额头。今晚，谁在蓝桥遗恨绵绵？谁化云为雨覆在谁的掌下？最接近沉默的，是一阵料峭的风，或者，等待是风中唯一的词语。

透过骨头的春寒与心底的凄凉交错，这世界，真的寒透了！

吹落残红在绣床

飞絮晚悠飏，斜日波纹迎画梁。
刺绣儿女楼上立，柔肠。爱看晴丝百尺长。
风定却闻香，吹落残红在绣床。
休堕玉钗惊比翼，双双。共唼苹花绿满塘。
　　　　　　　　　　　——南乡子

这首词笔调轻灵，语出自然，描绘了少女怀春的生动形象。上片先是绘景，淡笔勾勒出夕阳下柳絮纷飞，池水映照着画梁的倒影。而后再把刺绣女子推进画面，犹如一幅写意画。接下去再用"爱看晴丝"这个痴痴的情形，揭露她春怀寂寂的心态。

傍晚时分，柳絮轻扬，夕阳的斜晖照在湖面上，湖边房屋的倒影在涟漪里影影绰绰。这是一个灵动的画面，在黑夜将至未至时，天色慢慢暗下来了，渐渐柔弱的回光返照里，一切又异常清晰。此时此刻，正是一种思绪蔓生的时机。在这样的背景里，出现刺绣女子的剪影，这样的画面在"花间词"里屡见不鲜。她站立着，凝视着细细的晴丝在风中漂浮不定。

晴丝，是指春天树枝上槐蚕吐的细丝，在空中飘游。周建人的小品文《白果树》里描述："北平的路旁常种着槐树或洋槐，叶上常生一种青色的幼虫，仿佛名叫槐蚕，它有时候吐出丝来，挂在半空里……"看着长长的虫丝在夕晖里晃着一丝光亮，是全神贯注的状态，是痴迷的状态，是百无聊赖的状态。"丝"是"思"的谐音。那就是春思，少女怀春的暗喻。

明末戏曲家汤显祖的名作《牡丹亭》"惊梦"这出戏里，杜丽娘有一段著名的唱腔《步步娇》："袅晴丝吹来闲庭院，摇漾春如线。"描述春天的院子里，一条虫丝被风吹

下来袅袅地飘着，春光就像线那么细细一条。杜丽娘从随风飘荡的游丝里，感到春光的短暂，由此而联想到青春易逝。一个少女顾影自怜的情态呼之欲出。

《牡丹亭》是昆曲的绝唱，汤显祖塑造的女主角杜丽娘不知招惹了多少人的泪水。这个才貌端妍、出身富贵的女子，缠绵而执著地追求爱情，情不知所起，一往而深。她公然宣称："这般花花草草由人恋，生生死死随人愿，便酸酸楚楚无人怨。"

怀春少女是痴迷的。词里这个刺绣女正是如此。她柔肠百结，看着窗外若隐若现的虫丝发呆。顺便说一下，她不是专业的刺绣女，像苏州"王记"梅花刺绣庄，江南织造织绣作坊里的刺绣女工那样，而是学习做女红的女子。

中国三千多年的农业社会，形成了男耕女织的传统，女子从小学习描花刺绣，纺纱织布，裁衣缝纫等女红活计。特别是到了明清时期，社会对于女性的要求，以"德，言，容，工"等四个方面的标准来衡量，其中的"工"指的就是女红活计。从前，不提倡女人读书，怕女人读了书，懂的事情多了，想入非非，不好控制。所谓"女子无才便是德"，就是要求女人服服帖帖听男人的话，在家化化妆、绣绣花、睡睡午觉算了。所以，这个女子能够做的最有意义的事，也就是刺绣了。

下片承接上片的景况，由近及远，多方位地描绘刺绣少女的孤寂。"风定却闻香，吹落残红在绣床"，风止了，花香犹在。那曾被风吹进来的花瓣散落在绣床上，鲜艳夺目。既然是落花，再鲜艳也即将衰退。暗喻青春不久长。

古代简直就是宅女的天堂。未婚女子足不出户，几乎天天待在闺房里，但深闺锁不住春心。"休堕玉钗惊比翼，双双"，客观地叙述女子举起玉钗欲摔，忽然想起了什么，然后轻放下来的细节，刻画她担心惊飞了比翼鸟的微妙心理活动，反衬出她怀春的殷殷情意。

最后，把目光拉远，以景作结。"共喹苹花绿满塘"。苹花：浮萍的花，夏季开，白色，细小。浮萍是多年生草本。根状茎匍匐泥中，细长而柔软。唼，咬也，指水鸟双双对对一起吞食着满塘绿色的浮萍花，隐喻相亲相爱的情感生活。

青春无限美好，切莫等闲，白了少年头。

少年纳兰将心比心，从表妹含痴带娇的神态中去捕捉，琢磨她微妙的心理，其中有没有想当然的成分不好说，但总体来说，揣摩的方向正确，观察也细致。与其说是表妹怀春，不如说是纳兰自己。

多少怨眉愁睫

盼天涯，芳讯绝，莫是故情全歇？
朦胧寒月影微黄，情更薄于寒月。
麝烟销，兰烬灭，多少怨眉愁睫。
芙蓉莲子待分明，莫向暗中磨折。

——满宫花

  我手写我心。诗词是语言文字艺术，虚构、夸张的成分大，但万变不离其宗，离不开作者的生活基础及内心投射。就连李白那样天马行空的诗仙，把唐诗写得神出鬼没、飞扬跋扈，但也是把所见所闻进行语言放大或变形。即使是古代乌托邦经典著作《桃花源记》也没有放弃对生活的临摹。那个别有洞天的世界，宁静、秀丽、古朴、自然，渗透出陶渊明东山采菊的意境，也是他远离尘世、回归自然的心理支撑。

  纳兰与表妹那藕断丝连的恋情，那一程情深缘浅，走了这么久，这么艰难，到后来，会是怎样的结局？在许许多多有关推测和论证中，是以表妹不堪日久天长的思念，抑郁而终画上句号。这是不圆满的圆满，一段无法牵手的深情，以一种生命消失而获得至死不渝的结果，虽然痛心，但却能证明这份爱情的坚贞。爱的长度远远大于生命长度，人鬼情未了，完全符合人们的心理期待。

  我完全认同这样的感性渴望。在人们的生活事务里，需要情感、精神、意志等心灵软件去完善生命的意义。但这些与纳兰初恋的结局没有必然关系。在我的内心里，我希望并且接受这种无奈的结局认定。但事实并非如此，这让我很伤心，但也更让我迷恋这个孤独的多情人。

  纳兰的初恋情人并没有在深宫里郁郁而终，这段被皇墙隔着而如饥似渴的爱恋，最终在表妹转身的背影里降下帷幕。

  这不是真的，不是真的！在阅读纳兰那满是痴怨的词的时候,我一次次告诉自己,这些不是真的。十一年的相隔,十一年的相望,十一年放不下的心期,就这样无疾而终吗?

爱情最大的悲哀莫过于,让两个不可能相亲相爱的人抵死相恋,耗尽了心血,之后,形同陌路。

会有许多朋友不认同我的推断,且容我一一道来。诗词是生活沉积于内心的语言投射,古人写诗词,无论是描述还是抒怀、是远取譬还是近取譬,都不会是空穴来风、无稽之谈。就算是有难言之隐,也多是用些隐喻作为掩饰。

《满宫花》是一个使用频率非常低的词牌,从理论上来说,词牌的推广要具有一定的条件,首先是音律和谐优美,可唱性强。词牌就是词谱,是按曲谱而作出的。民间作品多数是入乐演唱的,所以只须依葫芦画瓢去作词,后来一些诗人兼音乐高手自己创造词调,后人跟着填词。再后来,一些不懂音乐或者音乐水平不怎么样的诗人也加入这个原创队伍,词牌就越来越多了。渐渐使词谱丧失了音乐性,成为纯粹的文字游戏。

但是,民间的歌还是要唱的,特别是宋代,城市文明得到了很好地发展,歌舞升平的活动比较广泛、普及,对音律的要求高。根据市场的需求选择法则,那些比较合乎演唱的专业词谱流行度自然就高,跟风填词的人也就越来越多。另外,词牌的流行也讲名人效应。像《虞美人》这个词牌,经南唐顶尖词人兼皇帝李煜填写后,流传的速度就是不一样。"问君能有几多愁,恰似一江春水向东流",千百年来,人们津津乐道。《满宫花》是晚唐割据王朝前蜀的官僚尹鹗所赋的宫怨词:

月沉沉,人悄悄,一炷后庭香袅。
风流帝子不归来,满地禁花慵扫。
离恨多,相见少,何处醉迷三岛?
漏清宫树子规啼,愁锁碧窗春晓。

词写得明浅动人，简净柔丽，可惜在音律技术方面存在一些缺陷，再加上名头不甚响亮，关注的人不多，这个词牌也没有产生经典之作。

既然如此，纳兰又为什么要选择这个生僻的词牌呢？我想，应该是与"宫"字有关，是在暗示某种事态。究竟是什么事态呢？再看词里透露的信息。

"盼天涯，芳讯绝，莫是故情全歇？"起首就是问，没有铺垫，没有迟疑，几乎是质问的口吻：我左盼右望，总没有你的消息，难道是我们的情缘到此为止？天涯，不是地理的跨度，而是时间的长度。

究竟是有缘无分，还是有爱无缘？或者是承受不了长久分离的煎熬，情淡心远，又或者是心有所属，这份坚持已久的爱恋无足轻重。曾经我们在梨花树下说过守望一生，仔细想来，一些已经告别久远的字句，模糊了的意象，却真的就在一闪之间，如那颤颤的风声雨滴里碰触潮湿青苔一样，一瞬而过，无以相牵。或许，凝住在记忆深处的情愫，会在光怪陆离的烟火绚烂以后慢慢静止。无论携手还是分手的路口，总会慢慢颓废成黑白的、单一的、无色无味的境地，缺的，只是时间。

于是，"朦胧寒月影微黄，情更薄于寒月"，这句，其实是质问。"情更薄于寒月"，很有晏小山的"人情薄于云水"的悲叹、哀凄、悲愤。纳兰在质问：为什么，你的情比寒月还薄？而我，此时，却仍然没能忘情于你。

情薄如淡淡的月光，所有相思相守的意念，最终抵不过时光如水。今夜情归何处？寒月朦胧，抱月无温，我踟躅的身影落叶一般苍黄，我的思念如秋夜惶恐的蝉鸣，那是最后的暗器，注定下落不明。

表妹入宫之后，纳兰虽然在乾清宫上班，还当上了二等侍卫（相当于禁卫军中校），有一定实权，出入宫廷比较方便，隔三岔五可以看见她，甚至还可以找机会幽会，两人趁着夜深人静的时候，战战兢兢地依偎着互吐衷肠。

肯定会有人认为这是胡说八道。皇宫戒备森严，他们如何能够见面、幽会？实际上，世界上有许多事就是这样微妙，越是危险的地方越是安全，所谓"灯下黑"，就是这个道理。

见面也罢，幽会也好，但那毕竟不是大张旗鼓的相亲相爱，那种监守自盗的惶恐，那种紧张，那种短暂，确实是很折磨人的。况且，表妹入宫已经十年，十年的等待，十年的相思，十年的煎熬，十年的寂寞，没有一种近似于痴迷的心态，是很难坚持的。

可不可以这样推测，虽然经过十年煎熬，表妹仍然是二十四五岁，还值青春年华，突然某天，被康熙皇帝宠幸了，有了转正的机会，命运似乎出现了转机，出于这种情况，她单方面中止了与纳兰相守的口头约定。又或者是表妹明白两人今生厮守无望，不忍心看见纳兰为自己神不守舍，郁郁寡欢，虚度他年轻的大好时光，决定自己一个人独自吞下这枚情感的苦果，故意疏远纳兰，让他死心，重新投入新的生活。

无论是哪一种可能，对纳兰的打击都是巨大的。这个伤心人饱经情感沧桑，在短短的青春岁月里，遭遇过痛失初恋，痛失爱妻的情感巨变，一个裘马轻肥、几乎无所不能的锦衣公子始终抗拒不了命运的摆弄。很多时候，一个人，无论你多么富有，无论你的背景有多么显赫，出身多么高贵，而这一切似乎都与你的幸福无关。

跟相爱的人难成眷属，贤惠的妻子过早夭折，有才华却不被重用，他的苦，他的怨，又能与谁言说，又有几人真的能懂他？他的好友顾贞观曾经说："家家争唱饮水词，纳兰心事几人知？"

是啊，谁知那胸怀里一片苦水如海。

"麝烟销,兰烬灭,多少怨眉愁睫",夜深了,香炉里散发着麝香味的烟,蜡烛也熄灭了。胸臆间到底有多少愁绪难消?纳兰愁眉不展,仔细思索,推敲表妹对自己淡漠的原因,百思却不得其解。

或许,未曾说出口的话,也只有于此处悄悄的流淌,若是一朵苍白宁静的小花忽然默默的开放,只因为有那唤起了灿烂的风,然后任随花瓣和风朝茫茫的岁月飘去,无边无际。

若没有了风声的指引,花朵便会缺失飘荡的轨迹,无奈处,便只眠在等待的地方,等着,有风的来到,一起飞掠彼岸。

几度铅华洗尽,几度随风寻觅,几度完美孱弱,为的,就是那个约定,在漫漫的流年里,我一直在心里为你开出无声无形绚烂的花朵。倚身眺望,那雨中为什么没有你一次一次身影的叠现?

"芙蓉莲子待分明,莫向暗中磨折",你究竟仍是清纯如水的芙蓉花,还是已成熟的莲子?你究竟是鲜艳地在宫墙内开放,如这宫里所有的女人一般,夜夜渴望着君王的恩宠垂幸,还是抱守那一颗苦心坚守着你我的盟约?挑明了说吧。何必含含糊糊、模棱两可地将我折磨?这是斩钉截铁的质问,纳兰急于想知道表妹的心态,焦虑万分。

芙蓉,莲(荷花)的别名。这种多年生长在水中的草本植物,初夏时花开艳丽,盛夏之后,花瓣渐渐脱落,花心就变成一只碧绿的莲蓬,里面结椭圆形或卵形坚果,俗称莲子。芙蓉与莲子的关系密切,但又有区别。同在一杆玉枝上,芙蓉是花,莲子是果,你中有我,我中有你,在一般叙述上,总有些扯不清。纳兰用此来喻示当时与表妹之间的情感纠葛,恰如其分。

来自情人的伤害,才是最深、最致命的!纳兰与表妹的爱情究竟发生了什么变故?三百多年来,没有谁吐露这个秘密。历史一直守口如瓶。

纳兰词中的初恋痕迹

瘦尽十年花骨

梦来双倚，醒时独拥，窗外一眉新月。
寻思常自悔分明，无奈却、照人清切。
一宵灯下，连朝镜里，瘦尽十年花骨。
前期总约上元时，怕难认、飘零人物。

——鹊桥仙

这究竟是首悼亡词，还是寄情词，众说纷纭。词中既有哀婉的怀思，也有身世之感的隐怨。我个人倾向于后者。

纳兰词以情深著称，多情、深情、痴情，弥散于字里行间，透露人性最悠久的芬芳。清末秀才王国维曾经说"客观之诗人，不可不阅世。阅世愈深，则材料愈丰富，愈变化；主观之诗人，不必多阅世。阅世愈浅，则性情愈真"。显然，纳兰属于后者。身为八旗子弟，出身高干家庭的纳兰，养尊处优，没有生活的压力，也没有奋斗的激情，在这样的状况下，情感生活的波澜，自然成了他痛苦的主题、他的诗词灵感和源泉。这也是部分人认为他无病呻吟的主要原因。

照现代人的说法，纳兰很"小资"。吃饱喝足了，酒醒了，就磨墨填词，或者画画。他擅长人物画，技法比好朋友张纯修不差。张纯修是著名画家，担任过江西庐江知府。吉林省博物院现在还珍藏着他绘画的《楝亭夜话图卷》。他在湖南江华县当县令时，有一次，特地画了一幅《风兰图》寄给纳兰。纳兰把《风兰图》看了又看，还挥毫题写了《点绛唇·咏风兰》一词："别样幽芬，更无浓艳催开处。凌波欲去，且为东风住。忒煞萧疏，怎耐秋如许。还留取，冷香半缕，第一湘江雨。"反正，纳兰虽然不像其他的纨绔子弟瞎折腾，斗鸡遛鸟，逛"八大胡同"，但闲还是闲，没事就折腾自己。

这首词是纳兰的精品之一，运力张弛有致，笔势顺通。特别是当中一个"瘦"字,传神切意,把一种伤感刻画得具有触手可摸的质地。词里没有彻骨的痛感,但有时光洗不净的忧伤,那种挥之不去的遗憾。

种种迹象表明,这是纳兰题写给表妹的伤情之作。虽然这个表妹一直隐隐约约,最终没有在历史的刻度上留下确凿的痕迹。但这段涉及他初恋的情感历程不能忽视。

词的开头用了两个对应的词"双"和"独",在矛盾中凸显心结。梦里是双双成对,依偎在一起,醒来却是独自一人,而窗外依然是一枚新月。"窗外一眉新月",化自北宋词人谢逸《南歌子》:"画楼朱户玉人家,帘外一眉新月,浸梨花。"

古代汉语的量词使用,有一种特别的情形,用一些对所描绘的事物具有比喻作用的名词作量词,构成生动具体、形象鲜明的比喻。新月是上弦月,弯曲如女人的画眉。"眉"在这里作量词,生动传神、温雅有致。

"寻思常自悔分明,无奈却、照人清切。"当初在月色分明的时候与你共度的情景,细想来常自悔恨未能珍惜。怎奈如今又逢明月照得人真真切切,叫人怎么不叹息?

意象是意境构造中的一个重要范畴,它不仅仅是单纯的自然景观,而是诗人经过选择、提取并加工的自然物象,在物象的个别特征和属性之外,涵盖着写作主体的精神和情感特质。纳兰较常使用的意象有幽窗、冷雨、高梧、湿月、残灯、回廊、西风、迷梦等,"月"是他使用频率最高的一个意象。这恐怕与古代人的生活习惯有关吧。

白天事多人杂,户外又没有可供人隐匿身影的好去处,所以花前月下,有什么暧昧的事都放晚上来做。而且,那时候没有路灯,黑灯瞎火的,掉进路坑都不知道,因此,有月亮的时候是最佳时机,朦朦胧胧,既能看清路,又能不被人看个真切。月下漫步、约会、怀旧最为恰当。而纳兰当初的

少年情事大多是在月下繁衍的。

爱情往往不是一帆风顺的,尤其是在森严的等级制和严格的家长制束缚中的封建时代,有情人基本是难成眷属。心中的凄苦无处表达,只能对月长叹。因此,月亮的阴晴圆缺都被寄寓情感的色泽,圆也伤感、缺也伤感,横竖都是月亮惹的祸。纳兰的朋友兼客串诗词老师顾贞观有一首《菩萨蛮》里写"门前乌桕树,霜月迷行处",也拿月亮说事。

下片,纳兰继续梳理落寞的情感羽毛。"一宵灯下,连朝镜里,瘦尽十年花骨。"夜晚的油灯下,镜子里的人啊,十年来,已清瘦得花骨伶仃。以花骨喻沧桑的容颜,憔悴凄楚的神态跃然而出,怎一个"瘦"字了得。宋代史达祖《鹧鸪天》"搭柳阑干倚伫频。杏帘胡蝶绣床春。十年花骨东风泪,几点螺香素壁尘"。把女人思念成伤、忧郁成疾的神态刻画得入木三分。纳兰借了"十年花骨",仅仅加上"瘦尽",将形容词作为动词使用,比李清照的"人比黄花瘦"更出神入化。

"前期总约上元时,怕难认、飘零人物",之前,我们在上元时节相约见面,而今如果再相见,怕是认不得我这飘零之人了吧。

十年,纳兰在几首词里都提及这个时况。在他仅仅三十一年的人生履历中,与他亲密的女人里,分别时间久长的有前妻卢氏和那位语焉不详的初恋情人。前者是永诀,后者是无法相聚;前者是绵绵不绝的伤口,后者是阵痛。

浸泅过唐风宋雨的新词旧字,是纳兰最痛最怜惜的牵挂和惦记。那些平平仄仄的词语,在心宇,在眉间,吟咏成诗,浅唱成词。流年似水,痴心如铁。

这是爱情的祭奠。

原来的月华如练,似这般都付予落叶萧萧。一路走来,庭院依旧,容颜却成憔悴。谁会明了这样的清愁,这样的无奈,这样的落寞,已悄然地带走了一个女子的天荒地老。也许啊也许,不是时光流逝,而是我们在流失。是否,相濡以沫,不如相忘于江湖?

　　记忆的碎片,斑斑点点散落一地。若然深爱,今夜的镜子,谁以一捧凄泪洗净尘埃,照一袭清影?前尘如烟,今生,我是否还要在你的故事里徘徊?

　　为你固守的城池,那一程依恋,早已篆划下了岁月的沧桑。容颜已旧,真情俨然。

　　十年,飘零的人生啊,沧桑偷渡。就像于丹所说的:时间没有等我,是你忘了带我走,我左手过目不忘的萤火,右手里是十年一个漫长的打坐。

谁翻乐府凄凉曲

谁翻乐府凄凉曲,风也萧萧。
雨也萧萧、瘦尽灯花又一宵。
不知何事萦怀抱,醒也无聊。
醉也无聊。梦也何曾到谢桥。

——采桑子

首先,我将这首《采桑子》通译一遍:

究竟是谁在翻唱凄切悲凉的乐府旧曲?风萧萧,雨萧萧,如斯风雨之夜,孤灯相映,听一夜风雨,眼见灯芯燃尽,就这样,又百无聊赖消磨了一个漫漫长夜。

不知道什么事在心底纠结?清醒时无趣;偏偏醉了也意兴阑珊。借酒沉醉也难遣满怀愁情。这样的日子如何得过且过?偏偏梦里也不曾梦到伊人。

中国近代著名人物梁启超先生曾经高屋建瓴地评价这首词是"时代哀音",并且说"眼界大而感慨深",我不以为然。梁先生才高八斗、学富五车,又处在风云激荡的清朝末期,所见所思都是家国大计,习惯往大处着眼,把一星烛光看成革命的燎原之火也很正常。但硬要把纳兰一声无聊叹息读成什么时代之音,那种革命标签主义我觉得好没意思。纳兰这首词的底蕴没有那么深厚。

一盏寂寞的灯,一曲冷冷的歌,一缕暗香,在夜里四处流淌。四壁昏黄,茕茕孑立的影子在墙上晃动,寂寞笼罩了整间房子,窗外是无边的夜色,风雨萧萧的清冷时光。这样的境界,不适合铁马冰河,不适合共倚西窗,不适合古佛清灯,只适合默默回味,咀嚼相思的滋味。

"谁翻乐府凄凉曲",乐府是汉代建立的音乐管理机构,专门收集编纂各地民间音乐、整理改编与创作音乐、进行演唱及演奏等。沿袭下来，人们把这些乐府诗词借称乐府。汉乐府民歌中有一首情歌《上邪》流传深远：

"我欲与君相知，长命无绝衰。

山无陵，江水为竭，

冬雷阵阵，夏雨雪，

天地合，乃敢与君绝！"

这首歌用语奇警，别开生面。先是指天为誓，表示要与自己的意中人结为终身伴侣。接着连举五种千载不遇、离奇反常的自然现象，来表白对爱情的矢志不移，由此极大地增强了抒情力度，内心的情感如江河奔腾，一浪推一浪直至高潮。

纳兰听到的乐府旧曲是不是这一首不得而知，但肯定是一首凄凉的曲调，勾起他无限伤感。风声、雨声伴着凄凉曲声，声声入耳，心事、恨事和着前尘旧事，事事伤心。

瘦尽灯花的，是一杯薄酒浇不透的浓愁，斟酌半生月光，与风对饮，想最初的麦子酿成烈酒的过程，想一首歌依偎另一首歌。醉眼里，四处移花接木，而自己，一定是生命章回里神不守舍的病句。

在萧萧风雨里瘦尽灯花，世间的痴男怨女大多如此。心灵孤独的人就像一个风雪满江的旅者，千山万水之后依旧在暗夜里孤单地漂流。当孤单成雨，密密麻麻洞穿心灵的湖面，总有一片模糊的影子或者云彩，投影在心湖的波心，映出不曾泯灭的心底的律动。就剩下这暧昧的冬夜，举杯静待相思一朵一朵静静绽放。多少往事前尘，轮回不尽，刻骨铭心，在暗夜燃烧的灯花里静静复活。

"不知何事萦怀抱，醒也无聊。醉也无聊"，不知道为什么而胸中郁闷，似有千山万水压在心头。清醒时索然无

趣，醉意朦胧时也感到无奈。这是一种没落的情绪，一个人无论什么样的状况都感到无聊的话，肯定是麻木了。麻木是丧失生活意趣和抗争斗志的标志，只有遭遇了大起大落的人生起伏，历尽生命最难以承受的艰难困苦之后，才有可能出现这样的生存态度。生命已经看淡，生活已经看透。

一切都是过眼云烟，欢乐会转瞬即逝，痛苦也会消失，死比生更长久，更坚强。生不会太久，而死一定很久很久，被野草埋了又埋。如果这就是梁启超先生所说的"时代哀音"，不如说是人生的宿命：人生无奈。每个时代都有人这样想，这样叹息。

在这个空间里，前有古人，后有来者，纳兰仅仅是当中的一个。不必刻意把他与某个时代去匹配，演绎出盛极必衰的历史逻辑。清朝不是在纳兰的叹息声里没落的，他与两百多年后的改朝换代没有任何关系。

说穿了，纳兰的无聊是富贵子弟的无聊，是太平盛世无所作为的无聊。作为红极一时的权臣明珠的长子，他的生活起点太高了，高得没有办法再往前去。人生实际上就是一场搏斗，与形形色色的人去斗，与错综复杂的关系去斗：在疆场上铁马金戈，气吞万里如虎，凸显男子汉的气派；在考场上笔走龙蛇，挥就锦绣文章，彰显读书人的才气；在官场上绵里藏针，施行政通人和，尽显为官者的睿智；或者在商场上左右逢源，日进斗金，再不济去赌场、去欢场一掷千金，找到被人注目的那种感觉。

可惜，这些都已经与纳兰无缘。考场他不用再去了，他早就以优异的成绩拿到了干部资格证；官场嘛，康熙给了纳兰一个从六品的三等侍卫（禁卫军少校）的职务，比七品县太爷还高那么半级，看起来很风光，实际上既单纯又乏味，充其量是一个熟练工种；疆场上也没他什么事，当时，吴三桂领导的"三藩作乱"已经平息，东南方面，郑成功父子据守台湾，被福建总督姚启圣严格执行的"禁海令"逼得奄奄一息，只等时机成熟，挥师过海,一举拿下,用不着纳兰少校去冲锋陷阵;商场挣钱嘛,纳兰的父亲明珠是中国历史贪官榜上排名靠前的人物,家里实在不缺钱;至于赌场、欢场,纳兰又没有那个爱好。

百无聊赖啊,真正的百无聊赖。年轻的纳兰公子真不知干什么好,一般意义上的功名富贵于他确实没有什么意义了。整日里在天子脚下游走,仕途平静、生活舒适、工作轻松,腰里又不缺请客喝酒的银子,经常有一帮老老少少的朋友帮衬着赋诗填词,这样的日子悠然而空虚。

德国哲学家尼采说过:"幸福就是保持低度贫困。"有压力的生活令人痛苦,但这样可以激起他的奋斗精神,在一个又一个取得进步的过程中感受喜悦。相反,没有压力的富足生活让人羡慕,其实,当什么都有了,也就什么都没有了。

失去奋斗的压力,幸福却无法感受。这是生活的悖论,也是事实。纳兰很富有,很顺当,应有尽有,几乎没有什么东西可以令他犯愁,也就没有多少幸福感了。

人来到世界上,就是为了受苦的。悲观主义者如是说。这话有没有道理暂且不论,但命运绝对不会十全十美。世界正是因为预设了许多这样那样的缺陷,才在人们不断弥补的过程中得以发展,生活才生机勃勃。于是,上天安排了一次又一次情伤,在生命的路口等待着纳兰的命运。

一方面是物质生活的极度富足,一方面是情感生活的极度缺损,这个异常洁净的灵魂在两种极致里苦苦挣扎。这就是纳兰的命运,也是纳兰词呈现清灵、纯净、忧伤等气质的根源。

醒醉皆无凭,忧伤无限,这样一个风流倜傥的男子,这样一个吟风弄月的诗人,这样一个风雪满江的旅者,刻骨相思处,百炼钢也化成了绕指柔。

"梦也何曾到谢桥。"谢桥:谢娘桥。相传六朝时即有此桥名。谢娘,具体是谁不得而知,但她是一个美丽的女人。诗

词中每以此桥代指与情人欢会或神往之地。

宋代相国之子晏几道《鹧鸪天》:"梦魂惯得无拘检,又踏杨花过谢桥。"透露的是一股无法言说的寂寥。但纳兰走得更远,晏几道还可以梦想伊人得到短暂的慰藉,而他,连这一点可怜的慰藉都无法得到。

一种极度的落寞笼罩在纳兰与表妹的恋情当中,是不是寓意什么?

几番空照魂销

电急流光,天生薄命,有泪如潮。
勉为欢谑,到底总无聊。
欲谱频年离恨,言已尽、恨未曾消。
凭谁把,一天愁绪,按出琼箫。

往事水迢迢,窗前月、几番空照魂销。
旧欢新梦,雁齿小红桥。
最是烧灯时候,宜春髻、酒暖蒲萄。
凄凉煞、五枝青玉,风雨飘飘。

——东风齐著力

仅仅读前面几句,就犹如读一篇祭文。这个词牌写悼亡,的确合适。气氛很容易就出来了。

纳兰的悼亡词一明一暗,有两条线索,明的是写给亡妻卢氏的,这类词指向明朗。另外一条线索指向模糊,词里多闪烁其词,似乎有难言之隐,但几乎都有一个共同特点,那就是当中有宫廷意象。这一首也不例外。

五枝青玉,即五枝青玉灯。青玉灯是战国时代玉器实用化产物。古代笔记小说集《西京杂记》里记载,当年,汉高祖刘邦带兵威风凛凛杀进秦国首都咸阳,进了咸阳宫,这个早年当过亭长的乡巴佬被咸阳宫的富丽堂皇惊得目瞪口呆。不说那十二个高达三尺的铜人,最让他惊异的,是五枝青玉灯,灯高七尺五寸,下面是一条蟠龙,用口衔灯。

把灯点燃,蟠龙的鳞甲就全都会动,焕然闪光如同群星璀璨。可惜,这些被跟着进咸阳的楚霸王项羽一把火烧了。项羽很喜欢烧东西,据说,中国建筑史上最华贵、最磅礴的建筑阿房宫也是他烧的。

五枝青玉灯十分稀罕,是皇家气派的象征。纳兰把这个稀罕物写进词里,肯定不是仅仅想用它来形容夜晚的灯火,

而是影射什么。古代诗词都喜欢使用暗喻，暗喻说白了就是影射。至于影射什么，读完了这首词，就会明白。

本词开端三句就点出悲悼的题旨，凄绝伤感之气顿出。"电急流光，天生薄命，有泪如潮。"电急流光，形容时间过得太快，犹如电闪流急。不客气地说，这句用在开头，虽然可以表述时光的匆忙，但并不能透出那种无情。可见，纳兰在炼句上功力不是很老到。

当然，瑕不掩瑜，这些小毛病不影响他悲戚情结的发散。天生薄命，自古红颜多薄命。"薄命"一词，并不只是比喻短命，还有福分浅，命运凄凉的意思。不一定非得条件反射地与卢氏早逝联系起来。这是沿用，又是总结。因此，泪流如潮水。夸张是夸张了一点，但为了配合押韵，这个"潮"字不过分。

"勉为欢谑，到底总无聊。"强作欢颜，归根结底总是百无聊赖。这个转折显得弱了。有时候为了押韵，弄个接近的词，总会有词不达意的时候。这个无聊，其实是无奈、无趣的意思。也从一个侧面显示，当时的心理状态并非那种丧妻的巨大悲痛。

"欲谱频年离恨，言已尽、恨未曾消。"想要谱写连年的离愁别恨，言尽如此，痛感没有消。结穴三句用反问，化情思为景实，"凭谁把，一天愁绪，按出琼箫"，凄切的箫声传出满天愁绪，提升伤感意味。

过篇承上启下，徐徐铺开追忆。"往事水迢迢，窗前月、几番空照魂销。"往事如水，窗外一轮明月，多少回洞照我黯然神消的孤单身影。

窗前月，无论世间有多少悲欢离合、多少爱恨情仇，它都一如既往地照耀。这是怎样一个凄清的夜晚？

幽思缕缕，将一颗风尘倦心，捆缚在无望的愁绪里，任灯花瘦尽，孤魂依旧无眠。痴望着无言的长恨天，一袭憔悴的青衫，于明月的清辉下，揉碎……

月清烟弱，夜色迷离了双眼，红尘扰乱了思绪。说不得红尘绮梦如烟，悟不尽红尘过眼烟云。浮生若梦，好梦难留。

鉴于此，纳兰只能回味，"旧欢新梦，雁齿小红桥。"雁齿：桥的台级。原喻排列整齐之物。想从前与伊人并肩走过红桥。

"最是烧灯时候，宜春髻、酒暖蒲萄"，更令人难忘的是元宵佳节的时候，你发髻高耸，皓腕凝霜雪，娇笑着捧上上好的葡萄美酒。

春髻：古代女人的一种发式。从前，女人们不上班，闲着没事就整头发，把一头青丝盘在头顶，弄出各种各样的款式，搞得人眼花缭乱。有半翻髻、反绾髻、愁来髻、百合髻、飞云髻、归顺髻、盘桓髻等等几十种。

清初时的贵族女人发饰，多以高髻为尚，梳时在头顶后部将发平分两把，向左右方横梳成两个长平髻，两髻合宽约一尺，称"两把头"。但这个发式梳起来比较隆重，家居时，还是春髻来得舒适、休闲。鬼魅的是，"春髻"这个名词在古典诗词中出现的频率不高。宋代官僚范成大退休后，有年冬天，著名诗人姜夔赶了百多里路来他家蹭饭，恰逢白雪飘飘，梅花凌寒开放，老范一时高兴，写了首《鹧鸪天》让姜夔欣赏，里面写了"春髻重，晓眉弯。一枝斜并缕金幡"。用"春髻"形容雪梅。传说里，纳兰表妹的名字也叫雪梅。这仅仅是巧合吗？

无论如何，这是一幅温馨的生活画面。可惜啊，这一切都已烟消云散。如今凄凉透顶，皇宫里华美的青玉灯，在风雨中飘摇。结句以景状情，凄凉的景况历历在目。

五枝青玉灯是皇家之灯，是纳兰最后的初恋。那束光熄灭了，带走他初恋所有的真实，至此，一切都飘渺如梦。深宫紧锁的表妹香消玉殒。

夜很静很静，紫禁城里的灯火在风雨里飘摇，暗喻那段刻骨铭心的初恋随风飘远，也喻示大清帝国也将随风飘远。

电急流光之后，风雨飘飘，这是没落的挽歌，也是毛泽东在纳兰词里看出的兴亡！

纳兰一语成谶。

薄衾寒凉

窗前桃蕊娇如倦，东风泪洗胭脂面。
人在小红楼，离情唱《石州》。
夜来双燕宿，灯背屏腰绿。
香尽雨阑珊，薄衾寒不寒。

——菩萨蛮

纳兰二十岁时与已故两广总督卢兴祖之女卢氏成婚。卢氏比纳兰小两三岁，温良恭俭、知书达理，一派大家闺秀风范。新婚燕尔，小两口情投意合、如胶似漆、缠缠绵绵。

这首词里的《石州》是古代曲调名，或哀婉或豪迈，或思夫或边塞。石州曲，是石国（今乌兹别克斯坦共和国塔什干一带，盛唐时期称为石州）的乐曲，好比现在的浙江采茶舞曲或广西刘三姐唱的山歌类曲调罢了。有人说小红楼上唱石州的是卢氏，她思念那远在边塞的纳兰。

其实，对于这种说法，如果我们细心地研究纳兰的经历和生平就可以完全否定。卢氏于康熙十三年（公元1674年）嫁给二十岁的纳兰，三年后的五月底死于产后患病。这段时期，纳兰没有出远门的记录，最多也就是在城郊送送朋友。因为前面一段时间他要考试，后来考上了，要在家等录取通知书。至于他参加工作，在皇宫的乾清门任三等侍卫，站岗放哨，那已经是卢氏过世之后的事了。所以，这三年里，纳兰根本没有随康熙皇帝东奔西走，到塞外吹老北风的经历。因此，写给妻子卢氏的这种说法根本不能成立。

纳兰深受《花间词》的影响，所以对《菩萨蛮》这个词牌很熟，写得最多。《菩萨蛮》原为唐教坊曲。唐代苏鹗《杜阳杂编》载："大中初，女蛮国入贡，危髻金冠，缨络被体，号菩萨蛮队。当时倡优遂制《菩萨蛮曲》，文士亦往往声其词。"所谓"女蛮国"，就是现在的缅甸某地，古时称罗

摩国。《西游记》里，唐僧去西天取经，曾路过此地。

这首词的大意是：

窗前的桃花正在含苞欲放，它的娇嫩模样就像你慵懒的青春年华，春雨似泪，湿润桃花红艳艳的娇颜。

有人在寂寥的小红楼上，

遥望边塞，唱着悲凉的《石州曲》表达我的思念。

漫长的黑夜来到了，双飞的燕子还有个小窝可藏，

我还不如那对燕子，灯影下只身彷徨。

点燃的篆香已经燃尽，

屋外濛濛细雨，被子单薄，那是怎样的冷啊！

落花如梦凄迷，麝烟微，愁无限，消瘦尽，

有谁知我一往情深？

诗词是一种省略文体，会将一些转折、交代、变化等介词隐去。比如，上阕的前面按照现代的阅读习惯，应该有"我想象你现在"等话语。但如果真写上去了，就不是词了，而是现代散文什么的。

这么看，这首词，就是一首思念的词。而在这首词中，若隐若现的女子，到底是谁呢？又是谁会让纳兰如此悲痛地思念着呢？

答案就在纳兰的身世里。康熙十一年(公元1672年)，三年一届的皇帝选秀活动拉下帷幕，纳兰的表妹雪梅被选走。能够成为宫女，是多么的荣幸，而且很可能尊宠无比。事实上，能真正有此殊荣的宫女却不多，后宫佳丽三千，就算皇帝哥哥龙行虎步，身体壮实，每夜宠幸一个，也差不多得花十年工夫。因此，多少貌美如花的女人在深宫里虚掷青春、蹉跎岁月。况且，雪梅深爱着表哥纳兰。

古人有话说：一入侯门深似海。和至高无上的权力中心——皇宫来说，这小小的"侯门"算得了什么？岂不更加地是深似

海?不可抗拒的命运使纳兰和雪梅就此只能日夜思念。思念虽然早已成灾,但人却无法再次亲近。所以,纳兰在十九岁那年患上寒疾。

寒疾,是感受寒邪所致的疾病。中医理论认为:人的喜怒哀乐等情致活动与内脏有密切的关系。《黄帝内经》说:"思伤脾,忧伤肺。"意思是说精神上的愁苦无疑可以削弱机体各脏器的功能,降低人的抗病能力。由此,我们似乎可以明白了本来每个人都会遭遇的偶然的外感风寒,为何却让纳兰容若这一病,数月卧床不起。

理清了这些,再来读这首词,我们就可以明白许多。在乍暖还寒的春天,高高的皇墙横亘在彼此之间。目极之处,是不可触摸的空空如也。由视域所引发的无助和无奈被放大、扩张,充斥纳兰的心胸。

关山飞度,那些甜美的时光,总是如此的遥远。或许,生命中历经多少温柔的缠绵,上天便会回复多少残忍的伤感,这种宿命,谁能够抗拒?

纳兰一直在想:皇墙隔断眺望的视线,拉长思念的琴弦,桃花一般娇艳的爱人啊,你知道吗?我在想念你!

所有的人啊,所有命运的花蕾,都在坚持绽放。心爱的人啊,你在倚窗眺望吗?今夜,明月千里寂寞,而他的眼里,只有远方。远方哦,一段不忍卒读的空旷。桃花开了,树欲静,而东风不止。

星光打凤尾竹穿过,谁的眉睫意味深长。繁花千簇,你是我梦里寻回的那朵娇娆。一季花事,万种柔情。只愿坠入你眼底那一汪春水,然后慢慢陪你一生。

"窗前桃蕊娇如倦,东风泪洗胭脂面",这是描绘,也是想象。是纳兰假设里的描绘。桃蕊娇柔如倦怠的美人,春雨润湿红艳的花朵。这两句有互为因果的比喻,花非花,泪非泪,人与花,融为一体。唐代诗人兼官僚白居易曾作《后

宫词》：“雨露由来一点恩，争能遍布及千门。三千宫女胭脂面，几个春来无泪痕。”将皇宫深处的宫女与胭脂面画上等号。纳兰词里的"东风泪洗胭脂面"显然有暗喻宫女的嫌疑。

"人在小红楼，离情唱《石州》"，伊人站在红楼的窗前，轻声唱着悲凉的《石州曲》，她仿佛在说：有谁知道，一朵花可以在枝头摇曳多久？我沉湎如潮的相思里，亲爱的，无论尘世消瘦的身躯，被难消的孤苦卷成弦月的弯，还是满月的圆，都无法抹去我对你的思念。一如我站在红楼上，满目花开花落，去阅读孟春季节里，那些花开的语言。

下片的景况描写具有更加浓郁的主观色彩，"夜来双燕宿，灯背屏腰绿"，夜晚来了，双宿双飞的燕子在小窝里呢喃，油灯暗了，画屏里的山山水水也模糊了。黯淡的是灯火，心思并没有随之慢慢泯灭，双宿燕子的呢喃更勾起了相思如麻。

词里的节奏显得慢了下来，描绘更细腻了。在一种细致里，似乎可以听见时光的叹息。那是寂寞的指尖划过空气的声音，落在眉睫上，犹如雪花落在地上的重量。

"香尽雨阑珊，薄衾寒不寒"，罗衾不耐五更寒。这是孤寂和失落的典型描叙。很多年以前，那位南唐亡国之君李煜曾哀叹被子抵御不了半夜三更的寒冷。那冷是从心底生出的寒意，是命运彻骨的冰凉。

多年后，纳兰轻轻遥问深宫里的爱人：香尽雨阑珊，薄衾寒不寒？

香已经燃尽，雨水却不绝不止地下着，像你脸上的泪水，而那在薄衾之下的你，是不是会觉得冷？如果可以，今夜，回来吧，我和一盏瘦小的烛火，一样充满了灰烬地思念着你。

便是有情当落日

小立红桥柳半垂,越罗裙飏缕金衣。
采得石榴双叶子,欲贻谁?
便是有情当落日,只应无伴送斜晖。
寄语东风休著力,不禁吹。

——好事近

青柳垂掩,一个衣着华美的黄衣女子亭亭玉立在红桥之上,风吹动她的罗裙。青柳、黄衣、红桥,色彩斑斓里,恍如一曲骊歌响起。红桥,庭院里的小桥,配合那些精致的水榭亭台,组合成家用袖珍园林清雅的景致。

明珠府邸依山傍水,园林建筑条件优越,最重要的还是有钱,把个府邸整得美轮美奂,不在话下。在纳兰词里,这座红桥时有出现,而且是与一个美女一块儿进入我们的视线。耐人寻味的是,她几乎每次都独自一人闪现在画面里,行动缓慢,似乎在等待什么。

等待什么呢?应该不是等丫鬟来送上一把细花阳伞。缕金衣,缀有金线的衣服,也称金缕衣。中唐时有一首流行歌曲:"劝君莫惜金缕衣,劝君须惜少年时。有花堪折直须折,莫待无花空折枝。"听口气,似乎这衣服比较贵气。穿上罗裙和金缕衣的古代女子是怎样的一种美,这里无法描绘。大家可以对照老版电视剧《红楼梦》里的林黛玉去想象。

美女"采得石榴双叶子",为什么要采两片石榴叶呢?这是化用宋代诗人黄庭坚《江城子》"寻得石榴双叶子,凭寄与、插云鬟"的词句。榴与留同音,有留的意思,又是成双的叶子,寓意了然。这款款深情,要留赠给谁呢?她似乎一筹莫展。

其实寄赠给谁并不重要,重要的是,这个女子春心萌动的

情态已经描绘出来了,她是在等待自己芳心暗许的那个人过来。情窦初开的女子总是这样扭扭捏捏。

这是发生在明珠府邸某个春天的一幕,被纳兰忠实地记载了下来。这个年青美女是谁?从穿着打扮来看,应是小姐级别的。纳兰没有亲姐妹,或者是他的表姐妹什么的。

诗词是想象的文字。诗词因想象而出类拔萃,生活因想象而丰富多彩。没有想象,诗词会黯淡无色。想象是人对自己头脑中的已有表象进行加工改造而创造新形象的心理过程,它不仅是心理问题,而成为某种心理模式。就此,有人或者可以认为这是纳兰想象出来的,为填词而填词。

然而,再飞扬跋扈的想象都离不开生活基础,就像飘渺的风筝,飞得再高,都由一根线索牵着。纳兰可以对这幅画面进行加工,把实际上是站在小红桥下的女子写成站在小红桥上,把她手上的三片或四片石榴叶写成只有两片,但不会平白无故地虚构这幅画面。有目的的场景挪移与虚构不一样。诗词讲变形、夸张,但毕竟不是神话。

再来读词的下半阕。开头就是一组工整的对仗"便是有情当落日,只应无伴送斜晖"。对仗也称"对偶"或"俪词"。就是将相似或相反之意思,用相同之字数和笔法以构成华美的词句。落日和斜晖其实是一码事,意思重叠,颇有"合掌"的流弊。

一首诗中,出句与对句所用的词基本同义或完全同义,上下句意思相重复,好像两只手掌合在一起,故称这样的对仗为"合掌"。史上最著名的文学理论家刘勰在《文心雕龙》中称这种对仗为"正对",他指明:"故丽辞之体,凡有四对。言对为易,事对为难;反对为优,正对为劣。"

纳兰这个对仗很一般,他是一个诗词高手,但还不是一个汉语大师,在语言雕琢上缺乏深厚的功力。就好像金庸小说《笑傲江湖》里令狐冲在失去内功之后,凭借着一手行云流水的剑式,也能与高手对阵。纳兰的剑式就是情真意切,以此弥补语法功底的不足。

落日下,应该是很有情调的。春天里的黄昏,本来可以满心欢喜欣赏夕阳,却没有人陪着一起看斜晖脉脉。仔细想起来,有那么一点失败。少女的孤独,带有一丝肤浅,但透出几分可爱。

"寄语东风休著力,不禁吹。"寄语,有叮嘱的意思。这是纳兰的主观介入。小红桥上的人儿很落寞,而且貌似弱不禁风。所以叮嘱东风:轻轻地吹呀,不要吹坏了她。

这是典型的"花间词"笔法,摹写少女心事、少女情态,在结尾予以万分怜惜。颇有"花间鼻祖"温庭筠的风格,词意流连于香草美人、深闺画楼之间。

纳兰早期的词,因为还没有经历情感变故的原因,意蕴比较淡薄,显得轻松。

余寒欲透缕金衣

斜风细雨正霏霏。画帘拖地垂。
屏山几曲篆香微。闲庭柳絮飞。
新绿密,乱红稀。乳莺残日啼。
余寒欲透缕金衣。落花郎未归。

——醉桃源

纳兰早期学习填词时,模仿痕迹重,手脚放不开,结构上缺乏跳跃,比较凝滞;语词生涩、意脉浅疏,表达倾向颇有"花间词"的味道。

严格的说,这首词第一句就显得浪费。"斜风细雨"已经是一个完整的景况意象,加上"正霏霏"有画蛇添足的嫌疑。这句化自唐代张志和的《渔歌子》"西塞山前白鹭飞,桃花流水鳜鱼肥。青箬笠,绿蓑衣,斜风细雨不须归"的结句,但显得累赘。化用前人句子很正常,关键要出新。

宋代的苏东坡写过一首《浣溪沙》:"西塞山边白鹭飞,散花洲外片帆微,桃花流水鳜鱼肥。自庇一身青箬笠,相随到处绿蓑衣,斜风细雨不须归。"六句有三句基本照抄,也没见谁啰唆。因为人家多少有推陈出新的积极表现。

张志和词举重若轻,轻描淡写便绘就一幅超凡绝尘的意境。纳兰喜欢也就算了,连那个东瀛岛国人也喜欢。在张志和词写了大约半个世纪后,日本"遣唐使"漂洋过海到中国,把看到的、学到的、买的、偷的,一股脑儿全打包带了回去,其中就有张志和的五首《渔歌子》。

当时的日本天皇读后如获至宝,连忙在贺茂神社备下酒席,请皇亲国戚、学者名流济济一堂,召开"张志和词研讨会",大家一起喝了好几坛清酒,纷纷模仿写了和词。并以此为蓝本,进一步夯实了日本人津津乐道的变态体——和诗的基础。天皇十七岁的女儿智子读了张志和的《渔歌子》,心驰神往,芳心乱颤,

当即和诗一首:

"春水洋洋沧浪清,渔翁从此独濯缨。

何乡里?何姓名?潭里闲歌送太平。"

完了,又央求父皇派两个顶尖武士送她漂洋过海,去找张才子。后来听说张才子已经作古,这才罢休。

纳兰借了张志和的"斜风细雨",却没有借来那种闲淡、从容的气韵。初学,总有一个过程,这很正常。

这首词的大意是:

外面下着濛濛细雨,门帘静静垂落。屏风里画着的远山重重,篆香袅袅,庭院里柳絮在雨中飘落。

树木绽放稠密的新绿,花儿朵朵。夕晖下,小黄莺鸟还在树丛里唧唧喳喳。身上的锦衣抵不住剩下的些许春寒,等到花儿落了心上人还没有回来。

"斜风细雨正霏霏。画帘拖地垂",细致的景况描绘,平铺直展。给出的画面十分清雅。斜风细雨、垂落的画帘,一动一静,由外及里。

"屏山几曲篆香微。闲庭柳絮飞",屏风上画着的远山影影绰绰,点燃的篆香散发着淡淡的芬芳;空旷的庭院柳絮飘飞。视角从屋子里又转到外面去了,感觉就像张艺谋拍摄电影《英雄》使用的手法一样,过度依赖美轮美奂的画面交替,喧宾夺主地诠释根本无法透视的故事,造成艺术的浪费。幸亏这是纳兰早期的习作,技术上的幼稚情有可原。

平心而论,读这样的词,容易产生感觉上的麻木,一种货真价实的审美疲惫。上片用近似于堆砌的景况描写,所呈现的画面感并不能使读者了解更多,思路上拘谨了。

"新绿密,乱红稀。乳莺残日啼",这里有两个时间交代,花红树绿,当是春天;乳莺在残日里啼叫,是傍晚。新绿、乱红、乳莺、残日,这四个意象看起来眼花缭乱,实际

在词意上显得十分单薄，缺乏深意。

"余寒欲透缕金衣。落花郎未归"，余寒，是倒春寒的意思。在一年四季中，气温变化最无常的季节就是春季。通常是白天阳光和煦，暖风熏得人懒洋洋的，早晚却寒气袭人。就像小人的心一样，善变。缕金衣，即金缕衣，多是形容女人穿的华丽衣裳。有一首劝人及时行乐的诗《金缕衣》就是用它作道具的：

"劝君莫惜金缕衣，

劝君须惜少年时。

有花堪折直须折，

莫待无花空折枝。"

据说这首诗是唐代歌妓杜秋娘的成名曲。杜秋娘出身微贱，却长得很漂亮，不仅能歌善舞，而且还会写诗，在江南一带有点名气。当时的镇海节度使李锜得知后，把杜秋娘买到府中充任歌舞姬。杜秋娘一心想上位，自写自谱了一曲"金缕衣"，声情并茂地唱给李锜听。

李司令虽然年过半百，却也老当益壮，听了杜秋娘的歌，胸中顿时燃烧起熊熊欲火，立马把她提升为侍妾。后来，李司令因为反对朝廷，被抓去砍了头。杜秋娘作为罪臣的"财产"被没收充公，送到后宫为奴。有上进心的杜秋娘趁着为皇帝表演的机会，再一次卖力地表演了"金缕衣"。唐宪宗李纯倒正值青春年少，被这个女人的演唱所打动，也不嫌弃她是"反动派"的遗孀，破格提拔她为妃子。

金缕衣代表着华贵富丽。纳兰的"金缕衣"被风霜侵袭，透露出一股闲置的气息。那是因为花落了，心上人依然没有归来。最后一句点题，倒是有的放矢。

纳兰刚刚学花间体，劲头挺足，依葫芦画瓢填下的词还显得生涩，没有那种情景交融的韵味。多少有那么点情不够、景来凑的味道。

樱桃一夜花狼藉

阑风伏雨催寒食,樱桃一夜花狼藉。
刚与病相宜,琐窗薰绣衣。
画眉烦女伴,央及流莺唤。
半晌试开奁,娇多直自嫌。

——菩萨蛮

这是纳兰早期学习诗词的练笔作品,有明显的"花间词"痕迹。这类描写女子闺房生活起居的词,是温庭筠和韦庄等"花间诗人"最拿手的。这首词描绘了一个女子刚刚病起,乍喜乍悲的情态。描写细腻,但空间不是十分开阔。

上片起首两句先绘出寒食节时令即将来临的景况:风雨连绵不止,一夜之间樱桃花四下零落(樱桃花非樱花)。这是"花间词"的基本手法,以景开篇,通过精心选择的冷清或凄婉的景象,渲染出一派闺怨的气氛。

寒食:即寒食节,在农历清明前两天。这个时候正值春夏之交,樱桃快成熟了,所以,才有后面顺理成章的樱桃花被绵绵细雨吹落满地的景况。阑风伏雨:连绵不断的风雨。宋代名不见经传的诗人周端臣在一首《清夜游》里写到:"西园昨夜,又一番、阑风伏雨。"语词流畅、意蕴幽深。只是这个成语比较生僻,使用频率不高。

"刚与病相宜,琐窗薰绣衣。"病刚刚才好些,女子起来开了琐窗(锁形图案的窗棂),透些清爽的气息进来,天气潮湿,置了炉熏烘衣服。"琐窗薰绣衣"的场景,是颇为高贵幽雅的。古代有经济实力的人家,讲究生活品味,对熏香极其重视。不仅家里经常焚香,弄得芬芳扑鼻,还要熏衣、熏被。

焚香所用的香大多是选择沉香、青木、鸡舌、兰、蕙等原态香药经炮制、研磨、熏蒸等方法合成,香味浓郁、气韵

深长。现存上海博物馆的一幅明代画家陈洪绶绘的《斜倚熏笼图》里,一个妇人拥被懒懒地斜倚在熏笼之上,细眉娇颜、神态妩媚,笼下轻香袅袅,这是古代上层社会典雅、高贵的生活写照。这幅画已经价值百万。

现代女人多喜欢抹些香水,有条件的在耳根上抹几滴爱马仕、香奈儿、兰蔻什么的法国品牌香水,让肌肤散发出一种被唤醒的意识,再不济的也抹国产香水,身上隐隐约约散发着某种召唤的气息。古代没有这么方便,只能采取其他的办法让身体充满芬芳,于是焚香熏衣就成为女人颇具意趣和品味的生活时尚。

那句雅致的词语"红袖添香"就是从女人这些生活细节发轫而来的。此语出自清代女诗人席佩兰诗句:"绿衣捧砚催题卷,红袖添香伴读书。"这个细节是:先把炭末捣制成的块状燃料,放在香炉中,再用特制的细香灰掩盖,并在香灰中戳些孔眼,以便接触空气而持续燃烧。然后,在香灰上放置特制的瓷、云母、银叶等薄而硬的隔火罩,"红袖"们的纤纤素手将那香丸添在这隔火罩上,借着下面的微火熏烤,慢慢将香味散发出来……

多么令人心驰神往的意境。

下片进入动态的生活场景。"画眉烦女伴,央及流莺唤。"熏完衣,然后开始打扮自己了,刚刚病愈又适逢寒食节将至,遂烦请女伴帮忙梳妆打扮,等了半天,女伴还没有来,真让人着急,都有让小黄莺去叫唤的念头了。这里颇有意趣地描写出女子病愈后喜悦而迫不及待的心态。想必是一病数日,疏于打扮,如今病体初愈,便急不可耐地梳妆打扮。

为什么要这么着急打扮呢?词里没有细说,不知纳兰是忘记说了还是故意不说。

流莺,也就是黄鹂鸟。这种鸟儿小巧玲珑,羽衣华丽、鸣声悦耳,习惯穿梭飞行于树丛中。大概是因为小巧可爱的缘故,这种鸟儿经常出现在有闺房气息的古诗词里。唐代金昌绪的《春闺》诗:"打起黄莺儿,莫教枝上啼。"活脱脱把一个深闺女子思念丈夫的形象描绘出来。思念成梦，梦里无限美，可恨的黄鹂一大早就在外面唧唧喳喳，惊醒了人家甜美的梦境，不恼你才怪？纳兰用黄鹂来衬托小女子那种活泼而急切的心态。

然而"半晌试开奁，娇多直自嫌"。等得实在不耐烦了，自己倒腾了半天，都没有把梳妆匣打开，娇羞地责怪自己心急。毕竟病刚刚好，身体乏力，加上心慌意乱，打不开梳妆匣情有可原。奁：古代盛梳妆用品的匣子。

女子为什么急忙梳妆打扮，纳兰按下不表，留下一个悬念。单纯的从字面上读这首词，不外乎在寒食节前夕，一个病刚好的女子准备梳妆打扮。到此为止，也就没有什么意味了，直接落入了"花间词"的窠臼。生活中，每一件事都有前因后果，诗词也不例外。每一首诗词都包含着书写者的生活处境、行为观念、审美态度等数据，不同的是隐与显、深与浅罢了。这首词是纳兰早期的作品，轻快、明亮，没有后来的那种凄凄惨惨、伤心欲绝。

读过《红楼梦》的都知道，那位清清袅袅的林黛玉小姐体弱多病，病时，面色憔悴，贾宝玉来看她，她侧身而卧，不让他看见自己苍白、憔悴的容颜。无论男女，都希望把自己最美好的一面留给心爱的人。林黛玉如此，纳兰的表妹雪梅也是如此。

话说到这里，一切都迎刃而解。词里所说的"女伴"其实就是一个重要线索，古代女子成亲后，基本就剩下相夫教子那点儿事，使唤的都是丫鬟、下人了。闺密（女伴）是未婚女子才能享受的生活关系。纳兰留下的悬念就是：在这个琐窗里的是一个未婚女子，急急去打扮，是为了心仪的男子来时，看见的是清清亮亮、百媚千娇的自己。

我个人估计，这首词，纳兰当时没有拿出来给表妹雪梅看，否则，小女子肯定一百个不愿，一千个不饶。女为悦己

者容，就算人家有这个心思，你也不能说出来啊。女孩子脸皮薄不是？而且，你说人家一门心思打扮，是为了让你养眼，是不是太那个什么自吹自擂了。

但这绝不是纳兰显摆。他表妹与他相爱是真真切切的。相爱的人会把自己最美丽、最芬芳的时刻呈现给对方，这也是人性当中，最为芬芳的温存。初恋，人生那一缕最青翠的芳香。

今生，我像那朵最美的花，只为你开放。为了最美丽地开放，我想了一千种姿势。等你，是我一生最后的明媚，是我一生最初的苍老！

可怜人掩屏山睡

春水鸭头,春衫鹦嘴。烟丝无力风斜倚。
百花时节好逢迎,可怜人掩屏山睡。
密语移灯,闲情枕臂。从教酝酿孤眠味。
春鸿不解讳相思,映窗书破人人字。

——踏莎行

正是春江水暖鸭先知的时节,鸟语花香、柳絮飘飘。春光明媚里,春衣斑斓。烟丝被风吹得歪歪斜斜、袅袅落落。百花竞相开放,蜂媒蝶使,万紫千红里,招摇的是一款又一款旖旎的情怀。这应该是欢快的时分,可惜啊,孤单的人掩起了屏风独自沉睡。

这是一首货真价实的闺怨词。笔法轻盈,一句一景,有如分镜头脚本,用一个个画面组成清晰的叙述场景,环环相扣,层层深入,具有感染力。

上片前面三句描绘春天景色,"春水鸭头",是一个景致,也是交代时间,点明是在初春。春水鸭头,是古典诗歌中一种特殊的比喻句,只出现本体与喻体,省略了喻词。解释起来就是,春水如鸭头一般清绿。这句化自唐代白居易诗《新春江次》:"鸭头新绿水,雁齿小红桥。"下面一句显对偶关系,"春衫鹦嘴",春衫鲜艳似鹦哥的红嘴。"烟丝无力风斜倚",烟丝袅落,轻柔无力。

结穴句进行转折,春光明媚,正是相会的好时光,可惜,那让人怜爱的人儿却掩起了屏风独自睡下。

美人春睡,好一幅活色生香的画面。《红楼梦》第五回"游幻境指迷十二钗,饮仙醪曲演红楼梦"里,写贾宝玉、林黛玉等人随贾母去东边宁府花园赏花,一群姹紫嫣红的姐妹都看得津津有味,唯独贾宝玉想睡午觉,撇下林妹妹,去了堂侄媳妇秦可卿的卧室里睡觉。

贾宝玉进屋看到唐伯虎画的《海棠春睡图》，画是根据唐代杨贵妃鬓乱钗横、醉颜残妆、衣衫不整醉卧床榻的故事描绘的。贾宝玉看到画里杨贵妃玉体横陈，如海棠花般春睡的形态，神摇意夺，理所当然地做了个著名的"春梦"，神游了太虚幻境，见到了仙女。不划算的是，起来后，林妹妹使劲冲他白了几眼，大为不满。后来好几天都没有理睬他。

宝玉的事迹再一次告诫我们：有美女在身边时，千万不要打瞌睡扯呼噜。忽视美女很有可能导致出家的严重后果。

纳兰词的美女春睡没有那般旖旎，更多的是怏怏不乐。

下片是女子的心理放射。"密语移灯，闲情枕臂"，仍然是场景，但这是已经过去了的时光，是她的回想。想从前，凑近灯烛说着悄悄话，鼻尖碰鼻尖；还有悠然枕着你的臂膀，细数窗外此起彼伏的蝉鸣。多少柔情蜜意、多少缠绵、多少欢趣。

原来如此！

读过小说《红楼梦》的都清楚，有一次贾宝玉去潇湘馆看林妹妹，见她在午睡，千娇百媚，不想吵醒她，又不舍得离开，索性自己爬上床也睡下了。不过，那也就是在床上躺一躺，最多是闻闻美女身上散发的香味。那个时代的男女界限特别分明，贾宝玉是沾了表兄妹这层关系的光，而且年龄还不大，许多事似懂非懂，因此才能够偷偷摸摸享受这样的"待遇"。纳兰的情况与贾宝玉类似，这种事应该没少干。

"从教酝酿孤眠味"，唉，不去想了，如今，心上人不在身边，任凭辗转难耐，把孤枕独眠的滋味尝透。甜蜜的往事因为孤单而酝酿出酸楚，就像酿制葡萄酒的过程，甘甜的葡萄在寂静的时光里沉淀、发酵，尔后，酿出那甜中带酸的酒。孤眠的惆怅、心酸滋味就是因为记忆里的甜美而勾兑出来的。

"春鸿不解讳相思，映窗书破人人字"，可偏偏大雁不知趣，不知道忌讳什么，排着人字形的阵形打窗外飞过，吵醒了恍恍惚惚的睡梦，让人心烦意乱，而投射在窗纸上的影子支离破碎，根本不成"人"字的阵形。

结句，有唐代诗人金昌绪《春怨》诗的意蕴：无理而妙。金昌绪是这样写的："打起黄莺儿，莫教枝上啼。啼时惊妾梦，不得到辽西。"常理之下，黄鹂的叫声婉转悦耳，难得一闻，你一个柔媚女子打跑它干吗？读到后面才恍然大悟，原来是和夫君团圆的好梦被黄鹂惊破，可爱的鸟儿顿时成了讨厌之物，把失落、空虚的郁闷都迁怒在它身上。行为上的无理恰恰是感情的率性表现。折射出闺中女子那份怨苦而期待的情感。唉，可怜的黄鹂鸟，稀里糊涂就成了人家的"出气筒"。

春鸿，即大雁。纳兰这首词里的大雁也着实冤枉，好好的打外面飞过，赶着回故乡，就算队伍不那么整齐，阵群的"人"字不怎么工整，也用不着说是破字嘛！这里，值得注意的是，"春鸿"的出现，不仅仅是带出一个"人"字，还寓意思归。

春回大雁，这种自然现象在古诗词里，一直被赋予归来、回家的喻意。词里结尾的潜台词就是：大雁都回家了，你为什么还没有回来？

影子，是时光的碎片，纷纷扬扬洒落在记忆的水面。明知道，一切都是恍惚，一切都很遥远，但思念依然随呼吸起起伏伏。

尽教残福折书生

五字诗中目乍成,尽教残福折书生。
手捼裙带那时情。
别后心期和梦杳,年来憔悴与愁并。
夕阳依旧小窗明。

——浣溪沙

纳兰去世一百多年后,史上最多产的诗人兼皇帝乾隆曾不以为然地说:"纳兰容若嘛,他的词还不是东拼西抄的,哼!"的确,纳兰一些词里,借用前人词句的案例比较突出。这首《浣溪沙》就有这方面的嫌疑,他把明代末期情诗王子王彦泓的词句,用了乾坤大挪移手法搬来不少。比如"五字诗中目乍成"引用王彦泓《有赠》诗"矜严时已逗风情,五字诗中目乍成"中的原句。而"尽教残福折书生",则化引王彦泓《梦游十二首》之四"相对只消香共茗,半宵残福折书生"。

王彦泓,江苏金坛人,明代后期著名的抒情诗人。他命途多舛,又没有官运,最后好不容易被推荐到儒学府(相当于如今的县教育局),当了一个训导(相当于没有级别的老师)。王老师善于写情诗,诗风清丽绝艳。他采用典丽精工的情诗来化解自己的功名情结,寄托对美好精神的向往,用以抚慰自己饱受折磨的心灵。

从某种意义上来说,王彦泓就是李商隐流传到明代的面具,那一缕情魂清丽无边。他的情诗被朋友编辑为《疑雨集》出版,在明末清初风靡一时。这是一个耐人寻味的现象,在中国诗歌写作历史上,情诗始终是登不上国家主义大雅之堂的。特别是在宋代理学大师们的卓越努力下,这些真实的个人情感抒发更加彻底地被主流思想划入另册。

可一旦到了改朝换代之际,这些"靡靡之音"却广为流传。

在中国历史镜像里,社会的稳定程度向来是与思想的自由程度成反比的。"百家争鸣"也只有在春秋战国那样的纷争年代才昙花一现。纳兰是幸运的,他恰恰逢上清朝入主中原的礼崩乐坏的混乱时期,在新旧文化秩序交替之时,得以读到主流文化深度排斥的王彦泓情诗总集《疑雨集》。

那些词句是如此的旖旎,如此的艳丽,如此百无禁忌。我是那么严峻地注意到这一点,在纳兰青翠的少年里,正是王彦泓于窘困的生活中,在诗词的情感空间里顾影自怜的呢喃和倾诉晕染了纳兰的心情。那些语言的水花,珠圆玉润而又清冽无比,它们打湿了一个人锦衣玉食的少年时光,并且,终于使他没有成为飞扬跋扈、走马章台的纨绔子弟。

更重要的是,这个少年捧着这本"爱情圣经"进入一个纯净的情感世界,优美地完成了一次为爱痴狂的钟情之旅,给充斥着功名利禄的枯燥时代注入一捧甘泉。这是文化的奇迹。当纳兰在高高的皇墙下伫立,在后海的渌水亭徘徊,或者,在遥远的边塞回望,我们多么忧伤!

"五字诗中目乍成,尽教残福折书生",五字诗,即五言律诗。目乍成,即乍目成,眉目传情而结为亲好的意思。这是一个微妙的眼神动作,只能意会,不能言传。在心心相印时,两道交集的目光才能产生如此心领神会的效果。

二十岁的纳兰在回味当初与表妹私定情分的美妙时刻:那一日,她陪着他写五言诗,写着写着,他们四目相对,那是怎样的妙不可言的一视?那一瞬间,他读懂了她眼里的深意如兰,破译了她芳心暗许的豆蔻情结。就为这芳香的一眼,他付出了余生。

残福,指短暂的幸福。王彦泓老师的残福很简单,两两相对,品香茗一盏就足够了。而纳兰化来的这句相比多了几分痴迷。

"手授裙带那时情",对视之后,心意相通,少女手揉

搓裙带,那种羞涩、忸怩,芳心暗喜的神情跃然而出。伊人羞涩神态让纳兰沉迷不已,他心旷神怡地回味:那皎洁的容颜、那芳香的一瞬、那断送他半生宁静的盈盈秋波。

词的上片,纳兰描述的是记忆深处的芬芳。下片,转笔抒写相思之愁。"别后心期和梦杳,年来憔悴与愁并",自从分别后,相会的愿望与梦一样飘渺无期。经年来,憔悴与哀愁一起降临,心病与身体的病痛双双侵袭着。憔悴是果,忧伤是因。痛苦是最初和最后的表达。

人生最大的痛苦不是痛楚难当,而是这种痛苦遥遥无期,横无际涯。世界最无奈的黑暗不是夜漫漫,而是天亮了依然乌云密布。

纳兰看到了生命的脆弱,和命运的无可奈何。他与她,终是分离。曾经心相期许的盟誓也如梦幻一样飘渺不定。除了黯然神伤,还能怎样呢?

万般皆由命,如今,无法问何处销魂,只有渗满昨日的记忆久久纠结,我不得不知道,你已经离我很远、很远,就算能攥住时光的流水,也挽不住你离开的脚步。一切宛如隔世飘来的章节,在我昨夜的枕边,似一池皱波的花殇,隐隐的还在绽放。

我知道,除了梦,我已经一无所有。那些支离破碎的梦啊,在寸寸心酸的墨画里酝酿,酝酿曾经的一个温绵柔情的你,那水墨一般的情怀。

相思,是化不开的墨渍。相思是火,燃尽青春的灯油。表妹被选进宫里,之后,纳兰大病一场,断断续续在床上躺了一年,万念俱灰,度日如年。

我相信,伊人啊,这是我们的故事,就好像花开花落,就是整个春季的宿命;我若不能忘记,那么,你也不会忘记吗?把所有的泪珠都隐藏在心中,或者,将它们缀上夏夜的草尖;当风起的时候,你会不会紧一紧衣裾,护住你那仍在低唱的心，不让秋风染指？如果所有的忧伤和寂寞来临，在长歌痛苦的人群里，你可知道，我仍是无悔的那一个。

最后，纳兰用貌似趋于平淡的心态拓开一笔，"夕阳依旧小窗明"。用景语收尾，产生举轻若重的效果，笔轻了，心却很重很重。"依旧"二字，倍添无奈。

花骨冷宜香

东风不解愁,偷展湘裙衩。
独夜背纱笼,影著纤腰画。
爇尽水沉烟,露滴鸳鸯瓦。
花骨冷宜香,小立樱桃下。

——生查子

这首词里,纳兰运笔如画,描绘了一个清丽女子在春天的背景里独立伤怀的情景。

夜色温柔,春风轻轻掀动女子的裙裾,屋前的樱桃树下,她瘦削而骨感的身影在纱制灯笼的光芒里若隐若现。这样的画面在宋朝的词里经常可以看到。稍许的差异就是人物背景中花与树的品相变化。

风吹裙裾,是古代诗词中一个曼妙意象。绫罗绸锦制作的裙子轻柔如梦,风一吹,飘飘欲飞,那流动的曲线,让人神魂飘逸。中国古典文化讲究含蓄的美,不要张扬、不要夸张。所以,纳兰用"偷展",带有悄悄的意味,表示动静不大。要换在美国,就不是这样了。

半个世纪前,美国著名性感女演员玛丽莲·梦露有一个经典的影像造型,几乎成为当时全世界男人的梦呓。唇红齿白、皮肤光洁如丝的玛丽莲·梦露穿着洁白的连衣裙,一阵强风掀开了她的裙子,这阵风不仅强悍,而且蹊跷,从底下往上吹,把裙子的下摆吹得高高扬起,直接就露出她漂亮的大腿,让人看了热血沸腾。幸亏她及时按住了裙腰,恰到好处地让一幅活色生香的画面止于某种境界。也正是这种欲盖弥彰的拿捏,使这个女人深深烙进无数男人想入非非的记忆。

没有看过这幅海报的人,建议去网络搜索看看,或者可以让你感悟出东西方的审美差异和发展轨迹。

中国古代对于女性美及爱情的文化推崇，一直卓有成效。从"窈窕淑女，君子好逑"的《诗经》、楚辞、汉赋，到唐诗及"花间词"，数代文人都兴致勃勃地投入其中。可惜，到了宋代，被几个理学家整出一套"存天理，灭人欲"犬儒哲学倒了胃口，弄得一蹶不振。根据"搁置争论"发展原则，这里暂且不讨论这个问题。

总而言之，纳兰描绘的这个画面很美，沿袭的是"花间词"的笔法，细腻、轻盈，寥寥几笔就把一个伤情怀春的女子清美形象勾勒出来。春风里微微飘荡的裙裾，细细的纤腰，曲线毕露，这一切在灯笼的映照下如一幅剪影，清雅绝伦。奇妙的是，纳兰仅仅用了一句简单的"东风不解愁"，就把这首词的基调定了下来。将一个清夜顾影自怜女子的心理轨迹标识了出来。

"独夜背纱笼"这个镜像勾画得十分入味，颇有些舞台效果。夜色朦胧，一盏灯笼投放萤白的光泽，而一个女子背灯而立，灯火映照出她窈窕的身体轮廓，看不清她的脸，看不清她的神色，但那种孑然、落寞的意韵尽显无遗。

很久以前读过这首词，看到"纱笼"的注释是：一种以纱制成的罩子，用以罩在熏炉外面。"独夜背纱笼"，意思是说女子夜不能寐，独自背靠着熏炉，熏炉的火光映出她纤细的身影。人云亦云，当时，我毫不犹豫地接受了这种解析。现在，仔细读这首词才恍然大悟，原来那样的解析很不严肃。

中国的熏炉不是西方的壁炉，烧一堆木材，火光熊熊，能够映照出人影。熏炉一般用炭火来熏香料用，没有火焰。其实，纱笼就是纱制的灯笼。唐代白居易《宿东亭晓兴》诗："温温土炉火，耿耿纱笼烛。"明明白白是指点蜡烛的灯笼。不过，那也不是我们现在习惯上认识的红灯笼，现在的红灯笼是观赏用的，古代点灯笼要讲实用，所以在外面蒙

上既防风又透光的白纱。这里顺便纠正一下常识错误。

接下来,纳兰用了类似于蒙太奇的分镜头,从几个角度切入。"爇尽水沉烟,露滴鸳鸯瓦。"屋里熏炉里香已燃尽,似水连绵的袅袅沉烟也散失了,夜露也沾满了屋顶的瓦。暗示夜已深,女子独立的时间很久了。

因为寂寞,因为思念,因为无法排遣的忧伤,所以夜不能寐。窗外,一弯冷月照着残缺的山河,她固守一座虚掩的城池,想他击鼓而歌,让磐石般的坚韧瞬间崩溃。这是一场五百年轮回的尘世浩劫,相思的人注定在劫难逃。

时间的容器会吞没整个黑夜,天空已倒置。有谁伸手网住那一抹清冷的残月?曾经久久的凝视,梨花无语,心底漾起浅痛的皱褶。纱笼的光影穿不透瞳孔的深度,她试图以风作犁,耕耘一垄记忆的细枝末节。

夜深露寒,屋背的鸳鸯瓦成对,而人不成双,怎不叫人愁伤?至此,伊人的忧伤已经和盘端出。长夜无眠是因为两处闲愁,相思相爱不能相亲。柔软如花骨伶仃的伊人幽香冷凝,在樱桃树下久久伫立。

一瓣明月,一片轻盈。伊人在樱桃树下拨弄花影,寂寥就隐藏在朱色的宫墙后,轻轻挪开现实的屏障,所有被遗忘的细节会一一展开。往事凝缩成一颗颗露珠,在树叶的颤动下抖落。一滴又一滴,是谁在暗夜里消磨春水的落寞?

喧嚣的岁月落款在春夜时分。露凝香冷,清凉的世界,一眼凌空挥毫的泪瞬间化作一抹空灵的沉烟,幽幽欲绝,沉烟将繁华飘尽隔在窗前。

青衫湿一痕

新寒中酒敲窗雨，残香细袅秋情绪。
才道莫伤神，青衫湿一痕。
无聊成独卧，弹指韶光过。
记得别伊时，桃花柳万丝。

——菩萨蛮

在这首词中，一个女孩子美丽而娇小的身影，款款向我们走来。那种源自女子的芳香，仿佛触手可及。我认为，这个款款向我们走来的身影，就是纳兰在心里至爱了十多年的表妹。

清代宫闱制度规定，三年一次选美活动，八旗女子一旦被选入宫中，即为贵人，可以被选作妃嫔。纳兰的表妹选进了宫，很有可能是当了宫女，宫女是后宫的服务员，当然也有机会转正，晋升为妃嫔什么的，但那得要皇帝宠幸，生下一男半女的才行。

历史，不仅仅需要认真细致的考证，也需要合理的、大胆的想象。

这首词里提及的离别，时间是春天，与纳兰十九岁那年春天生大病的时间吻合。可以这样推断，这次离别对于纳兰来说，是一次类似于生离死别的经历，让他痛不欲生，并且大病一场，只有失去初恋才会如此一蹶不振。三月的桃花，成为纳兰心底永远的伤口，并且，一次又一次从他的狼毫笔尖流出痛苦的呻吟。

情不自禁，当痛楚的湖水充盈整个心宇，从心坎里流出的不再是泪，而是心血。如同杜鹃啼血。

你听过心碎的声音吗？是雨水的滴答还是潮水的哗哗？我那么仔细的倾听，就是听不到，可能我的呼吸太急促了，错过那电闪雷鸣的瞬间。但是我知道心碎的过程，那是岩石

撕裂的瞬间，是玉佩落地的声音，你能够听见吗？

康熙十二年(公元1673年)的晚秋，十九岁的纳兰端杯独饮。这时，他想起命运这个爱捉弄人的东西，为什么总是要让人困顿不堪？他想起自己的命运，想起那些无法把握的阴差阳错，想起表妹雪梅。于是，一种深深的困苦，透过心灵的罅隙，在暗暗滋长蔓延，如同一张无形的网把心揪紧。

记忆轻启后，才明白思念从没有搁浅，目光延伸远方，飘渺如同虚无，看寂寞的风吹乱了旷野里的绝望，而心里却盛满伊人的影子。载不动思念悠悠，找不到通往伊人的彼岸。

半醉半醒之间，纳兰写道：

"新寒中酒敲窗雨，残香细袅秋情绪。"初寒天气，敲窗密雨，袅袅残香，向人细诉悲愁的情绪。那一声声敲窗的秋雨，好像敲打着心扉。

从《诗经》开始，雨一直牵动着骚人墨客的情怀。古典诗词中的雨，经过不同的人融进不同的主观感情，而产生不同的意象，人们可以从"细雨"中感受其纤柔深长，从中引发出绵绵不断的愁丝；也可从"烟雨"中体会到它的迷离，用来抒发一种依稀飘忽的情怀；还可以从雨带来的凄冷，去体会一种凄清的意境，用来表达悲哀、忧伤、抑郁和怅惘的感情。

纳兰的词多以感伤的笔调写人生聚散，爱情悲欢，或追忆旧踪残梦，感叹兴亡，因此雨的意象在他的词里，始终是凄清哀婉的情韵和色调，成为他悲凄伤感、幽怨多苦的符号。

"才道莫伤神，青衫湿一痕"，似醉非醉里，纳兰对自己说：不要黯然神伤，应该放开怀抱，不料在不知不觉间又泪湿青衫。把伤心人的心理状态绘写得淋漓尽致。

想你，眉心里有山高水远，我用思念剪断了这个时光，陷入了一种屹立的悲凉，任记忆把时间穿乱，留我独自彷徨，不知道起点，终点。想你，想成了一种伤，一种灼人的伤，而我依旧无悔的期盼，随手翻看的记忆里找不到来时的路，无望地沉沦在想念的迷津。

　　"无聊成独卧，弹指韶光过"，百无聊赖的时候，只能独自躺在床上，任时光无所事事地从指间流过。总是怀念那段青涩的豆蔻年华，那些诗情画意的午后，那些荷塘边的清风，你闻声回首，瞬间绯红的脸颊，如闪躲在碧绿叶面下的荷的娇羞……

　　岁月经年，曾经你烙在我心底的那份清纯，依然是记忆中最清晰的一个画面。

　　那些灵犀相通的瞬间，那一份浸润在古诗词里的情感，而今，却只能惆怅为月夜梦里的蝶影翩跹……想你，在每一个转身处的孤独里，是深潜于命运里的凄楚。岁月的幽深长河中，一边是尘世中的年华如歌，一边是灵魂里的沧桑寂寞。伊人，只有你能明白我的期待，只是时光不再，时光已不再。

　　此时，冷雨敲窗。屋内，烛光摇曳，残香仍袅袅，伊人缈缈。韶光转瞬即逝，孤独的你，是否如那散落的梧桐叶子，经不住时光的风雨，化作黄叶飘去。与伊人分别时，正是人面桃花相映红的三月，那时，桃花千朵，翠柳万条。

　　这首词在写法上别具特色。纳兰先描绘了晚秋萧瑟的境况，但凄凉的色调越涂越浓时，最后两句竟是拓开一笔，切入别样的桃红柳绿。"记得别伊时，桃花柳万丝"，绚烂的色彩与枯寂惨淡的心境形成强烈的对比，温馨中夹杂着苍凉，使情更为惨烈。这不仅是事物冷暖色调的矛盾，更是纳兰复杂心境的流露，一种痛中之痛。

　　最后的艳丽，究竟寓意什么？是期待、是向往、是回味、是阴差阳错，还是最深的失落？

　　一样的桃花红颜，不一样的情形。在桃花盛开时，纳兰与伊人离别了。于是，想念，让牵挂在心头涌动，化为迭次起伏而寂寥的音符在空气中飘荡。想那桃花再度盛开，而伊人

已经不在，温柔已经不来，时光无法倒流。

　　风雨之后，只有没有爱人的寂寞，才能天长地久地在我的心里疼着。

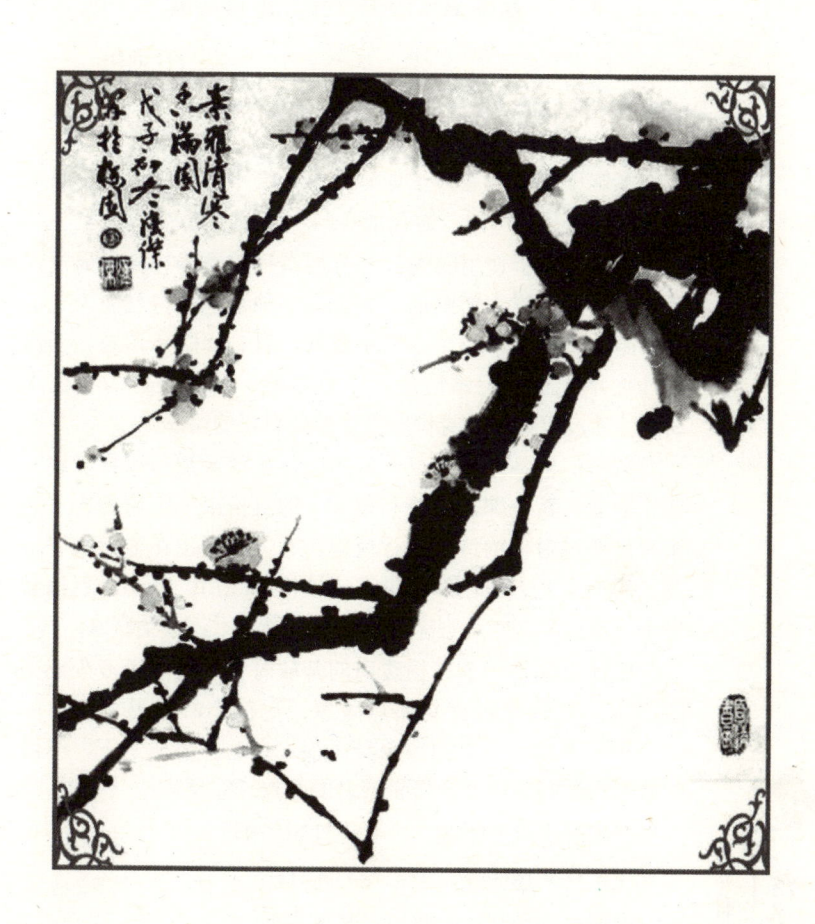

退粉收香情一种

青陵蝶梦,倒挂怜幺凤。
退粉收香情一种,栖傍玉钗偷共。
惜惜镜阁飞蛾,谁传锦字秋河?
莲子依然隐雾,菱花暗惜横波。

——清平乐

这首《清平乐》颇有唐代诗人李商隐的诗歌精神,所以让许多饱读诗书的老夫子如坠云雾,摸不着东南西北,只能含糊其词地乱说一通,勉强把它归入悼亡词类。

李商隐善于使用隐喻,并且用得孜孜不倦、神出鬼没,令读者猜谜一样大伤脑筋。实际上,他也是不得已而为之。李商隐的诗歌多涉及个人情感空间,有一点隐私顾忌。李商隐仕途不顺畅,但感情生活丰富多彩。也许正因为地位不高,他才没有太多的身份顾忌而放任自己的情感。

当然,也是因为官小位卑,没有条件像那些达官贵族一样养歌女、蓄美婢,只能利用才子的身份干一干偷香窃玉的买卖。通过对他的诗歌进行侦破,有人排查出在他没有娶王茂元的小女儿之前已经有过多次偷情的经历,其中,包括女道士、富商之女、达官家的侍女、小家碧玉,甚至宫女。

尽管唐朝是一个飞扬跋扈的开放时代,这些事多少还得隐秘点,特别是跟宫女那点破事,更得小心翼翼、守口如瓶,稍一不慎,便会招致杀身之祸。在这种情形之下,李商隐敢不晦涩吗?比如他极负盛名的那首《锦瑟》:

"锦瑟无端五十弦,一弦一柱思华年。
庄生晓梦迷蝴蝶,望帝春心托杜鹃。
沧海月明珠有泪,蓝田日暖玉生烟。
此情可待成追忆,只是当时已惘然。"

这首诗是李商隐的代表作,也是最难索解的一首诗。诗家素有"一篇《锦瑟》解人难"的慨叹。有人说是写给一个叫"锦瑟"的侍女的爱情诗;有人说是睹物思人,写给亡妻王氏的悼亡诗;也有人认为中间四句诗可与瑟的适、怨、清、和四种声情相合,从而推断为描写音乐的咏物诗;此外还有影射政治、自叙诗歌创作等许多种说法。千百年来众说纷纭,莫衷一是。

其实,这就是李商隐晚年对自己偷情生涯的总结,这首诗中出现众多的女子中,据说有李商隐的初恋,也就是那个叫做宋华阳的女道士。李商隐,把诗写得朦朦胧胧、扑朔迷离是没有办法的办法。这不仅仅是手法的问题,还与写作内容需要隐晦有关。实际上,这首诗不是没有人读明白,千百年来,围绕它咋咋呼呼的都是些二三流的文人,真正的诗家高手他们心知肚明,只是不方便说出来而已。这个话题有伤风化,他们讳莫如深。

纳兰这首《清平乐》,我相信也是这种情形。

词的起句就用了"青陵蝶梦"这个意象,首先我们来熟悉这个典故。

相传战国时期,宋康王去京城外郊游,看见桑园中的采桑女卓有风姿,于是下令在桑园中筑台,起名青陵台,宋康王有事没事就跑来看美女。有一天,他在青陵台上看见一个采桑少妇,窈窕秀丽,楚楚动人,大为惊喜。他急忙派人询问,得知是手下一个小干部韩凭的老婆何氏。宋康王也没跟韩凭商量,就把他老婆直接给弄到宫里去了。后来,韩凭愤而自尽,何氏也随之从青陵台跳下殉情,羽化为蝶。李商隐曾写过一首《青陵台》:"青陵台畔日光斜,万古贞魂绮莫霞。莫讶韩凭为蛱蝶,等闲飞上别枝花。"

请注意故事里的几个关键词:王、入宫、别人妻子。

"倒挂怜幺凤",说的是一种小巧玲珑的桐花凤,又名绿毛幺凤。羽毛鲜艳,常倒悬架上,屈体如环,又俗称倒挂鸟。这里,有一个关键环节需要说明,韩凭的老婆何氏从青陵台跳下时，宋康王曾抓住她的衣服，倒挂在台边，何氏挣扎着撕裂衣服才坠下高台。

这两句与某权威读本解析成的"意谓与爱妻离别了，而那可爱的鹦鹉仍在架上"根本是南辕北辙。纳兰是借典喻今，感叹韩凭与何氏的遭遇，感慨他们至死不渝的真情。如果非要解释，只能是这样：想那高高的青陵台啊，何氏魂断蝶梦，那视死如归倒挂如凤的凄美让人叹惋。

"退粉收香情一种，栖傍玉钗偷共"，这两句有两种具体代表性的解读方向。一种是正儿八经的学者解读："意谓妻子虽已逝去，与她的情义却未消失，但如今也只有她的遗物和我相伴了。玉钗：原指玉制的钗头，此处借指美丽的女子。"另外一种比较先锋："退粉，是蝴蝶交尾之后的动作，收香，则是麝发情之后的动作，这两个意象的结合，暗示出来的就是床第之欢，这是一种含蓄得近乎隐秘的表达手法。"

诗词解读是见仁见智的活计，说不清谁对谁错，即使是扯淡，也会有扯淡的道理。对于前一种解说我保留意见，对于后一种解说，我表示钦佩，钦佩这种吃螃蟹的后现代精神。

桐花凤还有个别名：收香倒挂。它饮桐花汁，喜欢趴在美人的头钗上，白天闻到好香，就收藏尾翼间，晚上伸张尾翼以放香。词里所描写的"退粉收香"是两个动宾结构词组，不过是考虑合辙前后倒置而已，虽然《道藏经》有说："蝶交则粉退，蜂交则黄退"，但这里的意思应该是：桐花凤收集了芳香，栖息美人的发钗上散香，那是怎样的一种深情啊！

纳兰运用的是层层推进，由青陵蝶梦联想到绿毛幺凤，由绿毛幺凤联想到退粉收香，再凸显这一份深情。上片基本

是远取譬，用丰富的联想喻示坚贞不渝的情感捍卫。

表妹选入宫里，纳兰就像那个失去妻子的韩凭一样愤懑而又无奈。隔着深深的宫墙，束手无策的他只能寄希望于表妹固守那份情感，抗拒命运的摆布。

"悄悄镜阁飞蛾，谁传锦字秋河？"悄悄：幽深寂静。镜阁：女子的住室。锦字：书信。香阁寂寂，只有飞蛾相伴，后宫深如银河，还有谁能够寄来书信呢？纳兰叹惋伊人深宫寂寞，自己心有余而力不足。除了遥想还能够做什么呢？多么的无助！

"莲子依然隐雾，菱花暗惜横波"，结尾这两句比较费解。莲子，有取谐音"怜子"的意思。前面一句化自古代一首老长老长的乐府曲《子夜歌》"雾露隐芙蓉，见莲不分明"，意思是说莲子依然隐在雾里看不清，寓意恋人的心捉摸不透。后一句设想是伊人对镜自怜的意思。

这首词表达了一种深深的无奈和焦虑。面对皇权，纳兰是无力的，他希望表妹能够守住诺言，守住那份爱恋，像韩凭的妻子何氏一样至死不渝。而这希冀里又隐隐带有一丝担忧。担忧表妹能不能够坚持到底。写诗词的人是敏感的，纳兰是敏感的，因为，他是用心去看这个世界，而不仅仅是眼睛。眼睛可以看见许许多多，也可能眼花缭乱，只看到表象。唯独心灵难以欺骗，心比眼睛触摸得更远、更深。

纳兰的忧虑不是无的放矢。

今夜相思几许

黄叶青苔归路，屧粉衣香何处。
消息竟沉沉，今夜相思几许。
秋雨。秋雨。一半因风吹去。

——如梦令

清代满清贵族中青年女子，穿一种称为"马蹄底"的高底鞋，鞋底中部为木制，前平后圆、上细下宽，外形及落地印痕皆似马蹄。后来，有爱美的人把高底掏空，底面雕出玲珑轻巧的镂空花纹，然后，在中空的鞋跟里放满香粉。走动起来，香粉从鞋底的镂花中点点泄落，所经之处，就会留下芬芳和花纹玲珑的足迹，称之为屧粉。

纳兰的初恋情人有穿这种鞋的习惯，在他有些词里，这个意象几乎成了她的象征。高底鞋的高底在鞋的中部，重心难以把握，走快容易摔跟头，只能扭扭捏捏、慢腾腾地走，看上去很有那么一股子袅袅娜娜的风韵。

清初著名诗人，纳兰的朋友陈维崧用《多丽》词牌写过一首长长的词："今朝三月逢三，映一行、水边粉屧，立几簇、桥上红衫。"把三月三踏青时节的女性形象描写得美不胜收。穿着粉屧的女子，亭亭玉立河畔，倒影恍惚，犹如出水芙蓉一般多姿多彩。

纳兰这首词写于十九岁那年秋天，大病初愈之后，他对表妹的思念没有丝毫的淡漠。表妹被选进宫里做宫女，纳兰的父母亲也无能为力去改变这个事实。明珠身为高官，权倾朝野，但没有能耐去左右皇帝的事务。天大地大，皇帝老大，那是奉天承运的营生。明珠用了一招李代桃僵，张罗着把通房丫头姜氏跟纳兰圆房，意图转移他的心思，使他不再成天关在自己房间里，郁郁寡欢，加重病情。

身体上的病差不多好了，再调养一段时间应该就生龙活

虎了。但纳兰的心病没有痊愈,这半年多来,他想了许多许多,也接受了这种事实。他明白表妹很难再回到自己身边,除非十年以后,或许还有一线希望。清代后宫有例,宫女入宫十年,如果没有生下一男半女,没有提拔为妃子,可以让父母领回,然后嫁人。

十年,弹指一挥间。但在度日如年的相思里,十年却显得分外漫长。晚秋的风凉丝丝的,卷起片片黄叶飘零,布满青苔的路何时才能等着伊人归来?纳兰又徘徊在曾经与伊人幽会的小径,心里满是惆怅。

"靡粉衣香何处。"衣香,顾名思义,衣上散发的芳香。古人喜欢用香料烘熏衣裳。方法是:在特制的香炉上搁上沉香,然后扣上熏笼,将衣服摊展在熏笼上,慢慢熏烘。想象一下,溶溶月光透过修竹的枝叶,洒在青石的路上,那光斑忽明忽暗,一个丽人穿着高底鞋,披着新熏过的轻纱丽锦缓缓走过,浑身散发着沁人心脾的奇香。那是何等的曼妙!

如今,淅淅沥沥的秋雨里,曾经与她一起走过的小路曲曲弯弯,但不见伊人的倩影。哪里去了,伊人的足迹?哪里去了,伊人的芬芳?

伊人音讯杳绝。"消息竟沉沉"直接化用唐代左谏议大夫(相当于政协委员)韩偓《长信宫》诗"天上梦魂何杳杳,宫中消息太沈沈",是有用意的。省略了"宫中",却暗示着宫中。

最后的结句简单明了,语句顺畅、圆润,不少人击节叹赏,奉为经典词句。这其实是套用老牌诗人朱彝尊《转应曲》成句:"秋雨。秋雨。一半迴风吹去。晚凉依旧庭隅。此夜愁人睡无。无睡。无睡。红蜡也飘秋泪。"

这年,纳兰还躺在病床上时,四十四岁的朱彝尊出版了词集《江湖载酒集》,这本词集虽然是非正式发行,但大受欢迎。由于是民间集资出版,资金有限,出版量不大,供不应求。纳兰好不容易弄了一本,才读了几首,就提笔以铁杆粉丝的身份给朱彝尊写信，表达自己高山仰止的崇拜之情，并积极要求拜师学艺。这不，活学活用，把朱老师的词句直接借用了。若干年后，朱老师回忆此事，老泪纵横，感伤不已。

诗从模仿始。作为初学者，纳兰此举，不能算是剽窃。而且朱彝尊老师知道这事，人家可从来没有说过半句不是。相反，他对纳兰能够深刻领会自己这首词的含义、活学活用的敏锐大感欣慰。为什么呢？

事情得从朱彝尊的身世说起。朱彝尊出生于一个破落的书香之家，虽然他的曾祖父朱国祚为明代状元，官至户部尚书兼武英殿大学士（相当于如今的中央政治局常委），但到了朱彝尊父亲这一代，家道已经中落。朱彝尊十七岁时，"倒插门"与某教谕（相当于如今的县教育局局长）的小姐冯福贞结婚。一个大男人，混到这个境界，日子不会很舒坦。比他小七岁的小姨子冯寿常，聪明伶俐，十分崇拜自己这个才华横溢的姐夫。小妻妹不懂得人情世故，十分可爱。朱彝尊对她非常照顾，亲自教她读书写字。随着小女孩的长大，她竟深深爱上了姐夫。

爱情是美好的，但有的爱情却是一种灾难。爱情是心灵的财产，但拥有一份爱情还需要心灵以外的东西。比如身世，比如名望，比如家产。朱彝尊满腹才华，但生逢明末清初乱世，读书无用，直到中年，仍然四处漂泊。他没有足够的财力娶下小姨子。长大了的小姨子只能远嫁他乡。但他们都抑制不了相思之情，时常找机会偷偷约会。

这段为世俗所不容的感情注定万劫不复。

这段恋情终于曝于光天化日之下，招致种种非难，绝望的恋情耗尽了冯寿常的心力，不久之后，她就在韶华极盛之年病故了。

这段恋情让朱彝尊刻骨铭心，终生不忘。他写了大量的诗词去描摹一剪梦影，倾注自己所有的眷恋。

尽管如此，也只能换得午夜梦回时，对着月色，去凭吊

曾经月弦初直,霜花乍紧时的回忆,却再也找不到那个如画如梦的女子。她是他穷此一生都无法解除的痛。除了怀念,这个穷困潦倒的经学大师、诗词泰斗还能用什么来偿还她的泪,她的情?用他这一生去偿还,够吗?

朱彝尊是学术大家,晚年,曾有朋友因伤风化为由,劝他从诗集中删去为冯寿常写的情诗,以换取道德主流的认可,跻身于国家正统文化崇拜之列,可他断然拒绝了。

他知道自己已经亏欠小姨子冯寿常许多许多,如果连身后的一个破名都不肯舍弃,将亵渎了这份情爱。

一个至情至性的人。纳兰读懂了他,所以用了他的词句来表达自己对爱情矢志不移的信念。一个是小姨子,一个是表妹;一个远嫁他乡,一个深居皇宫。相似的遭遇,相似的情感,他们互相理解。

生命的温度好似野火烧不尽的离离原上草,宛如梦境中那一抹残阳,灼热烧痛了怀念的心。思念的火伴着生命,在红尘中徘徊,年年春回,年年泛滥。

秋雨里,被风吹去一半的究竟是什么?凄清、落寞,或者思念。那一半不是吹散了,而是吹向她的世界。

若解相思

花丛冷眼,自惜寻春来较晚。
知道今生,知道今生那见卿。
天然绝代,不信相思浑不解。
若解相思,定与韩凭共一枝。

——减字木兰花

当年,纳兰的座师徐乾学所编《通志堂集》卷九收了纳兰所作的五首《减字木兰花》,唯独缺了这一首。到了一百多年后的道光皇帝年间,这首才被人收录进《纳兰词》。如果排除徐乾学当时遗漏这首词是因为搜觅不广而致,那么,他就有故意失收的嫌疑。

翻开历史的记录,徐乾学是一个相当细心而谨慎的人,他工于心计,处事练达,善于处理各类关系。鉴于此,可以推论出,徐乾学故意遗漏这首词,是出于为自己和纳兰家庭避祸的考虑。因为,这首《减字木兰花》的意思明朗,矛头太直接了,根本就是对表妹入选宫女而不满,并且,暗暗希望表妹矢志不移,宁可玉碎也不去理会所谓的皇恩浩荡。

由于一直缺乏历史考据,许多学者都对纳兰有初恋情人入宫之说持怀疑态度,认为是子虚乌有。这种严谨的治学态度非常令人钦佩,纠结的是,他们又不能提出有价值的反证,来印证这种说法的虚妄性。历史,因为统治的要求,常常被别有用心者修改,或者干脆忽略真实。

春秋时期,齐庄公勾搭上了大臣崔杼的老婆,两人经常暗度陈仓,偷偷幽会。崔杼不甘心戴了绿帽子,找了个机会把齐庄公给杀了,掌管了齐国军政大权。第二天,崔杼叫来史官太史伯,搂着他的肩膀说:"兄弟,我们俩关系一直都不错,昨天这事儿我看你就这样写:国际主义战士齐庄公同志为国操劳,因病抢救无效,于某年某月某天某时去世,享

年N岁。"

太史伯说:"我早就写好了。"

崔杼有一点惊讶,问:"你早就写好了啊?兄弟你真了不起,工作态度认真,工作作风严谨。我明天叫人下发一个通告,表彰你。唔,顺便问问,你是怎样写的?"

太史伯据实说:"夏五月,崔杼弑君。"

崔杼听了,心里腾地上来一团怒火,但他还是和颜悦色地说:"兄弟,这样写不好,你改一改吧!"

太史伯低眉顺眼说:"不能改。"

崔杼当即就变了脸,喊卫兵把太史伯拖下去砍了,立马换太史伯的二弟当史官。老二也是犟脾气,坚持不改,因此脑袋也掉了。二弟死了之后就轮到了三弟。老三接任后,在竹简上挥笔书写上"夏五月,崔杼弑君",与两个哥哥同出一辙,崔杼脸都气绿了,想了半天挥挥手,还是放老三回去了。

说这个故事不是表扬史官们坚持立场、视死如归的职业精神,而是告诉大家:历史是可以进行手工操作的。太史伯一家的职业责任感固然可歌可泣,但那是在列国时代,军阀割据,相互之间的竞争非常需要人才,也就养成了人才们的一点脾气。可惜时过境迁,秦始皇统一中原后,史官们便没有这样的表现机会了。秦始皇一招"焚书坑儒"把识文断字的人吓得一片哆嗦。天下归一了,普天之下,莫非王土。谁要不坚持正确的舆论导向,一个"跨省追捕"就把你搞定。所以啊,后来的历史被权力捆绑的成分很重。清代是大兴"文字狱"的朝代,一不留神,就可能踩痛某根神经,小心驶得万年船。

纳兰的初恋涉及到皇家,是一个敏感的问题,史料的空白完全能够理解,但如果对纳兰词里几乎明明白白的流露熟视无睹的话,所谓的学问真得是一种毫无趣味的研究。纳兰身经突变,心怀隐痛,如骨鲠在喉,亟欲吐之而后快。他在词中对此终生恨事有时曲笔隐晦,偶或直吐胸臆,溢于言表。他反复援引韩凭夫妇为情抗争的传说来抗议帝王夺人所爱的事实，绝非无病呻吟，滥用(或误用)典故，甚至向壁虚构。

"花丛冷眼，自惜寻春来较晚"，开首就用了借喻。喻示误了春期，眼巴巴看着花落人家。一句"花丛冷眼"，颇有万花丛中过，片叶不沾身的洒脱。若非相信约定的人终会在灯火阑珊处出现，谁会在今生来一场繁华而漫长的等待？

"自惜寻春来较晚"化自唐代杜牧《怅别》诗："自是寻春去较迟，不须惆怅怨芳时。狂风落尽深红色，绿叶成阴子满枝。"当中，含有一个典故：杜牧进士及第后，当了宣州刺史沈传师的书记（秘书），听说百里之遥的湖州多美女，就去游览。路上遇到一个十多岁的小姑娘，杜牧细看，认为今后定会是一位绝世佳人。当下就托人去和她家人商量，要娶这个姑娘，说：现在不娶，我十年之后，会到这里来做刺史，那时再娶你姑娘。如果十年不来，你的姑娘就可以另嫁别人。于是给了许多财帛，作为聘礼。十四年后，杜牧果然来做湖州刺史。一到任，就访问那个姑娘，才知她已在三年前嫁了人，杜牧大为惆怅，写了这首诗。叹惋自己来迟，好端端让所爱女子为他人所得。

纳兰化用杜牧的诗句，深意可见。寻春来晚，不是自己耽搁了，而是因为其他原因，否则就不会"冷眼"相视了。

"知道今生，知道今生那见卿"，我不知道，我不知道今生还能在哪里与你相见！《减字木兰花》词牌在使用上，这里没有复迭的习惯，纳兰用叠句的回环效果增加语气，表明想再见伊人的执著心事，令无奈更无奈。

"天然绝代，不信相思浑不解"，纳兰的表妹是不是风华绝代，没有其他相关佐证。根据"情人眼里出西施"原理和她被选上宫女的情况，我相信她非常的美丽。仔细检索纳兰词的有关描写，串联起来，我们可以感觉出她是一个清秀而恬静的女子：穿着薄纱短衫，素罗细褶裙，身材纤细，明

眸皓齿。两条春山含翠的柳叶眉下，是一双秋水无尘的杏眼，长长的睫毛梦幻一样颤动，那上面有丁香一样的愁绪和芬芳，回眸间，千娇百媚，楚楚动人。

如此冰雪聪明的女子，定然洞悉纳兰那一片深情，那些日日夜夜里刻骨的相思。

"若解相思，定与韩凭共一枝"，若是你明了我化石般的耐心等待，明了我一意孤行的思念，你一定会、一定会坚守着诺言。宁可抱香在枝头死去，也不嫁与春风。这里颇有朱淑真的执著："宁可抱香枝上老，不随黄叶舞秋风。"

"韩凭共一枝"是取自韩凭与妻子何氏的传说，夫妻二人为情自杀后，宋康王下令把他们俩远远埋葬，让他们死后也无法在一起，但遥望的两冢坟墓各自长出一棵根连根、枝抱枝，相濡以沫的大树。这棵树，后人习惯称为"相思树"。

元好问在《摸鱼儿》就写到过这种树："问莲根、有丝多少，莲心知为谁苦？双花脉脉娇相向，只是旧家儿女。天已许。甚不教、白头生死鸳鸯浦？夕阳无语。算谢客烟中，湘妃江上，未是断肠处。香奁梦，好在灵芝瑞露。人间俯仰今古。海枯石烂情缘在，幽恨不埋黄土。相思树，流年度，无端又被西风误。兰舟少住。怕载酒重来，红衣半落，狼藉卧风雨。"

曾经的那夜，一切是如常的沉寂，月色如水，芳草凄迷。几瓣疲倦的花瓣，因风，落在她的窗前。岁月给了一个谜面，猜对了，才能相见，才能给出一段盼望。梨花纷纷地开了，并且落了，镜前的那个女子长久地凝视着镜里芬芳馥郁的美丽。而那潮湿的季节和那柔润的心，就是常常被人在夜深人静的时候蓦然回首的那一种爱情。

独自立瑶阶

隔花才歇帘纤雨,一声弹指浑无语。
梁燕自双归,长条脉脉垂。
小屏山色远,妆薄铅华浅。
独自立瑶阶,透寒金镂鞋。

——菩萨蛮

  这是典型的闺怨词。描述一个闺中女子在细雨绵绵时分,于闺房庭院中伤春伤离,思绪万千。

  但是,纳兰的闺怨与"花间词"的闺怨不同,没有那种旖旎、粉艳,像极了一朵莲花,亭亭玉立,却不妖不艳、不枝不蔓,清冷可鉴。

  这首词笔势灵动、一句一景,犹如几个镜头切换。由室外到室内,又由室内到室外,而景中透露出来的幽怨和伤感无处不在。纳兰采用了换位手法,不说自己的思念,而是通过设想,描绘她在思念我的情景,反衬出自己浓烈的思念。

  词的大意是:
隔了一朵花的距离,濛濛细雨终于停歇了。
屈指暗算我们离别的日子,叹息一声,黯然无语。
屋梁上的燕子双双飞回来了,
杨柳垂下枝条,脉脉含怨。
屋里屏风上的山水画,一派幽远的景色,
我随意梳着淡妆,脸上涂着薄薄的胭脂。
百无聊赖的我独自伫立于玉砌的台阶上,愁眉不展,
绣着金丝的绣花鞋透过阵阵寒凉。

  这首词是纳兰的早期作品,当中的"花间词"痕迹比较重,在章法安排上,前半阕侧重描绘景况,后半阕叙述人物情态,层次分明,条理清晰。

"隔花才歇廉纤雨,一声弹指浑无语",春天是人们易动感情的时候,更何况濛濛细雨时分,眼前一片模糊,宛如织就一张漫天的愁网。细雨停了,但愁绪没有止住。

廉纤雨:濛濛细雨。为什么要隔着花呢?从前大户人家庭院深深、回廊宛转,盆栽奇花异草在通风透光的屋檐下,是以才有这样一说。这是实景,又有花样女子的暗喻。"弹指"就是捻弹手指做声的意思。佛家常用"弹指"来比喻时光短暂。

双双对对的燕子回窝了,它们互相追逐着,亲昵无比,而柳丝千缕低垂,脉脉无言。归燕和垂柳,一动一静,对比中烘托出深深的失落。

下片由景及人,从外面到里面,就像摄像机的镜头拉近。首句"小屏山色远"里的"山"是画屏上绘的山,"花间词"里比比皆是。什么"金带冷,画屏幽,宝帐慵熏兰麝薄"(毛熙震《木兰花》),什么"锦屏香冷无睡,被头多少泪"(张泌《河传》)。这里,耐人寻味的是这个"远"字,词面上是指屏风上绘有的远山之貌,实际暗喻爱人远去,幽思迢遥。

"妆薄铅华浅",铅华,古代女人用的胭脂、增白粉等化妆品。这里的薄妆淡描,是唐朝花间词派杰出代表温庭筠那首《菩萨蛮》里的名句"懒起画蛾眉,弄妆梳洗迟"的同质异构。女为悦己者容,妆薄和梳洗迟都是因为欣赏的人不在眼前,连女人日常最重要的基本功课都荒废了,把女性寂寞、无奈的复杂情态刻画得惟妙惟肖。

前面忽里忽外、又远又近、亦物亦人的,写到最后,纳兰像抖包袱一样,终于把关键的事件说了出来:"独自立瑶阶,透寒金镂鞋。"她一直在无望地守候,独立在石阶上,那透过绣花鞋的寒凉是因为站得太久、太久……

这首词里,我注意到一个重要线索,那就是"瑶阶"这个词。瑶阶,即玉砌的台阶,也用为石阶的美称。在古典诗词里,它虽然不是皇家专门名词,但多与皇宫或皇家事务挂钩。晋代王嘉《拾遗记·炎帝神农》："筑圆丘以祀朝日，饰瑶阶以揖夜光。"唐代杜牧《秋夕》诗："瑶阶夜色凉如水，坐看牵牛织女星。"纳兰的《缑山曲》诗："智琼携手阿环随，同侍瑶阶看舞姬。"里面的"瑶阶"都是皇室的代名词。也只有皇宫才有如此华美的建筑。

　　以此类推，里面那个独立瑶阶的女子，应该就是纳兰被选进皇宫的表妹雪梅了。深宫高墙，锁住了她的脚步，但锁不住她思念纳兰的一颗芳心。因为这份爱，她才懒于去精心打扮，去赢得皇帝的青睐；因为这份情，她才在瑶阶上久久伫立，以至于寒冷透鞋。

　　她明白今生今世与纳兰重聚无望，相亲无缘，但她愿意就这样守候，不在乎寒冷的摧残、青春的冷落，甚至枯萎。或者，她正是那朵寂寞的雪梅，为纳兰守着冰肌玉骨，在料峭的寒风里，把梅心吹破，随冬天离去，打落自己绯红的花瓣，不让春风染指。

　　那一片冰心，只为一个人绽放。那是怎样绝无仅有的爱啊！

　　在春天以前，倘若我飘零的余音，惊扰了桃花一枕缤纷，请原谅我的疏忽。梅边吹笛，只是一个魅人的遗憾，所有桃花的轻盈，都与我无关。

从此簟纹灯影

正是辘轳金井,满砌落花红冷。
蓦地一相逢,心事眼波难定。
谁省,谁省。从此簟纹灯影。

——如梦令

簟纹灯影,是一个凄清、寂寥的意象。簟纹,指竹席细密的纹理。宋代老牌诗人苏轼《南堂五首》中有"簟纹如水帐如烟"的诗句,形容夜凉如水的独眠情形。灯影飘忽,竹席寒凉,这样的景况闭上眼睛也能想出当中蕴含的凄凉滋味。

这阕小令像极了纳兰的一生,前面是满砌落花红冷,眼波心事难定的少年风流,后半段是从此簟纹灯影的孤寂年华。

金井,装设漂亮雕栏的水井,古诗词中多形容宫廷或富贵之家的水井。在这里,纳兰与伊人不期而遇,搅动他满怀心思。

落红,那些失落的火星,曾经是那样的鲜艳,那样的娇娆,如同曾经的缠绵。这是春末夏初时节,由于地理原因,北方的夏天来得稍微迟一点,但也已经是飞花满天,落红遍地。

把这些意象组织起来,我们可以得出一条明朗的线索:某个春末夏初,纳兰与某人在皇宫重逢,但只能是眉目传情。就此,纳兰发出深深的哀叹。

我不是索隐派传承弟子,醉心于穿凿附会,但我不能无视词里的表达。对于纳兰究竟有没有表妹入宫这个说法,许多人争执了数百年,双方各执一词,也没有真正辩出个子丑寅卯。我讨厌没有想象力的蠹虫式的考证。三百多年过去了,历史的云烟究竟遮掩了什么,仅仅凭别有用心的、残缺不全的记载去管中窥豹显然是可笑的。空穴来风,未必无因。

在纳兰词里,关于这段情感的描述和感叹比比皆是。从诗词写作的基本要素来看,想象、虚构、夸张都是建立在基本生活经历上的,越感人的诗词,真实的情感经历成分越重。

在这里，我小心翼翼把词意与历史衔接一下。

康熙十三年（公元1674年）五月，康熙皇帝的元配仁孝皇后去世，宫里大办丧事。此时，正值春末夏初，落红万点愁如海。这年，纳兰二十岁，因为头年春天突发寒疾，误了高考最后一场考试（殿试），没有拿到干部资格证，所以待业在家，无所事事。听到这个消息，他寻思机会来了，宫里大办丧事，进进出出的人多，也许能够混进去见选进宫里的表妹一面。这一年里，他有过太多太多的相思，有过太多太多的夜不能寐。那是怎样的痛啊？

初恋是人生最难忘的那段情感。那是人生最初的心灵启迪，那是人生最后的懵懂终结。谁在春日艳阳的午后，牵过那柔软如荑的手？谁捧起花的脸庞，让岁月美得黯然神伤？谁又在无数暗夜独斟相思的酒，把浓烈的温度，狠狠的烧进胸口？

最好的时光里，纳兰独自徘徊在浮华的回廊，像一个拾荒者，悄悄收藏起时光的碎片，让它在心底扎成深深的痛。他渴望与表妹见面。

待业在家，并不等于没有见过世面。纳兰十七岁就在当时的国子监读书，这个学校是培养后备干部的摇篮，也是富贵子弟云集之处，跟现在的中央党校差不多，从里面出来的学子，非富即贵。不少高官、清官都出自这里，当然，也顺带出一些贪官。林子大了，什么鸟都有，这很正常。

横竖纳兰的同学都有些来路，在京城里办些事还是挺方便的，比如后来任江宁织造的曹寅同学，就曾经是康熙皇帝小时候的伴读。再加上纳兰的父亲明珠也因为在康熙皇帝与顾命大臣鳌拜的斗争中，站对了队，深得康熙器重，势力也不一般。有了这些便利，纳兰公子想趁机去皇宫一游，能帮忙并想帮忙的大有人在。

于是，纳兰公子在朋友的帮助下，穿着红色的袈裟混在

做法事的喇嘛队伍里进了宫。在烟雾缭绕的宫殿里，滥竽充数的纳兰随队伍绕着法坛念念有词，走到水井旁边，一抬头，终于看见朝思暮想的初恋情人，她就在不远处。

这一刻，纳兰犹如被雷电击中一般……自此后，两人隔了三年多再次相逢。那是纳兰当上了皇家禁卫军军官（三等侍卫），在乾清宫上班之后。在皇宫的水井旁边，他们不期而遇。

这首词的大意是：

就在洒满落花的水井边，我们不期而遇。

看见你的那一瞬间，我心乱如捣，不知所措。

你遥遥地站在那里，出水芙蓉般清丽。

宫禁森严，我们只能遥遥相对。

有谁明白，有谁明白？

从此，伴我的是孤灯寒凉。

这首词精巧雅致，最令人咀嚼思索的，莫如那个"冷"字。这并不是一个单纯的情境修饰语词，而是纳兰心绪最真实贴切的写照，细细读来幽冷袭人。

"正是辘轳金井，满砌落花红冷"，春残，水井周围的石阶上层层落红铺砌，使人不忍践踏。那些昨日繁华，不可遏止地勾起人多愁善感的心绪。更让人感伤的是，昔日的恋人就站在落花深处。

檀香缭绕，暮春的阳光下，一个素衣丽人静静地站在那里，脚下满地残红，红与白，对比之下，她更显得楚楚动人。她的目光满是幽怨、无奈。四目相望，彼此读到的是无尽的哀愁。咫尺之间，却隔着无形的墙，无法牵手。

红色本是暖色调，落红，失去生命的颜色却是冷冷的。既是纳兰寂寞阑珊的心情写照，也是初恋必然结局的象征吧。人生总是这样遗恨绵绵，最美最动人的事物旋即如落花飘散，不可挽留地消逝，余韵袅袅。

"蓦地一相逢，心事眼波难定"，蓦然间相逢，那惊鸿一瞥的激切、战栗，引发了更多的困扰。所以，"谁省，谁省。从此簟纹灯影"这一直转而下的心理变化，正是刹那间的欣喜浸入了绵绵不尽的忧愁和疑惑中。从今以后，深夜的青灯旁，又多了一个孤枕不眠的人，他将在悠长的相思里颠沛流离。

　　岁月的流痕，刻在了他的脸上，但初恋在他的心里，一直是那么鲜艳夺目。

相逢不语

相逢不语,一朵芙蓉著秋雨。
小晕红潮,斜溜鬟心只凤翘。
待将低唤,直为凝情恐人见。
欲诉幽怀,转过回阑叩玉钗。

——减字木兰花

有人绘声绘色地说,这是纳兰描述自己乔装喇嘛冒险进宫去见表妹时的情景。根据就是清代那个著名的无名氏写的《赁庑笔记》:"纳兰容若眷一女,绝色也,有婚姻之约。旋此女入宫,顿成陌路。容若愁思郁结,誓必一见,了此凤因。会遭国丧,喇嘛每日应入宫唪经,容若贿通喇嘛,披袈裟,居然入宫,果得彼妹一见。而宫禁森严,竟不能通一语,怅然而出。"

对于纳兰乔装喇嘛入宫见表妹一说,许多清史家都不认可。他们在图书馆的故纸堆里没有找到官方线索,所以断言是无稽之谈。我不想介入没有想象力的历史争论。我只想提醒,清代是大兴文字狱的时代,许多话,许多事都说不得。就因为找不到其他证据就否定无名氏的《赁庑笔记》,实在无聊。

我相信纳兰深爱的表妹选入宫中的说法,也相信纳兰曾经乔装喇嘛混进宫去见表妹。但我不相信这首《减字木兰花》就是当时的写照。因为,我在词里始终找不到那种战战兢兢而又渴望至深的感觉。

纳兰混入宫里是下了很大决心的,毕竟这是冒天下之大不韪的冒险勾当,如果被发现,后果相当严重。纳兰知书达理、温文尔雅,不是那种莽撞的匹夫,他之所以去冒险,是因为他太想念表妹了,这种强烈的渴望,驱使温良恭俭的纳兰铤而走险。因此,他们相见时的心情绝对不会平静,再者,宫禁森严,一个养尊处优的二十岁的公子哥,是不可能做到面不改色心不跳,临危不惧。诚惶诚恐、忐忑不安的心境还是会有的。然而,词里所表现出来的气氛从容淡定，完全不是又激动又焦虑的状况。我肯定纳兰不是描述当时的情景，而是另有所写。

另外，顺便说一下，无名氏笔记里所说的国丧，是康熙皇帝为元配妻子仁孝皇后举办的丧礼。仁孝皇后是康熙十三年（公元1674年）五月初因难产身亡，丧礼是在初夏。与词里描绘的秋雨根本是南辕北辙。

我想，许多时候，还是不要想当然地信口开河的好。就算是扯淡，也要能够自圆其说。

这是康熙十六年（公元1677年）的秋天，待业近两年的纳兰终于得到了分配，参军在皇宫里站岗，职务是三等侍卫（禁卫军少校）。每天看着乾清宫内那副康熙亲笔题写的楹联："克宽克仁，皇建其有极；惟精惟一，道积于厥躬。"实在很无聊。

在乾清宫里，纳兰看到了日夜思念的表妹。

咫尺天涯。就像一只搁浅在海边的旧木船，咫尺之内就是澎湃的海水，但却隔着永恒的距离，再也无法起锚。在幽深的后宫里，纳兰与表妹不期而遇，自从上次他乔装喇嘛混进宫与她相见，到现在已经三年多了，这三年里，纳兰差不多是丧魂失魄过来的。

"相逢不语"，轻悄悄的四个字，却蕴含着沉甸甸的复杂情感，扣人心弦。朝思暮想的恋人相遇，该有多少知心话要说？该有多少事要问？然而，他们只是四目凝视，没有语言便默默移开。这情形，反映出他们内心的纠结，也表现了这份感情的无奈。

相逢不语，四目相对，表妹还是那样清艳，宛如秋雨滴落里的一株芙蓉，脸庞倏然泛起的红晕正是那种最直白的倾诉。那云鬓堆烟里颤悠悠的凤形头饰，在阳光下闪烁如当年的往事。

"一朵芙蓉著秋雨"，是一种虚实两致的笔法，既是近

取譬，又是明喻。用眼前的景况去修辞人与物的内在联系。芙蓉，贵而不骄；秋雨，清而不腻。点点雨滴落在洁净的芙蓉之上，相逢无须言语，那份清逸脱俗的意境油然而生。

"小晕红潮"，倏然，她脸上飞起红晕，明艳动人，那令人爱怜的容颜，是见到爱人的羞怯和惊喜。

相逢有不期而遇的意思，如果是特意去相见，应该是不会用"相逢"这个字眼的。汉语词汇就是这样微妙。

是什么让这一对恋人相逢不语？不是羞涩，不是疑惑，不是匆忙，而是百无禁忌的唯一禁忌——皇权。至高无上的皇权，就是他们的天涯。

环佩叮当，一阵芬芳扑面而来，想要轻声呼唤爱人，却又怕被人听见，怕真情被人所知，欲言又止。这是第一句"相逢不语"的补充说明。表示这份情感只能秘而不宣，就像一部抗日电视里的那句台词："打枪的不要，悄悄的干活"。

我个人认为，"待将低唤，直为凝情恐人见"两句似是多余，有了"相逢不语"，不去作进一步解释，读者也不会糊涂。留下笔墨拓开，也许更好。诗词贵曲忌直，往往要留有想象余地，令人遐想。宋代资深文艺批评家严羽说："语忌直，意忌浅，脉忌露。"（《沧浪诗话》）反对内涵俱现，一览无余。当然，这种诗词技术上的问题，见仁见智，没有一定之规，得看感觉。

此时，他们有千言万语需要倾诉，有一片冰心、有满怀幽怨、有百般无奈。

"欲诉幽怀，转过回阑叩玉钗"，欲说还休，是因为人多眼杂，伊人悄悄地走过去，步履蹒跚，转过曲折的走廊，取下头上的玉钗轻轻叩响。

"叩玉钗"，是呼唤、是提醒、是暗示、是表情达意，是心有灵犀一点通的暗喻。

又误心期到下弦

彤霞久绝飞琼字,人在谁边?人在谁边?
今夜玉清眠不眠?
香消被冷灯残灭,静数秋天,静数秋天,
又误心期到下弦。

——采桑子

飞琼,即许飞琼,古代传说中西王母的侍女,是一个大美女。既然是仙界的美女,云蒸霞蔚的出入派头那是很自然的,纳兰用"彤霞"来形容,不算夸张。

"彤霞久绝飞琼字",这句话解释起来就是:很久没有收到伊人的书信了!但千万不要误会纳兰是写仙界那点事儿,或者记叙与一个女道士之间不得不说的故事。清朝不比唐代。在唐代,经常有皇室贵族女子入道观束发修行,并将一个清净之地整成上演风流逸事的文化沙龙。著名的胖美人杨玉环就曾经入道观出家,之后,她就从唐玄宗李隆基的儿媳妇升级成为老婆。

唐懿宗咸通年间,长安城外的咸宜观住进了一位姓鱼的年轻女子,道号"玄机"。这女子是一个没有什么名气的中层官员李亿的小妾,生得如花似玉,而且是货真价实的美女作家,诗写得相当好。二十二岁那年,因为李亿的大老婆太强悍,容她不下,她只好在咸宜观出家。在咸宜观度过多少冷清寂寞的夜晚,她写下"易求无价宝,难得有情郎"的句子。

鱼玄机才名与艳名在外,王孙贵族、雅士名流趋之若鹜,自告奋勇去充当她的情郎,把个清净的道观弄得乌七八糟,鱼玄机由此完成了从弃妇到艳妇的转型。一段已不在的墙,一个风情万种的才女,一段又一段花边新闻,把一个唐朝年代搅得意乱情迷。

如此风光旖旎的美事在清代断然没有。时代不同了,风气不一样。纳兰生不逢时,没有机会跟漂亮的女道士发生风流韵事,也就不会去劳神写道观那点破事。"飞琼"是指代,喻指他的美丽恋人。众所周知,纳兰的初恋情人做了宫女,能够选到宫里绝不是粗枝大叶,所以,用仙女来比喻不过分。再说,与宫女眉来眼去、藕断丝连,不是闹着玩的事,得保密。综上所述,纳兰用道家语境去遮掩,很有必要。

"飞琼"是古代文化的一个美丽符号,常用于泛指。宋代饱受压抑的"先锋派"诗人柳永写过一首《玉女摇仙佩》,把佳人那种美丽形象渲染得举世无双:

"飞琼伴侣,偶别珠宫,未返神仙行缀。取次梳妆,寻常言语,有得几多姝丽。拟把名花比。恐旁人笑我,谈何容易。细思算,奇葩艳卉,惟是深红浅白而已。争如这多情,占得人间,千娇百媚。须信画堂绣阁,皓月清风,忍把光阴轻弃。自古及今,佳人才子,少得当年双美。且恁相偎倚。未消得,怜我多才多艺。愿奶奶、兰心蕙性,枕前言下,表余深意。为盟誓。今生断不孤鸳被。"

浪子柳永心目中所倾心的伊人形象多么令人神往,如仙女飞琼偶然降临人世,风情万种、仪态不凡。这个浪子无限倾慕与期盼的美女实际上是有夫之妇,"奶奶"是宋时尊称主妇的俗语。隆重声明,我不是对我的偶像柳永进行道德评估,而是从中引出"偷情"的线索,来佐证纳兰引用"飞琼"这个符号与柳永的异曲同工之处。因为,纳兰心上的伊人是皇帝的宫女,肯定不能与皇帝之外的男人眉来眼去,芳心暗许。

"彤霞久绝飞琼字",有一段时期没有收到伊人的纸条了,不知道她最近在做什么。为什么说是小纸条呢?纳兰与表妹的恋情是地下活动,相互之间的联络不可能明目张胆地通过正式渠道,只能是递递纸条什么的,而且里面的言辞相当晦涩,心有灵犀才能破译。否则,万一不慎落入他人之手,一目了然的话,事情败露，说不准要被乱棍打死。"人在谁边？人在谁边？"反复地疑问，这里的叠句是《采桑子》词牌的格式，大家都这样写，增加一种回环的效果。

"今夜玉清眠不眠？"今夜你在宫阙里也和我一样失眠了吗？玉清，道家三清境之一，为元始天尊所居。这里指喻伊人居住的皇宫。恋爱中最有幸福感的就是对方无时无刻不在想着自己，似乎这样才能落实自己在对方心目中的分量。当自己在思念的时候，也希望恋人同时在思念自己。爱情是一种互动而升华的情感历程，你中有我，我中有你，彼此想念、渴望，像两个忐忑的动词，纠缠不止。我的心里只有你！

秋天，已趋于静寂，秋夜思人更是心迹可见。人在喧闹里容易忘乎所以，或者，只有宁静的时刻更能接近自己的心灵轨迹。夜不能寐，是因为思念，是因为坚持的意念，是因为有一颗心在渴望另一颗心同频共振。思念是睡梦的敌人，在这样的短兵相接里，睡眠仓皇逃逸是因为思念的强大。

于是，"香消被冷灯残灭"，房间里的燃香烧尽了，夜很深很深了，秋寒越来越重，辗转难眠，被子越来越冷。蜡烛也燃尽，屋里一团漆黑。冷冷清清，寂寂寥寥，空空落落。这样的情形早在几千年前的《诗经》里出现："求之不得，寤寐思服。悠哉悠哉，辗转反侧。"像这首诗中蕴含悬念的爱情道路，是最折磨人的。

伊人没有讯息传递，有许多种可能，最大的可能是不方便。因此，纳兰只能静静地坐在漆黑的房间里"静数秋天，静数秋天"，静静地计算着日子。也许伊人该来信了吧？也许该定一下相约的时间了吧？也许再过几天……

其实，我们活在这个世上，没有太多的也许。等待的日子总是漫长而又焦虑的，待到忽然惊觉，发现又到了月末的时候，心里期待欢会的日子一再拖延。

结尾的"又误心期到下弦"意思很明朗。可以认为纳兰与佳人有约,或者是一个花好月圆之夜,却一直苦等不来,盼啊盼啊,不知不觉就到了下弦月的时光了。下弦月也象征缺损,人生总是如此的不圆满,所以,他只能一天又一天地在缺损之中苦闷地度过。

昨夜个人曾有约

昨夜个人曾有约，严城玉漏三更。
一钩新月几疏星。夜阑犹未寝，人静鼠窥灯。
原是瞿唐风间阻，错教人恨无情。
小阑干外寂无声。几回肠断处，风动护花铃。

——临江仙

佳人有约，这真是一件心往神驰的妙事。撇开所有的历史猜测，仅仅从字面上感觉，这是一首偷情词，而且偷情的对象不一般。

曾当过唐代玄宗皇帝侍卫的韦应物在一首《观早朝》诗里写道："伐鼓通严城，车马溢广躔。煌煌列明烛，朝服照华鲜。"里面的"严城"无疑就是指宫城了。纳兰词里的"严城"是不是也如此呢？

另外，"瞿唐"不仅仅是一个地处三峡的地理名词，而应该与皇家风月有关。赫赫有名的"巫山云雨"说的是楚襄王与巫山神女那么点艳事，瞿唐峡紧靠巫山，言外之意，恐怕与皇家脱不了干系。

纳兰二十三岁在皇宫乾清门当门卫。这个时候，纳兰还只是个三等侍卫。乾清门是皇帝内宫的门户，利用值夜班，深更半夜往内宫的某个地方去一去的机会还是有的。因此，约会的这个女子大概就是纳兰那位一直被正史有意无意忽略的表妹雪梅。种种迹象表明，他们之间在宫禁森严的大内发生一点什么事，完全可能。

约会皇帝的禁脔，需要敢冒杀身之祸的勇气。三百多年以前及以前的以前，除了幽会风月场所的女人之外，与其他任何女子约会都是不正常的。那时，男女不流行谈恋爱，成年女人婚前婚后都不能随便出来，私会男人的后果很严重。

宋朝著名美女作家朱淑真，婚后与老公感情不好，老公

当了个小官,带着小妾在外地工作,把她搁在老家,长期分居。朱美女年轻漂亮,又有才情,独守空房,寂寞无边,跟爱慕者私会被发现,逼得投河自尽。幸亏那男人溜得快,没有被逮住装猪笼子沉塘。跟一个小官僚的老婆私会都这般危险,何况跟在册的宫妃或宫女,想想都心惊胆战。就算她们长期被冷落,也别想打主意。

但无论如何,纳兰去会情人了。约好的时间是半夜三更。古代把晚上划为五更,约两小时为一更,三更正好是子时,就是晚上十一点至一点这段时间。这时,一弯上弦月正挂在天上,月明星疏。

这里明显是化用宋代李石的《临江仙·佳人》:

烟柳疏疏人悄悄,画楼风外吹笙。倚阑闻唤小红声,熏香临欲睡,玉漏已三更。

坐待不来来又去,一方明月中庭,粉墙东畔小桥横。起来花影下,扇子扑飞萤。

李石描写的是一个闺中女子深夜等待约会的男子,有约而失约,相期而未遇,给她带来的是无尽的惆怅与忧伤。闺房中熏香炉吐出缕缕青烟,玉漏的水滴声报夜已三更。玉漏的滴响,飘动的熏香,烘托出闺房更寂静,她在失望中更感孤独,欲睡未睡坐等到天明。

纳兰约会的结局也是如此。等到夜深人静,一钩新月兀自高挂,两人仍然没有如期而会,只有老鼠偷偷摸摸地爬出来,在寝室瞪着滴溜溜的小眼睛。当时,有没有老鼠出来不好说,但那种偷偷摸摸的感觉十分明朗。

"鼠窥灯"这个意象来自宋代秦观《如梦令》:遥夜沉沉如水,风紧驿亭深闭。梦破鼠窥灯,霜送晓寒侵被。无寐,无寐,门外马嘶人起。

不过秦观不是写约会,而是描写自己受党祸之累,屡遭贬谪,自处州再贬到郴州,夜宿驿站的潦倒境况。驿站破败,夜深人静,老鼠纷纷出动,垂涎那盏灯油!

下片解释没有约会成功的原因,不是两个有情人彼此变心,而是某些不可明言的外界因素的介入造成了遗憾。私会这个勾当不仅需要决心,还需要机会,本来想夜深人静的时候,大家都沉沉睡去,好偷偷摸摸地溜到相约的地点,谁知道有人拉肚子,半夜出来解手什么的;或者有人寂寞难耐,悄悄爬起来,到院子里望月叹息。反正一个偶然的意外都可能搅黄了这次精心设计的约会。要不,干脆是皇帝哥哥日理万机,半夜三更还在御书房挑灯批吴三桂等三藩作乱的折子。

于是"小阑干外寂无声。几回肠断处,风动护花铃"。护花铃是一种风铃,系于花梢之旁,用来惊吓鸟类。伊人在屋子里久候没有结果,栏杆外面依然鸦雀无声,几次在门口把房门轻轻拉开一条缝,都没有看见心上人的身影,只有风儿吹响花旁护花铃清脆的声音。结句由情入景,写出遗憾深深,余音袅袅。

月牙儿高,油灯暗,玉漏已滴到三更,抬头看着窗外,夜色阑珊,我的心底有一泓清泉在潺潺流动。多么盼望你一身青衣白衫,随风而来,眼角藏着笑意。孤独如我,深宫无奈,不染尘埃,爱你,要穿越多少眺望的宫墙柳。爱我,也要跨越一座城池。

洁面。净手。更衣。焚香。我挽起青丝,插一根翠玉的簪子,穿上月白的儒衫,裹着淡紫的纱裙,系上一条淡黄的宫绦,静静地坐在案前,抚摸着心爱的古琴,凝神想着你的渌水亭,听风儿捎来你深远的叹息,我素手抬起,拨动一根琴弦,这声长叹是否传到你的耳畔?

你的亭台楼阁,你的烟雨迷茫,无不是我流连的向往。深宫里,我是一尊精致绝伦的宋代花瓶,一不小心就会碎在那个时空曲折的长廊里。

但我愿意一直这样等你!

深宫禁苑里,一个花样年华的女子在一盏孤灯下想念着、期待着、无望地守候着。那是纳兰无法收拾的痛。

偷情是不地道的，可是，把一大群风华正茂的女人名正言顺地锁在自己的后宫，与寂寞为伴，是不是更不地道呢？

今夜，我们与风声有个约会！

凄凉满地红心草

绿阴帘外梧桐影，玉虎牵金井。
怕听啼鴂出帘迟，恰到年年今日两相思。
凄凉满地红心草，此恨谁知道。
待将幽忆寄新词，分付芭蕉风定月斜时。

——虞美人

《虞美人》这个词牌，千余年来，填写过的人数不胜数，但没有谁超过南唐后主李煜那首："春花秋月何时了，往事知多少？小楼昨夜又东风，故国不堪回首月明中。雕栏玉砌应犹在，只是朱颜改。问君能有几多愁，恰似一江春水向东流。"

全词以问起，以答结；由问天、问人而到自问，呈现出凄楚的音调和曲折回旋、流走自如的艺术结构，用语顺达，一气盘旋，曲折动荡，如怨如叹，如泣如诉。

李煜的这首词是《虞美人》词牌的巅峰性品牌。词里没有一个生僻字眼，没有一个典故，没有丝毫雕琢痕迹，用词自然、圆润，如拉家常一样娓娓道来，但词意却盘旋回环，最后把空泛的愁寄寓在一江春水之中，具有了重量和质地。

纳兰对相隔了六个世纪的李后主十分推崇，他在《渌水亭杂识》中说："花间之词如古玉，贵重而不适用，宋词适用而少贵重，李后主兼有其美，更饶烟水迷离之致。"

有人喜欢拿纳兰与李后主比个高低，其实这种纵向比较很无聊，跟张飞打岳飞的说辞如出一辙。文化是一个发展传承过程，词，从唐代兴起，到了宋代，经过长期不断的发展，进入了鼎盛时期。之后，汉语文化进入下一个环节。词，在清代死灰复燃已经是个奇迹，一个异族青年将非母语操持得如此这般更是异数，不必捆绑着跟数百年前的宋代经典去比试。

近代国学大师梁启超说："容若小词，直追后主。"指

的是他的风格和手法受李煜的深刻影响。伤情，是他们词作里的共性。

北宋诗人兼著名书法家黄庭坚指出：词要借物托情，所寄托的必须是难以言说的苦衷，必须是不能直吐的怨愤和不能直抒的情怀。纳兰痛失初恋，心中悲苦难以言状，只能借词消愁。

又是绿树成荫时，帘外的梧桐树影婆娑，井辘轳的绳索静静地挂着。怕听到杜鹃鸟凄凉的啼叫，所以才迟迟出门，如今，恰是年年相思的日子。

满地红心草，那卷曲的草啊，我寄你此恨绵绵。只等一腔幽怨挥就成词，摇曳的芭蕉啊，请在明月西斜时别再弄出动静。

实话实说，纳兰这首词不是他的精品。开头就很一般，景况的描写显得空泛无力。"梧桐影"这个意象的使用完全没有宋代著名农业专干"柳屯田"柳永《倾杯》词中"愁绪终难整，又是立尽、梧桐碎影"那般别致、灵妙。

"怕听啼鴂"句出自宋代张炎《高阳台》词："莫开帘，怕见飞花，怕听啼鴂。"破落弟子张炎在南宋灭亡后重游西湖时，把一腔亡国之恨尽付笔端。由西湖风光不再的荒凉冷落景况转入亡国之痛，凄凉幽怨，郁郁至极。一句"怕听啼鴂"举重若轻，余音不绝。

年年今日两相思？这个今日是哪一个日子？当然不会是亡妻的祭日，因为是两相思，他想念的人还活着。也不会是沈宛，那是他生命终结前短暂的情缘。那会是谁呢？这是个谜。两地相思，肯定是深爱着又无可奈何的，又是年年相思，恐怕只有纳兰那个被选进皇宫里的表妹雪梅了。

月圆月缺，生命里许许多多的事都是这样无奈。或者，正是由于一种缺陷，才更让人梦牵魂绕。

"凄凉满地红心草，此恨谁知道"，满地萋萋的红心草，凄清地战栗，那一种绵绵的幽恨有谁明了？红心草：多年生草本，丛生，羽状全裂或近羽状复叶，随处可见。这种植物的文化寓意不太突出，远没有"红豆生南国"里的红豆那样有名气。虽然唐代知名诗人王炎《西施挽歌》诗里写过"满地红心草,三层碧玉阶。春风无处所,凄恨不胜怀",用以烘托美人西施的身后悲凉、遗恨绵绵。但写意不到位,没有产生轰动效应。

纳兰词里写了红心草,但给人的感想不深,或者说,有一种陌生感。填词所用的意象,一般都注重选择具有符号意义的意象,使它们产生本体以外的喻意。比如,写柳树,会利用柳树依依的形态生发出恋恋不舍的情感暗示。"红心草"没什么名气,用起来效果不明朗。

这首词,单篇地看,犹如七金楼台拆碎,气韵、厚重都显不足,用语也不甚润畅,却值得通观,去感触那一份惋惜和追思,那一声长叹!

"待将幽忆寄新词,分付芭蕉风定月斜时",要把满腔的怀念题写在新词里,最好是在风住了,芭蕉叶不再摇曳的时分。这时,夜深人静,月儿西斜。

其实,遗憾就是最美的意境,犹如那弯残月,在纤云里若即若离,构思一帘幽梦。我一往深情的回眸,是无悔的允诺。即使生如夏花,惊鸿一现的总是我如痴如醉的柔情。

痛楚的不是别离,不是。在月光如练的时分,痛楚的是无缘的我和你;是如何,是如何也无法亲近的刻骨铭心的相思。

半生已分孤眠过

曲阑深处重相见，匀泪偎人颤。
凄凉别后两应同，最是不胜清怨月明中。
半生已分孤眠过，山枕檀痕涴。
忆来何事最销魂，第一折枝花样画罗裙。

——虞美人

那年，诗仙李白兴冲冲地爬上江南三大名楼之一的黄鹤楼，喝了三碗老酒，顿时豪气干云地，冲店小二要了狼毫笔，踌躇满志地想在墙壁上题诗，抒发下壮志豪情，谁知抬头看了壁上崔颢题写的七律《黄鹤楼》："昔人已乘黄鹤去，此地空余黄鹤楼。黄鹤一去不复返，白云千载空悠悠。晴川历历汉阳树，芳草萋萋鹦鹉洲。日暮乡关何处是？烟波江上使人愁。"顿时歇手，长叹一声，咬牙切齿地说："眼前有景道不得，崔颢题诗在上头。"扔下笔，怏怏而去。

文字这东西就是这样奇妙，某时某地，那些经典的文字一经人写出来，想要去超越，实在是难。就像《虞美人》这个词牌，自从南唐李后主多事，填了那首"春花秋月何时了"之后，再也没有人望其项背。也就是说，这个词牌被他用力过度给用坏了，人家再怎么去使唤都不顺手。或者可以这样理解，这个词牌就是为李煜量身打造的，其他人别动。

虞美人，亦称田野罂粟或法兰德斯罂粟，一年生植物。花未开时，蛋圆形的花蕾上包着两片绿色白边的萼片，亭亭玉立时，极像低头沉思的少女。但随风飘舞时，又像极了一个"彩袖殷勤捧玉钟，当年拼却醉颜红。舞低杨柳楼心月，歌尽桃花扇影风"的美女。

"虞美人"在古代寓意着生离死别、悲悼。相传，楚汉之战，项羽被刘邦的大军围困于垓下（安徽灵县），夜闻四面楚歌，他饮酒悲歌《垓下歌》："力拔山兮气盖世，时不利兮骓不逝，雖不逝兮可奈何！虞兮虞兮奈若何！"他的娇妾虞姬闻歌起舞，舞罢，拔剑自刎，鲜血洒落的地方开出大片色彩绚烂的花，这种花就叫做了虞美人。

《虞美人》这个词牌，因此而得名。

词，是一种暗示。在深度阅读李煜的词作后，纳兰不仅喜欢上他的造句，更迷恋他那无处不在的哀愁，那迷迷蒙蒙，捕捉不到而又挥之不去的凄美意境。

于是，我们读到了一种刻画出来的忧伤。

这首词描述的是当年与伊人幽会的情景，起头两句读来摇心动魄。"曲阑深处重相见，匀泪偎人颤。"在曲曲弯弯的回廊幽深处，你擦拭泪眼婆娑的脸，依偎在我怀抱里轻轻颤抖。这是李煜《菩萨蛮》词"画堂南畔见，一向偎人颤"的意象临摹。把幽会时那种既激动、又羞涩的情态勾勒得出神入化。

接后两句词意陡转，道破这原是记忆中的美妙而已，现在已经是别后凄凉，凄清幽怨到让人不堪承受了。"最是不胜清怨月明中。"这是李煜《虞美人》里词"往事不堪回首月明中"的翻版，但没有那种语句顺朗、词意蕴藉的高妙。

词境则心境。纳兰毕竟没有李后主身经国破家亡的沧海巨变。那种灭顶的绝望、铺天盖地的悲凉，不可能从纳兰笔端流出。从基本功来说，纳兰的先天条件就落后了，汉语不是他的母语。而李煜自幼就生长在汉语文化的高端环境里，作为王子，锦衣玉食，他可以心无旁骛地把精力都浸濡在文章、诗词、音律、书法及舞蹈等方面，取得了卓著的成就。

另外，李煜写这首《虞美人》是在他近四十岁时，正处于一个人的人生阅历和文化积累最旺盛的时候，而纳兰写的时候才二十来岁，文化积累和人生阅历上都差那么些，但他能够写出那种弥散如雾的清怨，已经很了不起了。

本词的下片紧承上片词意，将那种失意的情态一倾到

底，用词精美婉约，辛酸入骨，词法与李后主词神似，不过多地借助外景，而选择用白描的手法深入内心，情恳意切，用词清净。

半生都已经孤独而过，"山枕檀痕浣。"山枕：枕头。古代枕头多用木、瓷等制作，中凹，两端突起，其形如山，故名。檀痕：泪痕。浣：沾染，弄脏。这是一个倒装句。常常是思念和忧伤的泪水打湿了枕头。

最后，纳兰经过总结，认为一生中最值得玩味、最快乐又最忧伤的经历，就是与她幽会的那一段光阴，那是她生命里最美丽的年华。"第一折枝花样画罗裙。"折枝：中国花卉画法之一，不画整枝，而只画其中一段，取最美的那一段。

按照字面上解释就是，最精美的是兰心惠质的你，是素白的罗裙上画出意境疏淡图案的你。刻画出这个女子清雅出尘的美，来完善最后面的"销魂"的说法。一般，那些"村学究"就是这样感觉的。

读词，不仅要读进去，而且，还要走出来。光读进去了，忘记出来，把自己关在里面，太尴尬了。明代著名诗评家杨慎读唐代杜牧的《江南春》"千里莺啼绿映红，水村山郭酒旗风。南朝四百八十寺，多少楼台烟雨中"时，痛心疾首地说：千里莺啼，谁人识得？千里绿映红，谁能看见？要是写十里，那还差不多，能够看见。老杨才高八斗，不小心犯了一个学术错误，把诗给读死了，让自己埋在里面没有出来。

折枝花样画罗裙，是一个组合名词。就是用折枝技法绘上画案的罗裙。纳兰最后的言外之意是折枝花样画罗裙：一生中最销魂的经历是那个夜晚，她穿着素白的罗裙，罗裙上画着意境疏淡的图案，风华绝代。那是她生命里最美好的年华，而这样的美丽，是为我盛开！

写男女偷会的香艳放荡，《花间词》一书中比比皆是。后主李煜就有一首大名鼎鼎的《菩萨蛮》："花明月暗飞轻雾，今宵好向郎边去。衩袜步香阶，手提金缕鞋。画堂南畔见，一向偎人颤。奴为出来难，教郎恣意怜。"大周后的妹妹小周后天姿国色，见姐姐嫁了既显贵又才华横溢的李煜，芳心暗许，跟姐夫人约黄昏后，晚上，小周后悄悄出了画阁，往约会的地方去，路上怕人听见她的脚步声，脱了金缕鞋，提在手上，只穿了袜子行走。月影朦胧中，在画堂的南边屋角，看见等候多时的李后主。小周后既激动又羞涩，晕头晕脑被李后主搂在怀里，浑身颤抖。她依偎着他，梨花带雨地问："你真的喜欢我吗？你不是图新鲜吧？你可要好好爱惜我哦！"顿时，李后主爱意横生，不能自禁。

　　纳兰没有顺着香艳的路子高歌猛进，而是想念中徐徐铺展那份炽热的情感。爱尔兰戏剧家萧伯纳说："人生有两大悲剧，一是失去你心爱的东西，一是拥有了你心爱的东西。"这两样纳兰都拥有，那就是悲剧里的悲剧。因此，他黯然销魂，感觉半生都是孤零零地度过。想来，余生也只是重复这种孤独，心里充满沧桑。

　　如此，他更怀念那曾经的美好时光，感叹那是一生中最幸福的时光，最销魂的经历。这个与纳兰幽会的女人应该是表妹雪梅，词里描写的幽会说不清是她被选进皇宫之前还是之后。纳兰胆大妄为，参加工作前都敢冒充喇嘛进宫与表妹偷偷见面，上了班，当了军官，在乾清门值班守卫，方便了，与宫里的表妹做点暗度陈仓的事，估计能够干得出来。给皇帝戴一戴绿帽子，想必许多人是支持纳兰的。

　　实际上，人生没有最好，只有更好。纳兰这首词如果给妻子卢氏和江南美女沈宛看到，不知会不会有想法。其实，纳兰说"最销魂"只是诗词写作的夸张手法而已，不能哲学地看待。

　　话又说回来，得不到的永远是最好的。人的心理就是这样奇特。

摘花销恨旧风流

雨歇梧桐泪乍收,遣怀翻自忆从头。
摘花销恨旧风流。
帘影碧桃人已去,屐痕苍藓径空留。
两眉何处月如钩?

——浣溪沙

梧桐树下,总是流出一地忧伤。雨停了,究竟是树的泪收了,还是伤心人的泪收了?或者只有满地堆积的落叶知道。"梧桐更兼细雨,点点滴滴,到黄昏。这次第,怎一个愁字了得?"宋代那个清莹照人的女子李清照曾经在树下徘徊,试图拾起地上凋零的菊花,拾起那曾经金灿灿的时光。

细雨、梧桐树、乍暖还寒时节。这些景况在历代诗人的千锤百炼下,成为忧伤、凄清的经典意境。纳兰的目光在这个雨天里似乎格外惆怅。对爱情图景的线性夸张,是不是支撑纳兰漫长等待的痛苦根基?

期待不是骗局,期待重新组合了经验,并且,热烈地勾勒出自己在未来的幸福轮廓。或者说,期待提供了一条进入情感迷津的途径,它指引纳兰带着难以言说的痛楚和焦虑摸索。在心灵的针尖上闪烁的时光是那样的炫目,一如海市蜃楼。

"雨歇梧桐泪乍收,遣怀翻自忆从头",期待或者憧憬是置身怀念泥沼里的温柔眺望。细雨初歇,梧桐树下的忧伤却无法停下。不由自主想起从前,想起从前的花前月下,想起伊人的温柔,想起她的笑靥如花,百感交集。

一场又一场雨,荡涤着尘埃和烦躁,渌水亭畔的湖水变得更幽深。匆匆折叠起的几分梦呓的闲愁,寄望那凝思的湖,会不会掠过白鹭疏狂的翅膀?有一种爱意是藏在毫无悬念的期待里,那是无花之果,花是密密麻麻开在心里的。没有目光与目光的相逢,是不是应该在脑海把凝固的身影一次次勾勒?无奈的心思沉积会愁寂湿衣,也会在无语里开出高贵的永不凋零的花朵。

"摘花销恨旧风流",那时候,伊人如花、笑意盈盈;那时候,闲窗影里,赌字泼茶,几多浪漫,何等甜蜜!可是这一切都成了往日风云,旧时风流!

"摘花销恨"出自五代王仁裕《开元天宝遗事》里记载的故事:千古风流天子唐明皇与杨贵妃在后宫欢宴,那时,千叶桃盛开,唐明皇感叹说:"不独萱草忘怀,此花亦能销恨"。

桃花能不能消恨,唐代才子崔护最有体会。当年他高考(科举考试)落榜,跑到城南郊外去散心,以解失意的郁闷,在桃花烂漫的桃林里,遇到一个清纯的美少女,自此他念念不忘,高考失意的郁闷淡去了,却添了一段新愁。第二年,他寻芳再次来临,已经是"人面不知何处去,桃花依旧笑春风",无限惆怅,更与何人说?

情愁也是一种烂漫。愁到极致,那种凄绝、清冷总是透露出诡魅的美丽。摘花销恨,那过去的风流无时无刻不在纳兰的心头荡漾。

下片紧接着铺写眼前的空寂。"帘影碧桃人已去,屧痕苍藓径空留",化用了唐代诗人崔颢"昔人已乘黄鹤去,此地空余黄鹤楼"的句式,表达了人去楼空、好景不常的感慨和无限怅惘。帘影招招,碧桃依旧,长满苍藓的小径上,她那娇小的鞋痕犹在,可是人却不知何处去了。此情此景,怎不叫人扼腕叹息?

屧痕,即鞋痕。碧桃,是桃的变种,花后一般不结桃,花多重瓣,花瓣开了一层又层,颜色血红血红,活像牡丹花,花色艳丽无比。碧桃花的花语是:消恨之意。

结句"两眉何处月如钩?"以遥问表达了深切的怀念之情。淡笔描出,有千帆过尽的空寂,繁华纷纷落下的凄凉。

终于知道了,在这雨歇梧桐的时节,什么叫做想念。永

远以绝美的姿态出现在我的记忆深处,那是不能拒绝的命运。无论是哪一种选择都会令人流泪,令人在弯月如钩的夜里深深地想念。

还剩旧时月色在潇湘

愁痕满地无人省，露湿琅玕影。
闲阶小立倍荒凉。还剩旧时月色在潇湘。
薄情转是多情累，曲曲柔肠碎。
红笺向壁字模糊，忆共灯前呵手为伊书。

——虞美人

　　潇湘，是竹子的美称。但纳兰这首词里的潇湘，不是指竹子，而是指明珠府邸内名叫潇湘的别院。《红楼梦》里有一个潇湘馆，是大观园中一景，带有江南情调，与贾宝玉的怡红院遥遥相对，是林黛玉客居荣国府的住所。这之间有什么联系，我不敢妄言。但明珠富可敌国的财经状况绝不是传说，他的府邸占地八十多亩，相当于七个足球场，里面建有几个别院再正常不过了。

　　就算《红楼梦》里的男一号主角贾宝玉不是以纳兰为原型，但曹雪芹同志借用一些纳兰家的场景也没有什么不可以。毕竟，纳兰家事是不可多得的素材。当然，这是我的推想，如果谁有不同看法，可以列出曹雪芹的取材证据，依照卡尔·波普尔证伪原理，来证实《红楼梦》与纳兰家事没有丝毫关联。

　　潇湘，在这首词里究竟是实指还是喻指，这个问题很关键。我倾向于后者。

　　在表妹离开潇湘馆多年后的这个夜晚，纳兰又来到这里，进行类似于凭吊的心绪认领。

　　上片以景带出，"愁痕满地无人省，露湿琅玕影"，秋夜信步，不知不觉来到了从前的地方，看见月色下苔痕深浅，露湿青竹，站在空无一人的台阶上遥遥看那已经空落的屋子，想起已经离开的恋人，心中倍觉凄凉。

　　这个开头让我想起英国女作家达夫妮·杜穆里埃的成名

小说《蝴蝶梦》的开头:"昨晚,我梦见自己又回到了曼陀丽庄园。恍惚中,我站在那扇通往车道的大铁门前,好一会儿被挡在门外进不去。铁门上挂着把大锁,还系了根铁链。我在梦里大声叫唤看门人,却没人答应。于是我就凑近身子,隔着门上生锈的铁条朝里张望,这才明白曼陀丽已是座阒寂无人的空宅。烟囱不再飘起袅袅青烟。一扇扇小花格窗凄凉地洞开着。"

欢乐的时光各有各的不同,凄凉的境况却有惊人的相似。那种没落、荒凉之感如出一辙。

愁痕:青青的苔痕。琅玕:翠竹的美称。别院里少人行走的地上布满青苔,露水湿竹,凄清之感油然而出。景态依情态,与其说是景况凄清,不如说是心态凄凉。"无人省",即没有人理会。

苏东坡晚年被贬到广东惠州,隔壁人家有一个十六岁的漂亮女子,时常躲在苏东坡的窗外听他吟诗。有一次被苏东坡发现了,推窗去看,女子仓皇而去。没多久,苏东坡又发配去了海南岛,女子一直不肯嫁人,郁郁而亡。后来,苏东坡从海南回转,路过惠州,得知那名女子的境况,叹息不止,写下一首哀怨的《卜算子·黄州定慧院寓居作》:"惊起却回头,有恨无人省。拣尽寒枝不肯栖,寂寞沙洲冷。"

"无人省",一种深爱不被理会,这是怎样的悲哀?纳兰在苏东坡词里找到一块镜子,遥想自己的初恋,那一番痴情,那被命运作弄的劳燕分飞的结局。站在石阶上,他倍感凄伤。一切都已经过去,只有过去的那一轮月亮依然照着潇湘庭院。

"还剩旧时月色在潇湘",潇湘,是竹子的美称。前面已经用琅玕指代竹子,如果再用潇湘指代竹子,有重复的嫌疑,纳兰不应该犯这样低级的技术错误。

旧时月色,是南宋词人姜夔《暗香》里的名句:"旧时月色,算几番照我,梅边吹笛?"意境冷峭、幽深。

可惜，纳兰的旧时月色与姜夔的截然不同。清贫的姜夔，一曲《暗香》，赢得美人相随，一路兴高采烈。而锦衣公子纳兰唯有黯然神伤，对月长叹。

风吹过修竹，仿佛一段舒缓婉转的旋律，徐徐摇曳，潇湘馆，只有旧时月色一次次照一个孤寂的影子。

下片前两句自叹为情所累，为情所苦，不胜唏嘘。"薄情转是多情累，曲曲柔肠碎"，薄情是因为深情所致，其实啊，一直是柔肠寸断，爱得太深了，就会举重若轻。薄情与多情是对立的情感方向，它们之间的统一是一个悖论。就像一个人等待得太久了，会因为成为习惯仿佛忘记了等待的意义。就像那个痴情的六世达赖喇嘛仓央嘉措所写的："我到有道的喇嘛那里，求他为我指点迷津。只因不能放弃思念，又跑到情人那里去了。"其实，在这个时候，纳兰和仓央都有着某种相似，那就是用情深而执著。

"红笺向壁字模糊，忆共灯前呵手为伊书"，怀念如影随形，抬头处，向壁而立，眼里恍恍惚惚闪烁曾经写在红笺上的情话绵绵，想起我们曾经挑灯一起写下的誓言。

潇湘馆，流年暗度的锦瑟年华，多年后的今天，我依然注视着，等待一团火焰爬出我的掌纹。我的爱，我要告诉你，一个神色匆忙的人是怎样迷失在三月的路口。伊人啊，这个世界，我打碎了许多灯盏，唯独不能让你熄灭。我的爱，假如我的眺望被季节误传，冬天不肯退却，桃花汛不来？假如我坠落成为卵石，河底一枚石头的卵，被岁月深深遗弃，永远遗弃，一生也不孵化。

亲爱的伊人啊，你会不会回到潇湘馆，扶起一株被风踢伤的菊花，扶起我陷在回忆中早已支离破碎的影子？如果，你来，我一定陪着一盏瘦小的烛火等着。

酒暖回忆思念瘦。一盏离愁，醉伤了一颗深情的心。

时节薄寒人病酒

枕函香，花径漏。依约相逢，絮语黄昏后。
时节薄寒人病酒，剗地梨花，彻夜东风瘦。
掩银屏，垂翠袖。何处吹箫，脉脉情微逗。
肠断月明红豆蔻，月似当时，人似当时否？

——鬓云松令

《鬓云松令》是《苏幕遮》的别名，唐玄宗时教坊曲名，源自西域。至于《鬓云松令》这个别名，大概与晚唐花间词鼻祖温庭筠有关。他有一首雍容华丽的《菩萨蛮》：

"小山重叠金明灭，鬓云欲度香腮雪。懒起画娥眉，弄妆梳洗迟。照花前后镜，花面交相映，新帖绣罗襦，双双金鹧鸪。"

这首词当中的"鬓云欲度香腮雪"聊聊七个字，就把美女的那种娇媚、神情、情感等，写得很是鲜艳、清晰、美好，少女的神态呼之欲出，如同那画龙时，点睛的一笔。不知道是谁在写《苏幕遮》这首词的时候，被温庭筠词中的"鬓云欲度香腮雪"中的少女深深地吸引，于是，他就开始了神游，仿佛，他就站在那个少女的面前，看着那个少女的一举一动，以及那种头发蓬松着的媚态。

何为"媚态"？

在这里，明末清初的李渔在他的著作《闲情偶寄》中这样写道："古云：'尤物足以移人。'尤物维何？媚态是也。世人不知，以为美色。乌知颜色虽美，是一物也，乌足移人？加之以态，则物而尤矣。如云美色即是尤物，即可移人，则今时绢做之美女，画上之娇娥，其颜色较之生人，岂止十倍，何以不见移人，而使之害相思成郁病耶？是知'媚态'二字，必不可少。媚态之在人身，犹火之有焰，灯之有光，珠贝金银之有宝色，是无形之物，非有形之物也。惟其是物而非物，无形似有形，是以名为'尤物'。尤物者，怪物也，不可解说之事也。凡女子，一见即令人思，思而不能自已，遂至舍命以图，与生为难者，皆怪物也，皆不可解说之事也。吾于'态'之一字，服天地生人之巧，鬼神体物之工。使以我作天地鬼神，形体吾能赋之，知识我能予之，至于是物而非无物，无形似有形之态度，我实不能变之化之，使其自无而有，复自有而无也。态之为物，不特能使美者愈美，艳者愈艳，且能使老者少而媸者妍，无情之事变为有情，使人暗受笼络而不觉者。女子一有媚态，三四分姿色，便可抵过六七分。试以六七分姿色而无媚态之妇人，与三四分姿色而有媚态之妇人同立一处，则人止爱三四分而不爱六七分，是态度之于颜色，犹不止一倍当两倍也。试以二三分姿色而无媚态之妇人，与全无姿色而止有媚态之妇人同立一处，或与人各交数言，则人止为媚态所惑，而不为美色所惑。是态度之于颜色，犹不止于以少敌多，且能以无而敌有也。今之女子，每有状貌姿容一无可取，而能令人思之不倦，甚至舍命相从者，皆'态'之一字之为崇也。是知选貌选姿，总不如选态一着之为要。态自天生，非可强造。强造之态，不能饰美，止能愈增其陋。"

李渔可以说是一个博览群书的人，可是，他总是容易患上"消化不良"的毛病。他是一个聪明之人，有的时候，容易被自己的聪明束缚了。不过，他对女人的研究，就我个人觉得，还是相当的深入，对于鉴赏女人的美，他还是很入行的。

《鬓云松令》这个别名比正名更响亮，主要是别名生动、质感，比那不知所云的音译"苏幕遮"更抢眼。纳兰使用这个词牌，月夜怀人，符合大多数文人的浪漫心理。

话说纳兰这时候已经结婚，妻子卢氏漂亮聪慧、温柔贤淑。宋代官拜宰相的晏殊都知道"落花风雨更伤春，不如怜取眼前人"，可纳兰撂下有孕在身的娇妻，摸黑偷偷去曾经与表妹约会的小路怀念往事，足以看出纳兰是深情之人。可

是，纳兰忘却不了对过去初恋的深情，就是对其妻子的残忍。算了，我们不要在这里讨论道德范畴的东西了，就让我们一起用心安静地坐在纳兰的身边，听一听这个贵族公子内心深处那暗隐的伤痛和沉重的叹息。

所谓怀念，更多的是一种惋惜。词的开头就是直截了当地回想从前与伊人黄昏相会的情景，那花径上藏藏匿匿，枕头留有余香的美好时光。这里有那么一点暧昧，"枕函香"，不单指枕头香，而是相依共枕时她的芬芳。这种旖旎风光，纳兰公子少年时估计没少经历。花径漏，"漏"字在这里应该作隐藏解，而不是泄露了什么。

"依约相逢，絮语黄昏后"，两人依约在黄昏相会，喃喃细语，说不尽柔情，诉不完蜜意。有一首宋代扯不清楚到底是欧阳修还是朱淑真写的《生查子·元夕》词"月上柳梢头，人约黄昏后"叙述的就是这种情况。应该指出的是，这种约会在古代是不提倡的，属于"地下活动"范畴。

枕香、花径、絮语、黄昏，几个意象组成一组妙不可言的爱情画面，令人心旌摇曳。然而，香风情韵还没有散尽，霎时间，就被愁云笼罩。

"时节薄寒人病酒，刬地梨花，彻夜东风瘦。"笔锋陡转，可惜，好梦不长，寒冷的时节突然降临，人也在醉酒中病倒。在纳兰这类词里，有几个反复出现的名词：梨花，是洁白的花，也是凄婉、惨烈的花儿。

如果不是牵强附会，可以把纳兰十九岁那年突如其来的一场大病联系起来。那也是三月，梨花开遍，清白得炫目。这就是纳兰词里"时节薄寒"的真实意义。命运使然，不能抗拒的凄伤降临。刬地：无端，平白无故。无端的梨花啊，被风吹落满地，梨树一夜里似是清瘦了。暗喻人儿顿时消瘦。

过片依然是回顾。由远及近，由疏入细，"掩银屏，垂翠袖。"翠袖：指女子的衣服。衣物垂挂在屏风上，将寝的情形。

这样的描绘，《花间词》里比比皆是，不算稀奇。古代女子的闺房，不外乎就是这些。

"何处吹箫，脉脉情微逗"，什么地方传来幽幽箫声，挑起脉脉温情。何处吹箫，是古代一个典雅意境。唐代杜牧《寄扬州韩绰判官》："青山隐隐水迢迢，秋尽江南草未凋。二十四桥明月夜，玉人何处教吹箫。"

箫声，不若笛子嘹亮自如，又不如琵琶、古筝那样激烈，但箫声含蓄、清婉，有绕梁三日而不绝于耳的底蕴。这样一种声音里，情感的波动在所难免。显然，这是回忆起当初两人欢爱的旖旎情景。后面又转入现实。

"肠断月明红豆蔻，月似当时，人似当时否？"红豆蔻：多年生草本，即红豆。花淡红鲜妍，每叶心有两瓣相并，有连理的喻意。夜色沉凉，月光照在院中的红豆蔻上，红豆蔻开得正盛，让人触景伤情。结句的反问，在纳兰几首词里，都有类似的表达。表达的是物是人非的强烈愁苦。

时光悠悠，一弯月牙，照伤一段清幽的旧事。曾经倾城的繁花流光里，盈盈浅笑，蒙上了浅薄如雾的银霜，在一个男人的心里，仍旧如火如荼地燃烧。迷迷茫茫里，往事令人沉迷之处，也许正是这种无法亲近的远。

忧伤无处躲藏，在暗夜里凝结成一滴又一滴露珠，禅坐在记忆的草尖。

何处吹箫，移花接木的月影里，箫声化为指尖繁华，弹指如梦。渌水亭畔，纳兰迷茫地望着一轮明月，照着两地残缺不全的伤。当心灵在时光的回廊里站成风景，当距离隔断了两个人，纵然红豆如火，也点不亮一盏断了纹路的情伤，也暖不了那颗破碎的心。

曾照个人离别

明月,明月,曾照个人离别。
玉壶红泪相偎,还似当年夜来。
来夜,来夜,肯把清辉重借。

——转应曲

  转应曲,也叫调笑令、三台令。唐代人宴乐时,以唱歌劝客饮酒,歌一曲为一令,于是就以令字代曲字。唐代是一个奔放的朝代,物质生活丰富,朋友们经常凑在一起喝酒作乐,轮流作东。唐代人崇文尚武、豪放纵情,喝酒时不再是温文尔雅地一个"请"字罢休,而是想方设法弄出点响动,活跃气氛,把酒宴喝得一塌糊涂才罢休。于是,一些助饮、助兴的小游戏应运而生。

  调笑令是一种抛打曲,大概是一边抛递绣球什么的,一边唱歌,歌声停止了,绣球在谁手上,谁就喝酒。有一次,李白跟贺知章等一帮文人骚客在长安(今西安)的酒馆里饮酒作乐,那天不知怎么搞的,老在他接到绣球时,歌声就停了,一不小心就喝高了,突然听得唐明皇召他进宫,李白摇摇晃晃地走了。

  原来是朝里接到外国一份国书,上面净是乌七八糟的鸟文,朝中没有人认识,于是,唐明皇急忙派人找来学富五车的李白,让他来看看。李白一看,乐了,这鸟文他还真认识。喝多了的李白洋洋得意,方才在酒宴上调笑抛物的余兴未尽,当庭叫皇帝身边的大红人高力士又是帮他磨墨又是帮他脱鞋,折腾了好一番,才挥笔写了回文,为国争了光。功劳是立下了,但把高力士给狠狠地得罪了。后来,高力士经常在皇帝跟前打小报告,把李白撵出京城了事。

  转应曲全词共八句,句句入韵,连绵而下,用倒叠的手法使叠句与上句转相呼应,形成了一种回环往复的韵致和上下勾连的构局。

  纳兰的这首《转应曲》十分流畅,语势自然,意思也明朗,当中用了一个典故"玉壶红泪",这个典故取自于三国时"针神"薛灵芸的故事:常山(今河北正定)某亭长薛业的女儿薛灵芸,长大成人后,出落得水灵灵的,容貌绝世,被当地的官员选送给魏文帝曹丕。薛灵芸打小就没有出过门,如今与父母一别,基本就再也无法见面。她坐在马车里一路上哭哭啼啼,泪如雨下,护送的人就侍候着用一只玉壶接着泪水,后来发现,泪凝如血。后世古诗词中多引用"红泪"典故,如宋代李芳树《刺血诗》:"昨为楼上女,帘下调鹦鹉。今为墙外人,红泪沾罗巾。"

至于纳兰为何要把明月之夜的一次离别与三国时薛灵芸流泪入宫联系在一起,是就词填词,还是另有所指?不好肯定。提示一下,《红楼梦》里的林妹妹爱流泪,或者,曹雪芹为了避嫌,只能让她在"大观园"里香消玉殒。

明月,是历代的文人墨客或喜或悲,或忧或乐的见证。盛世的豪迈,颓世的忧愁,这一切的一切都没有改变月亮作为它独特、多样、因物赋形的特征。古人认为天人感应,因而月亮就变成了心中爱情的倾诉对象。在月光的温抚下,还原人的本真。那一刻,多情或者失落,都一一呈示在纤尘不染的月光下,倾听爱情的下落和心音。

纳兰的构思巧妙而想象丰富,笔法空灵而抒情婉转。月光皓照下的浩茫天穹,无形之中化为了相思的成因并提供了巨大的想象空间。他先是托出一轮明月,把"玉壶红泪"的典故穿插进去,又用魏文帝曹丕给薛灵芸取的小名"夜来",作为后一句的倒叠呼应,天衣无缝,不仅句法顺当,而且转承得意。

朗照的月光,曾经照着一个人依依不舍地离去。那流下的伤心泪水,落在依偎的怀抱里,如薛灵芸凝结的血泪。什么时候,什么时候啊,明月能够照我们重逢?

一轮明月,在纳兰笔下,投射出三种意味。一是照着如

今的孤影；再是曾经目击了依依不舍地分离；三是何时再照重逢。过去、现在、未来，一物三影，将境由心生的诗词文化底蕴揭示得触目可见。

夜色里，与亘古不变的月光诉说心事。朦胧月光，闲花深院，如此良辰美景，却一个人与寂寞相拥，守着一堆泛黄的旧事，听着一首凄怨的清曲，穿过亭台，看水中恍如隔世的倒影。当姹紫嫣红开遍，有多少爱会一直走到天荒地老？

静夜无语，花开花谢，看月满庭院，天涯尽处。借明月，洗练纠纠缠缠、萦绕不去的情怀；繁华轻若梦。你在彼岸，我在这端，从此，两两相望。

我是否还会在你今生的故事里颠沛流离？

是谁的哀怨锁尽寂寞清秋？昨日恍若梦一场，依稀记得，我们的笑语欢声。一样的夜晚，一样的月光，一样的良辰美景，你却读不到我心头这一腔幽怨缠绵。是谁让落笔的心事，瘦成了尘埃里的落寞？是谁让忧伤如水，不停地流淌？

如果你涉水而来，你我在花影深处执手相约，听风邀月，会是素色年华里最永恒的风景。再回眸，你仍然是喜欢落泪的你，你仍然是多愁善感的你，手把银锄葬花。

难道所有的深情都注定要被命运伤害？

纳兰静静地等着，等天空中那一滴悬而未决的泪珠再次坠落在心上。那时，他将同心上人携手重逢，看花开花落、云卷云舒……

荒鸡唱了

倦收缃帙，悄垂罗幕，盼煞一灯红小。
便容生受博山香，销折得、狂名多少。
是伊缘薄，是侬情深，难道多磨更好。
不成寒漏也相催，索性尽、荒鸡唱了。

——鹊桥仙

这是首彻头彻尾的艳词，语词香浓、情景旖旎，好一派活色生香的景况。

对这首词的权威解析是：描绘了与所爱之人如胶如漆的蜜意浓情和这段恩爱情缘失去后的痛苦、失落、迷惘的心情。上片忆旧，清丽欢快。下片抚今，忧伤抑郁。上下片对比出之。

不过，我读不出上片是如何忆旧。全词分明是惯常的上景下情的套路。根据词里的描绘，用现代电影电视合成习惯，可以还原当时的场景：

深夜，一个人偷偷溜进她的闺房，两人急急忙忙，连打开的书也顾不上收拾，将灯拧小就迫不及待地进入了垂下的罗帐。此时，屋里烟香缭绕，一灯如梦，恍恍惚惚，熏香和着伊人的芬芳弥散在空气里……

一切真的恍然如梦，所有的渴望、焦虑、等待，仿佛就为了这一刻，那种如浮云掠过的精彩。怀抱着伊人，纳兰想起自己的偶像李商隐，心头油然涌出一股"德也狂生耳"的豪情。

这个场景，分明是偷情。这方面，唐代诗人李商隐是当之无愧的高手。他的《无题》之一："闻道阊门萼绿华，昔年相望抵天涯。岂知一夜秦楼客，偷看吴王苑内花。"描述的就是他偷偷溜进皇宫，私会宫女的风流事迹。

诗词这个玩意儿不能像悬疑小说一样抽丝剥茧，说得太通透了就索然无味。纳兰能文善武，人又长得帅，丰采夺目，而且又是皇帝身边的保卫干部，身上那股贵族气质是与生俱来的。这样的男人肯定是许多女人的梦中情人。

这些爱慕者里，保不住有胆大的，暗送秋波，找机会投怀送抱不无可能。清代那个一辈子也没有考上国家干部的老秀才蒲松龄，写了一本小说《聊斋志异》，里面就有不少美女"自荐枕席"的故事，尽管这些美女大多是鬼仙、狐狸等异类。

满清是游牧民族，虽然进入中原后，以身作则，但男女之防还是比汉族宽松得多，纳兰经常去外面出差，跟某个怀春少女或深闺怨妇邂逅，发生一点浪漫故事毫不稀奇。就像梁羽生的武侠小说《七剑下天山》里描写的纳兰和冒浣莲的故事一样，一个皇室贵胄，清奇超群；一个名门侠女，蕙质兰心。两人相知相惜，差一点就玩出了火，后来，还是梁羽生当机立断，设计了桂仲明那个傻小子让冒浣莲去爱怜，把故事岔开了。

既然这样，我们不妨从这个角度去读读这首《鹊桥仙》。

词的上片生动、细致地描绘了记忆里的风光无限。缃帙：浅黄色书套，古代的精装版书籍大概是这样。泛指书籍、书卷。罗幕：罗帐。书卷散落，罗帐低垂，一灯如豆，充满了暗示和诱惑。现在许多古装剧的暧昧故事都是在这样的氛围里发生的。或者，在若有若无的光线里，镜头转向轻轻晃动的罗帐、搭在屏风的罗衣、欲熄未熄的蜡烛。

博山香，指博山香炉燃烧出来的香味。博山香炉是蓬莱以西的山东鲁中博山一带烧制的陶瓷品。这种炉体呈豆形，上面的盖高而尖，镂空呈山形，典雅而又古朴。炉下有底座。有的遍体饰云气花纹，有的鎏金或金银错。当炉腹内燃烧香料时，烟气从镂空的山形中散出，有如仙气缭绕，给人以置身仙境的感觉。博山炉之名即寓炉盖似群山之外观，又合产地之名。

"便容生受博山香，销折得、狂名多少"，这三句的意思是，且让我尽情地消受你的芬芳，承受你无限的柔情蜜意，纵然赢得狂浪的名声。这是宋代知名浪子柳永《鹤冲天》词中"青春都一晌。忍把浮名，换了浅斟低唱"的狂妄，有股子满不在乎的气势。

当年，柳永好不容易才考试上榜，正兴高采烈在京城等录取通知，谁知道，宋仁宗在放榜审核中，看到柳三变（柳永原名）的名字，想起他的《鹤冲天》词里流露出来的狂浪，就说："且去浅斟低唱，何要浮名！"顺手把他的名字给划掉了。于是，当官不成的柳公子索性定做了一块牌子，上面写"奉旨填词柳三变"，在秦楼楚馆做了一个专业词人，收费填词。据说生意还不错，银子挣了不少，大鱼大肉的管够。

纳兰算得上一个谦谦君子，但他骨子里沉淀着蒙古人的张狂和任性。只是在平淡的生活中，这些素质无法显露罢了。在此，他流露出为爱不顾一切的张狂。

读到这里，所谓的权威解读就无法自圆其说了。我们只能另起炉灶，顺着纳兰的语势，进入他抒发的世界。

"是伊缘薄，是侬情深，难道多磨更好。"这是用了反诘的语气：这是我们缘浅缘薄呢，还是好事多磨？过片继续承接上片的描述。根据纳兰另外一首技术手段相似的《临江仙》："昨夜个人曾有约，严城玉漏三更。"所描述的情况，或者我们可以推断出：纳兰二十三岁时，终于等到了"通知书"，去乾清宫当了从六品武官（三等侍卫），到皇宫当差，与后宫里的表妹有机会见面了。于是，纳兰就找机会与表妹暗通款曲，给皇帝哥哥戴了一顶绿油油的帽子。

这样的私会虽然充满了幸福和喜悦，但毕竟十分危险，不能明目张胆。对此现实又无可奈何，心中郁闷。往事已成空，缘深缘浅，这一切，只如一梦。这痛苦记忆，怨我？怨她？难道失去了爱情竟是件好事？一连三问，情绪急转直下。

"不成寒漏也相催,索性尽、荒鸡唱了。"难不成玉漏也要这样催促?命运已经如此不堪,连夜晚的时光也跟我们过不去,良宵苦短,欢快的时光转瞬即逝。于是,这两个相爱的人,索性不管那鸡叫了,尽情温存。

天明的后果很严重,事情就会败露。这意味着什么不言而喻。偷情需要勇气,勇气大到这个份儿上,就有胆大包天的嫌疑了。

这样的相会,是不是正应了《圣经》上的话"偷来的水是甜的,暗吃的饼是好的"?可是这样的相会,实在是太冒险了些。胆大,是被逼出来的。尤其这样生着无法相见,还不如见你一面就死去。

休孤密约

燕归花谢，早因循、又过清明。
是一般风景，两样心情。犹记碧桃影里、誓三生。
乌丝阑纸娇红篆，历历春星。
道休孤密约，鉴取深盟。语罢一丝香露、湿银屏。
——红窗月

这首离情词，究竟是写给纳兰的表妹雪梅还是沈宛，很难考证。但可以肯定的是，这绝对不是悼亡词。

词的大意是：

花儿谢了燕子归来，时序又过了清明。

一样的云一样的烟、一样的花开花落，不一样的心境。

记得桃花树下，月影朦胧，我们曾许下天长地久。

丝绢上写就的鲜红篆文，犹如星星历历在目。

不要辜负你我的密约，曾经在月下的盟约为证。

说罢已是深夜，清淡的露水，润湿了银色的屏风。

是与谁的密约让纳兰念念不忘？是谁在碧纱窗影前，乌丝阑的笺纸里，密密写下一段缠绵的心声？细腻温婉的女儿心，在纸墨飘香里律动。于是，一段悱恻缠绵的情节，曲折地倾向花开或者花落的结局。月光、花舞、风吟，一往情深。

那个春夜，星光如萤，草尖上的露珠正在凝结。牧童遥指的杏花村在江南的春梦里沉湎。清明时节，人间四月天，夜晚吹着风的软，星在无意中闪，桃花那轻、那娇娆、那鲜妍；树影婆娑里，一对青春萌动的人儿窃窃私语，眉睫上颤动着月光。十指相扣，今夜相拥，缘定三生。

三生，是佛家用语，就是前生、今生、来生。传说冥海之畔有块三生石，若有情人去虔诚地拜上三拜，就会有三生

三世的缘分。

《红楼梦》中描述宝玉黛玉初次相会时,二人似曾相识。曹雪芹是这样解释的:贾宝玉前世是太虚幻境里赤瑕宫的神瑛侍者,林黛玉是三生石畔一株绛珠草,神瑛侍者工作轻松,每天无聊就顺手倒几瓢水浇灌绛珠草,之后,绛珠草出落得清秀水灵,修炼成了女体。因为赤瑕宫实在太闷了,神瑛侍者想下凡潇洒走一回,绛珠仙子便陪他下凡为人,用一生的泪水,点点滴滴偿还他浇水的恩惠。

碧桃影里誓三生,这样柔韧的表达如痴如醉,像烟雨江南,飘忽中倾诉着真实。倘若身临其境,却容易迷失自己,似在身边,却总也抓不牢。碧桃影深处,幽香初动,纳兰与伊人情潮涌动。三生,与迷信无关,与信仰无关,与佛祖无关,也许只是给出一个理由,许出一个期限,印证情感的真切。

景色依然,一样的天,一样的云,一样的人啊,不一样的心态。

前世五百次回眸,才换得今生的一次擦肩而过,那么,我要用多少次回首才能扎进你的心坎,换你一生的痛。

我是人间惆怅客,繁华到极致,凄凉也到极致。苍茫间,你会不会明白,孤独成秋,我已经无法再成为净水。

时光寂静,晚风温暖。碧桃影里的梦境,随着沙漏般的记忆一滴一滴过滤,直至飘渺如烟。而那残存的,是宿命的温暖。

一般风景,两样心情,誓三生。在递增的数字上,或者可以读出情感演绎的端倪。一样的风景,不一样的心情。这里的不一样,不是初衷有异,情感相背,而是暗示各自的背景发生了变化,因顾虑导致心态复杂。

物是人非。这个世界有许许多多的事情是难以把握的。在相会或者重逢的时候,纳兰清晰地感受到一种无形的力量横亘在他们之间,咫尺之间,隔着遥远的距离。伊人就在眼前,触手可及,但无法伸出手去。

人生会有许多重逢，或者戚戚然，或者一笑而过，有的重逢是致命的。历史上最令人断肠的是宋代上演在山阴（今浙江绍兴）城南沈园的一次重逢。著名诗人兼孝子陆游春游沈园，与偕夫同游的唐婉相遇。

唐婉是陆游的表妹兼元配夫人，两人情投意合。看到他们相亲相爱，陆母却本能地厌恶儿媳，忧虑自己在儿子心目中失去重量，逼迫陆游休弃唐婉。陆游百般哀求母亲都没有作用。无奈二人被迫分离，唐氏改嫁，彼此之间音讯全无。分手几年了，这一天得以相见，两人目光相接，时光与目光都凝固了，一切恍惚迷茫，不知是梦是真，眼帘中饱含的不知是情、是怨、是思、是怜。

片刻的失态后，唐婉礼貌地安排酒肴，聊表寸心。陆游压抑满怀酸楚，与唐婉的丈夫赵士程把酒言醉。

分手后，陆游目送唐婉身影慢慢消失在长廊的尽头，胸口一酸，抑制不住的痛苦充斥全身，他信笔在沈园的粉壁上，写下了一首《钗头凤》：

"红酥手，黄縢酒，满城春色宫墙柳；

东风恶，欢情薄，

一杯愁绪，几年离索，

错、错、错。

春如旧，人空瘦，泪痕红浥鲛绡透；

桃花落，闲池阁，

山盟虽在，锦书难托，

莫、莫、莫。"

这首悲情千古的词描述了与唐婉的这次相遇，表达了眷恋之深，也抒发出难以言状的凄楚心情。

情伤是一把尖刀，随时都可能刺进情人的心口。在陆游

搁下笔那一瞬间,这把刀就铸成了。

唐婉是一个深情的女子,与陆游的恩爱是毁于世俗的风雨。后夫赵士程虽然重新给了她感情的抚慰,但曾经沧海难为水,她始终固守与陆游那份刻骨铭心的情缘。自从见到了陆游,她的心就再难以平静。追忆似水的往昔、叹惜无奈的世事,感情的烈火煎熬着她。

她本可以拥有更美好的生活与回忆,如果不再重逢。

不再回头的,不再是古老的时光,也不只是那个春日的蝴蝶和桃花。在那个春天的早上,在新雨的桃花前,如果,如果你没有抬头,我本来可以宁静地走过那条路,本来可以领略更多的柳暗花明。一袭水袖,一场繁华若梦。

浅笑微语的眸子,在荡尽岁月的尘埃之后,让神清若水,心定如冰。

如果从开始就是一种错误,那么,为什么,为什么它会错得那样的凄美?

之后,唐婉再度来到沈园,想找寻去年的点点滴滴,抚慰伤感的心。当她缓缓走过曲折的长廊,跃入她眼帘的是粉壁上一行行熟悉的字迹。

别读啊,别读。那不是词,不是。那是一把伤心的刀,那是一杯要命的情毒。唐婉走近了,细细地读着那首《钗头凤》,读着,读着,心如刀绞。昨日情梦,今日痴怨尽上心头。回到家里,她相思成灾,日臻憔悴,在秋意萧瑟的时节化作一片落叶随风逝去。

东风恶,欢情薄!

纳兰此时此刻的心绪也是凄伤万般。情景如初,伊人犹在,但今日的飞花已不同往日的飘落。是什么力量让他压抑?是皇宫的阴影,是乾清宫里的雕梁画栋。这是两样心情的全部原因。

然而,陷入情网的男女,是不可理喻的。唯其不可理喻,才说明这份情感的真谛。星辉斑斓里,纳兰读着伊人写在乌丝阑笺纸上的绵绵情语，里面的真情实感清晰可见。在他的耳边，伊人悄悄而小声地对他耳语，再三嘱咐别误了下次私会的约定。

"道休孤密约，鉴取深盟。"孤，辜负。密约，两人的私会之约。鉴取，察知了解。深盟，男女永结同心的誓约。一个"密"字道出了这段情感的隐秘。爱情需要深深隐藏，需要夜色的掩护，这是怎样的无奈？

纳兰在乾清门站岗巡逻，有机会出入后宫，与紧锁在深宫的初恋情人相会，但需要冒风险。这样的行为无异于太岁头上动土，要慎之又慎，秘之又秘。所以，她说完，一声幽幽的叹息，清泪流下，溅湿了银色屏风。"语罢一丝香露、湿银屏。"香露，本来是指露珠，这里代指泪水。

这是幽怨的泪，是无奈的泪。

一宇凝眉，锁不住往事，也窥不破未来。在岁月的裂缝里偷一段短暂的律动，如烟花，注定了燃得灿烂，也成就了所有的茫然。漂浮人生，总不过是那沧海的蝴蝶，任去时手有余香，任缥缈的离歌绕梁不止。

爱着，是希望，还是活着的象征？文武全才的纳兰，英俊潇洒，情深似海，却命中注定得不到一份完美的爱情。三生石上，流转的是怎样阴差阳错的轮回？

片月三星

金液镇心惊,烟丝似不胜。泚鲛绡、湘竹无声。
不为香桃怜瘦骨,怕容易,减红情。
将息报飞琼,蛮笺署小名。鉴凄凉、片月三星。
待寄芙蓉心上露,且道是,解朝醒。

——南楼令

酒,冷酷像冰,炽热似火;缠绵而又凶狠;它能叫人超脱旷达,肆无忌惮;也能让人忘却痛苦和忧虑;也能令人激奋或者叫人沉沦。它激起千般恨、消尽万古愁。一切都在一念之中。

一代枭雄曹操说:"何以解忧,唯有杜康。"酒精能够麻痹人的中枢神经,当遭遇痛苦和忧伤时,喝酒,可以让人昏昏然,似乎已经忘却了一切。但,一切都是暂时的,当酒醒了,卷土重来的是更深的愁绪。对此,最有发言权的诗仙李白总结说:"举杯消愁愁更愁。"

纳兰也学前人借酒消愁,把家里珍藏的名贵酒拿出来喝了,试图镇定自己心灵的惊悸。表妹被选进宫里,青梅竹马的一对恋人活生生被拆散,这突如其来的变故让纳兰又惊又痛。但他实在不该喝那坛酒,更不该喝了后,深更半夜还去长廊久久徘徊,追忆似水年华,让倒春寒侵袭。

酒、倒春寒、心底的愁痛,三位一体,终于引发了困扰他一生的寒疾。

坏就坏在这坛酒上!

德国哲学家尼采认为:酒神精神喻示着情绪的发泄,是抛弃传统束缚回归原始状态的生存体验,人类在消失个体与世界合一的绝望痛苦的哀号中获得生的极大快意。

鉴于这位哲学家的发疯记录,他的话不能全信,或者要半信半疑。根据辩证唯物主义矛盾原则而得出的结论:酒是个好东西,也是个坏东西。

对于纳兰来说，酒这玩意儿，多半是坏东西。在他借酒想得到心灵慰藉和解脱时，这杯烈焰多次烧伤他，并且在他三十一岁风华正茂时，燃尽了他生命的灯油。

我们来仔细读读这首《南楼令》：

"金液镇心惊，烟丝似不胜。"美酒喝过了，惊悸的心似乎得到了镇定。人不胜酒力，轻飘飘似烟。轻飘似烟，是七八分酒意的状况。这个时候，人的思维无限飘渺，回忆的镜像雪花般纷纷扬扬。

金液，古代方士炼的一种丹液，代指药酒。古代丹药多用酒浸泡防变质，以提高药效。北京同仁堂药店就专门配制了一种"国公酒"，驱风散寒，疗效神奇。纳兰得了寒疾，是风湿寒邪所致，要把身体内的这股寒气给散发出来，医生给配了神奇药酒，他得喝这灵丹妙药。喝了这亦药亦酒的丹液，纳兰身上的痛楚得到一定缓解，但浑身乏力，心思却活络了，变得异常敏感。

"沁鲛绡、湘竹无声。"鲛绡，是指手帕。手帕上沁满了泪痕，湘妃竹默默无声。这块手帕是表妹送给他的，上面还带着她的芬芳。古代女子有赠送自己随身的手帕，以表示爱意的惯例。湘竹：湘妃竹，竹竿布满褐色的云纹紫斑，又称斑竹。生长于南方，跟草一样随处可见，但在北方比较罕见。也只有大户人家作为观赏植物，精心栽培才会有那么些。

《红楼梦》里林黛玉住的地方就叫"潇湘馆"，那是带有江南情调的别院，一带粉垣，翠竹遮映；曲折游廊，阶下石子漫成甬路。院里两三房舍，后院，有大株梨花和芭蕉树；后院的墙下有一隙清泉，开沟尺许，绕阶缘屋至前院，盘旋竹下而出。

尽管许多学者都否认曹雪芹的《红楼梦》是拿纳兰的家事作蓝本写就的，现代文化大师胡适先生也写过一本厚厚的

《红楼梦考证》，无比轻蔑地否定了这一种说法。但我一直觉得《红楼梦》与纳兰家世不无关系。三百多年前的事谁又能说得清？况且，胡适先生也没有拿出强有力的证据。他所运用的大胆假设，小心求证的方法，本来就有先入为主的麻烦。

纳兰的早期词中，始终有一个袅袅绕绕的女子的身影出现，这个女子清丽、多泪，经常与修竹、梨花相处在一起，很南方、很忧郁，有江南梅雨的韵致。

"不为香桃怜瘦骨，怕容易，减红情。""香桃怜瘦骨"，出自李商隐的《海上谣》诗："海底觅仙人，香桃如瘦骨。"表喻极致的清美。这当中，纳兰有意引入了一个旖旎的爱情故事。

李商隐，晚唐最后一个风流才子，曾与唐代文宗皇帝的宫女飞鸾轻凤发生了一段私情。飞鸾轻凤是一对姐妹花，姓卢。那年，在玉阳山（今河南济源境内）修习道术的李公子，挥泪辞别了清莹绝俗的情人——女道士宋华阳，奔京城长安考干（科举考试）。到了长安，不甘寂寞的李公子在复习之余，四下游玩。有一次他竟然混进了唐文宗皇帝在曲江（今长安城东南）行宫举办的休闲活动。

长安郊外的曲江行宫，是唐玄宗开元盛世所建，里面花卉环列，烟水明媚。曲江池旁柳阴四合，碧波红蕖，景色怡人。唐文宗经常带妃子宫女们去玩乐。这次是请了许多道士举行醮祭仪式。李公子正好学过道，跟着混进去主要想看看皇家行宫的风光。

这场法事很隆重，做了几天，李公子滥竽充数，不仅混吃混喝，还有幸遇上宫女飞鸾轻凤姐妹俩。当时，两姐妹在旁边看热闹，用家乡浙东话嘀嘀咕咕。合该李公子有缘，他少年时曾随父亲在浙东住过几年，会浙东话，借故就与卢家姐妹攀谈起来。李公子年轻英俊又有才华，谈吐不凡，惹得两姐妹眉来眼去，动了芳心。只可惜当时人多眼杂，不能进一步亲近。

后来，李公子当上秘书省（相当于如今的国家图书馆）的小干部，在皇宫里又看见了卢家姐妹，但只能是遥遥相望，看她们陪皇帝嬉戏。李公子官小位卑，但是有才，皇帝欢宴时，经常叫他老老实实候在外面，随时听召即席作诗，以增加宴会的乐趣。喝酒作乐没份，拱背哈腰站在庭外屋檐下，饿得两腿发软、眼冒金星，也真是委屈这位才子了。第二天，李公子在筵席外，等里面喝得乱七八糟，卢家妹妹轻凤借机出来时，随即悄悄口占《无题》诗：

"昨夜星辰昨夜风，画楼西畔桂堂东。

身无彩凤双飞翼，心有灵犀一点通。

隔座送钩春酒暖，分曹射覆蜡灯红。

嗟余听鼓应官去，走马兰台类转蓬。"

唐朝是诗歌国度，科考也考这玩意儿。那个时代的男女老少几乎都懂一点诗歌。李公子是晚唐作诗第一高手，文辞清丽、意韵深微。轻凤听到"身无彩凤双飞翼，心有灵犀一点通"这样的优美诗句，心里漫出无限柔情蜜意，才子啊，百年不遇的才子！她当即感动得恨不能立马卿卿我我，以身相许。

常言道：胆大包天。李公子年轻不知天高地厚，皇帝的禁脔也敢染指。想方设法混到轻凤的房里，与清丽可人的美人相拥而亲，这才有了"香桃如瘦骨"的切身体会。

古代作诗词用典，与其说是暗喻，不如干脆说是影射。李商隐是冒充道士混进了行宫，纳兰曾冒充喇嘛混进皇宫与恋人相见，手法如出一辙。纳兰冒天下之大不韪混进皇宫，不是为欣赏皇宫的仙境一般的境界，而是去与伊人相见，不让爱情淡漠下去。

"将息报飞琼，蛮笺署小名。"将息：保重、调养。飞琼：原指王母娘娘的侍女许飞琼，后泛指美女。蛮笺，唐时高丽纸的别称，彩色笺纸。纳兰抱病在身，为不让伊人担忧，因此将自己调养好的消息写下，找机会传递知会她。

而此时，明镜一般的天空，弯月明星，犹照凄凉。想寄去荷花的泪珠，权当是宽慰如醉如痴的相思，解去你心头的沉迷不醒的忧伤。

初恋之后，还有什么不能醒？在高高的皇墙前，纳兰不甘心自己的初恋就这样埋葬。他跟李商隐一样，冒险与心爱的人相见，再续前缘。

纳兰二十四岁时，进宫当了御前侍卫，终于与深宫里的表妹有了见面的机会，虽然平常只能是跟李商隐一样，在皇家宴会、仪式等活动时，硬邦邦地挺直腰站在旁边，但瞅个空子，递个小纸条、眉来眼去的还是比较方便。甚至趁值夜班时，溜进伊人的住处私会，卿卿我我一番。

别认为我胡说八道。纳兰引李商隐的诗句，暗示的就是以之为榜样，不畏艰难，将爱情进行到底的心迹。

总是别时情

惆怅彩云飞,碧落知何许?
不见合欢花,空倚相思树。
总是别时情,那待分明语。
判得最长宵,数尽厌厌雨。

——生查子

这首《生查子》没有按照惯常的先景后情的套路去铺开,纯粹是感叹。诗词讲究情景交融,以景导情。但纳兰这次没有按规矩出牌,而是直抒愁怀。

读古诗词是一件惬意而优雅的事,在审美的天空里遨游,那种典雅、那种优美、那种只可意会不可言传的神奇,令人陶醉。但这活计并不很省事,因为古诗词审美不仅需要热情,还要具备一定的文化修为。就拿"惆怅彩云飞,碧落知何许"这两句来说吧,按照字面的直译很简单,也就是:怅望彩云飞去,不知飘向天际何处。如果你的鉴赏到此为止,将会流失更深的情感触动。

彩云飞,这个意象,更多的青年恐怕是得悉于台湾"钻石级"言情女写手琼瑶的小说《彩云飞》。这本小说曾改编拍摄成电视肥皂剧,风靡一时,这是一个需要童话当营养的文化时代的自然反应。

实际上,这个优美意象取自于宋代伤心人晏几道的《临江仙》词:"梦后楼台高锁,酒醒帘幕低垂。去年春恨却来时。落花人独立,微雨燕双飞。记得小苹初见,两重心字罗衣。琵琶弦上说相思。当时明月在,曾照彩云归。"

晏几道是回味当年与美女小苹的恋情。梦醒时分,形单影只,寂寞深深。想起与小苹初见的情景:那穿着两重烟香熏过的罗衣,芳香袭人,素手如凝脂的女子,指尖拨动琵琶的丝弦,诉说衷肠。而今时的明月,当时曾照伊人。空寂之

中的回味,是那样的刻骨铭心,那样令人痴迷。

晏几道是相国公子,曾经裘马轻肥、鸾歌凤吹,与纳兰的生活景况差不多,后来家道中落,潇洒不起来了,从前的红颜们纷纷淡去,花落人家。回想过往,晏公子不胜悲叹。爱情不是一往无前的,更多的时候,它不只是两个人的事。社会风尚、经济基础、家庭关系、人生境况等等,无时无刻不影响着爱情的发展轨迹和最终结局。

唐玄宗李隆基把那个贵妃杨玉环爱得如痴如醉,但马嵬坡兵变,三军将士齐声喊,要灭了祸国殃民的杨氏兄妹。身为九五之尊的李哥哥竟眼睁睁地看着爱妃上吊自尽,无能为力。一国之君尚且如此,何况其他人?

唐玄宗有把握不了的爱情,晏几道有,纳兰也一样有。这段把握不了的爱情还是他的初恋,怎不让他惆怅、失落、痛苦?

晏几道的明月曾经照着彩云(伊人)归来,而纳兰的彩云(伊人)飘走了,飘到什么地方去了呢?碧落。道家称东方第一层天,碧霞满空,为碧落,一般泛指天上。唐代通俗诗人白居易在唐玄宗与杨贵妃的爱情挽歌《长恨歌》里写道:"上穷碧落下黄泉,两处茫茫皆不见。"之后,在诗歌审美潜意识里,碧落与皇家就此搭界。原来,纳兰的彩云(伊人)飘向了深深似海的皇宫。

诗词,有时候就是这样诡秘,阴一套,阳一套。稍不留神,就给忽悠了。其实,也不怪纳兰阴阳怪气、闪烁其词。仔细想想,他也是没有法子才这样写。自己的初恋情人被皇帝弄走了,而且是名正言顺,他敢怒不敢言。

清朝有律:满族女子自十三岁成年起至十六岁期间,都必须参加三年一次的秀女挑选。凡应选的旗女,在没有阅选前不得谈婚论嫁。否则将她家人和该旗的首脑通通治罪,选剩下的歪瓜裂枣才能找人嫁了。

纳兰与表妹的私情若认真追究起来,后果很严重。皇帝同志日理万机，操劳国家大事，还没来得及选秀女，你就先下手摘了桃子，这果子你吞得下去吗？这事，万万不能声张。最多只是这样，字面上一个意思，字面下暗藏玄机。

"不见合欢花，空倚相思树。"合欢花又名绒花树、苦情花、夜合花。夏天花开，似一把把小红扇，令人心动。合欢花象征永远恩爱、两两相对。

相传，古时候，合欢花叫做苦情花，不开花。曾经有位秀才寒窗苦读十年，进京赶考功名前，妻子粉扇指着窗前的苦情树说："夫君此去，定能高中。但京城灯红酒绿，夫君切莫忘了回家的路！"

秀才信誓旦旦地表示一定翻身不忘本，揣着妻子烙的大饼上路了，这一去杳无音信。粉扇在家等白了头，也没有等着秀才回来，最后，她颤悠悠来到那株苦情树前发下重誓："老天有眼的话，如果夫君变心，从今往后，让这苦情树开花，夫为叶，我为花，花不老，叶不落，一生同心，世世合欢！"说罢，气绝身亡。

第二年，山坡上的苦情树都开了花，粉柔柔的、香香的，像一把把小扇子招摇，昼开夜合，让人心痛。以后，苦情树就叫合欢花了。

这种明开夜合树，纳兰亲手在明珠府内栽了五株，至今还有两株存活，在北京后海旁历尽沧桑。七月流火，树上的扇形小红花便迎风招摇，犹如羞涩少女的红唇，吐露芬芳。

相思树，常绿乔木，果实为荚果。据说是战国时期宋康王手下一个小干部韩凭和他的妻子何氏所化，故事出自于古代的民间传说集《搜神记》。

话说韩凭娶了个漂亮老婆何氏，宋康王知道了，也没跟韩凭商量就抢到宫里。没办法，宋康王抢字当头，抢成了习惯，更抢出了水平，抢出了境界，连王位都是抢哥哥宋剔成君的，抢手下一个老婆还不是顺手拈来。这韩凭也是一个死

脑筋，缺乏高瞻远瞩的战略目光和甘于奉献的精神。

韩凭不仅短视，而且短命。眼见心爱的老婆被领导霸占了，反抗无门，索性寻了短见，自杀了。何氏自从被抢走后，日夜思念丈夫，听说丈夫自杀了，她寻了空子也自杀了，并留下遗书，请求宋康王大发慈悲，将夫妻俩合葬。居然以死来反抗？宋康王大怒，将两人的坟埋葬在一条小溪两边，隔水相望，咒诅说："既然你们如此恩爱，我偏不让你们合葬，就算死，你们也别想在一起！"够狠！

说来奇怪，两人的墓上长出了两棵大树，不多久就枝繁叶茂，彼此相倾，枝叶在空中交缠，根在地下交叉，犹如拥抱，还有两只鸳鸯鸟在树上交颈悲鸣。人们将这两棵树称之为"相思树"，象征忠贞不渝的爱情。

明白了合欢花与相思树的象征意义，再来揣摩纳兰这两句词，喻意就明显了。两人再没有机会名正言顺地相亲相爱了，只有相思不绝。他们之间的爱情当中隔的不是小溪，而是高高的皇墙。

"总是别时情，那待分明语。"词的下片说别时情景历历在目，没齿不忘。表现的是一种执著。

不同版本的爱情故事，总有一个美丽及偶然的开始。爱情的美好或者在于享受品味的漫长经历，那是一种忘形的、激情的、沉迷的、若有所思的、充满活力的、念念不忘的内心感受，发自于心，感受于怀，而形于色，表于情。

甜美的时光，总是如此的短暂，或许，生命中历经多少温柔的缠绵，上天便会回复你多少残忍的伤感，这些宿命，谁又能去改变？

因此，"判得最长宵，数尽厌厌雨"。甘心情愿地在漫漫长夜，细细回味着过去的一点一滴，让思念如今夜这绵绵细雨一样悠长绵延。

忘不了的，是你眼中的泪，映影着云间的月华。今夜雨绵绵，雨丝侵入潇湘竹的梦，那青青的明开夜合花，那轻轻的风，恍惚前世五百年的允诺。这悠长的梦，我不愿从此醒来。

伊人啊，今夜你如果长睡一百年，我也陪你，让相思树在我们身上结果，让红嘴鸟在我们发间做巢，让落叶在我们衣裙里安息，弹指间，百年就成迷魂之路，我们沉湎于此，你中有我，我中有你。

可是，这仅仅是梦而已，远处的宫墙吞没了你，也吞没了我忧郁的心，回去了，穿过那长廊，雨中有模糊的声息，幽径上开的花啊，为什么夜夜总是带泪的月华？

夜雨做成秋

夜雨做成秋,恰上心头。教他珍重护风流。
端的为谁添病也,更为谁羞?
密意未曾休,密恩难酬。珠帘四卷月当楼。
暗忆欢期真似梦,梦也须留。

——浪淘沙

把秋水望断,究竟是雨水催促了秋声,还是秋天挪用了雨水的深情?或者,只是雨水短暂的相许,成就了一个秋天。秋天究竟有多长?长,不过生命的长度;短,不过岁月的速度。

对于秋的伤感,是古代诗词孜孜不倦的主题。秋天是收获的季节,又是荒芜的路口,渐渐清凉的风声里,生命旅途的感悟异常敏感。于是,就想起还有这么一段光阴、一段情感、一段心曲,停留在季节深处,不忍离去。固执的心,在冬天即将来临的时节,随秋虫一起悲叹,无言的距离拉开了思念的手,且把日子用来当做记忆的沙,即便流转,恍然一世的,只是旧梦今生的了悟。

总有什么被季节忽略,暮合四野,一定有惊鸟的掠影,跌入秋菊的花语。记忆里沉淀的那些美好,浅浅的,绕过心头,在夜深人静的时候会悄然想起,那一张熟悉的面孔,曾经是那般的亲切、那样的温暖,而又那样遥远。

用风的语言酝酿思念和问候。很多话,很多事,也许就这样,和记忆一起,浅浅地搁着,不是不愿意,而是不能轻易触及,秋夜,那囤积的忧伤,一触即发。

"夜雨做成秋,恰上心头。"清凉之夜雨淅淅沥沥滴成的秋天,是怎样的凄凉?这样的凄凉袭上心头,又是怎样的忧伤?没有一字冷,一字愁,但愁味随雨而生,这就是高明。这句看似从宋代美女词人李清照的词《一剪梅》"此情无计可消除,才下眉头,却上心头"而化来,却自有特色。李清照词指明了是愁绪,而纳兰词绕了一圈,只说是秋雨,而不点明是清愁,引人琢磨。

用景态去说话,是诗词写作的基本手法。没有景语而只有情语的诗词作品是不难领会的,但容易陷入索然无味的境地。《荀子·天论》里说:"形具而神生。"景语、情语和诗语,是诗词的三重境界。在文化审美深层心理结构中,物象的感知比抽象的概括和说明更接近读者。感性是人们最基本的思维活动,风声,雨声,声声入耳;花色,天色,色色醒目。

一个眉头结满愁绪的女子在秋雨的夜里,思绪万千。她责怪心爱的人不懂得珍惜自己,郁郁寡欢,辜负了自己要他爱惜身体的一番嘱咐。"端的为谁添病也,更为谁羞?"到底是为谁伤神而病?为思念谁而羞愧?这是明知故问,是痛惜、是嗔怪,还有那么一点甜蜜。

女人心,海底针。她们的喜怒哀乐经常交织在一起,让人无法一一分辨。不仅纳兰是这样想的,我也是这样认为的。在这一点上许多男人都达成了共识。

秋雨里,女子的心思如淅淅沥沥的雨水一样绵延细长。她忧的是心上人思念成疾,当中掺杂着一丝喜悦,欣慰心上人思念的是自己。这也是嗔怪的全部含义。

纳兰这首《浪淘沙》笔势灵动,自然流美。以女子的口吻为自己的初恋给出值得相守的理由。

一个男人最幸福的事,莫过于一个女人为他并且甘愿为他蹉跎岁月。这样的爱情值得竭尽一生去守护。纳兰想象深宫里的初恋情人不屑皇家豪华、不思后宫福分而一心一意牵挂着自己,甘愿守着那一份比烟花还寂寞的初恋情怀,心里充满苦涩和欣喜。

一样的矛盾,一样的心结,在皇宫内外开着两朵苦情花,楚楚动人。

词的上片是纳兰想象里的情节，也是真实的情景。下片吐露不止不休的情愿。"密意未曾休，密愿难酬。"密意，隐秘的情意。初恋被横来的变故拆开，分开的是人生的处境，分不开的是心，是绵绵不绝的情。可是，天命难违，皇家的金科玉律是难以改变的，此生相依的愿望很难实现。

纳兰养尊处优，心气很高，一生很少遇到挫折。他父亲明珠是中央领导，位高权重。他十七岁就被保送进了类似于现在的中央党校的国子监，并获得这所最高学府的校长徐元文的特别青睐。十八岁考中举人，十九岁会试中试。虽然因病没能一鼓作气参加殿试，但他开始着手编写《通志堂经解》。这套书可了不得，是清代最早的一部阐释儒家经义的大型丛书，收录先秦、唐、宋、元、明经解138种，纳兰写了其中2种。这套书一经问世，就引起很大反响，一版再版。可惜，那时候没有兴起版税，否则，光这套书分到的稿酬就能让纳兰的后代衣食无忧；二十二岁，纳兰考中进士，拿到国家干部资格证书。并且能诗善词，成为著名的文学青年，是满清弟子的楷模。荣耀和幸运都伴随着他，学业和事业都呈现生机勃勃的势头。

人生没有十全十美，在优裕的生活、灿烂的前程、过人的才华、显赫的家世等生活软件和硬件之外，他注定要承受情感生活的严重摧残，这或者就是宿命。

我时常这样想，索性就让丰朗俊秀的纳兰是那个肥马轻裘、趾高气扬的纨绔子弟吧，出没于酒楼茶馆、章台柳巷，穿着紫缎马褂，像一个喧闹的影子荡过古旧的京城。得即高歌失即休，天涯何处无芳草！我实在不忍心看他在茫茫情海里折腾，满肚子都是苦水。

再美丽的蝴蝶也飞不过沧海！可惜，纳兰不是那个走马章台的纨绔子弟，在眼花缭乱的花丛中醉生梦死。这个多情的人，一直用一颗痴心丈量人生。

"珠帘四卷月当楼。暗忆欢期真似梦，梦也须留。"此时，月满西楼,熏炉香残珠帘秋,伊人轻解罗裳独坐窗前。她怀念曾经的欢乐时光、曾经的卿卿我我,一切恍然如梦。纵然一切是梦,也要留在心底。在这秋寒初起的夜里,衣薄不耐风凉,她要用心上人曾经抚摸自己而留在身上的指纹御寒。

深爱如梦!

旧梦空空如也,清凉世界里,梦也许是人生最后的温暖,最后的重量!

梦见犹难

双燕又飞还,好景阑珊。
东风那惜小眉弯,芳草绿波吹不尽,只隔遥山。
花雨忆前番,粉泪偷弹。
倚楼谁与话春闲,数到今朝三月二,梦见犹难。

——浪淘沙

三月二日究竟是一个什么日子,也许只有纳兰自己清楚。这个常规的时点,在时间和记忆的向度上,隐秘地向我们开放。所有的人都经过这一天,但都无法进入这个平平仄仄的情感专用境地。

毫无疑问,这个情感专属区域是纳兰的记忆敏感点。就像"九一八",一提及这个数字,中国人就会不由自主地想起大豆、高粱,想起东北,想起日本关东军的刺刀、战马。这就是"某一天"的重要意义。不同的是,有的共性,有的个性。

这个日子对于纳兰来说到底意味着什么?所有与纳兰有关的历史文献都保持了高度的沉默。我们无法推断出这种沉默是别有用心还是淡然处之,或者说,这个日子根本就是纳兰心底最隐秘的痛,从来不向人提及,因此鲜为人知。

有人解释,纳兰用"三月二",是表示明天就是三月三了,是天下同乐的欢会之期,可他与伊人却无由相约相见。

三月三的"上巳节"是中国民间一个非常有意义的节令,是游春之日。这天,人们在郊外水滨荡秋千,放风筝,观风景,青年男女对歌抒怀,各行其乐。到唐代,连皇家戒备森严的宫廷也敞开了大门,让嫔妃宫女到郊外欢度一日。诗圣杜甫描写过唐玄宗宠妃杨玉环姐妹到长安城外郊游的情景:"三月三日天气新,长安水边多丽人。"将此作为解释理由,也不是没有道理,但我拒绝认同。

我认为这一天或者是纳兰与表妹的分别纪念日,也可能是他俩私定终身的纪念日。纳兰在十九岁那年（康熙十二年）三月，突然抱病，应该与表妹选入皇宫有关。这之后，他写了大量的怀念曾经那段恋情的词，这个主题一直到他二十三岁前妻卢氏去世后才有所收敛。

推测总是不能让人彻底信服的。我们还是来看看纳兰这首《浪淘沙》。

上片是习惯上的以景开笔手法。又是一年春将尽。双燕飞还，芳草绿波，繁花零落。春风不管那个女子的愁眉苦脸，依然放肆地吹，而心上人正隔着遥远的山山水水。

"双燕又飞还，好景阑珊。"一个"又"字蕴藉了重重叠叠的伤感。燕子双飞，本来是让人赏心悦目的景象，加了一句"好景阑珊"，气氛陡然直下。尔后，又责怪春风不顾及伊人的心情，只是一个劲地吹啊吹，把青草吹得起起伏伏，一直连绵到远山。

而远处的远山，正是她心上人的去处。分明是怨天尤人，不讲道理。有时候，不讲道理是女人的特权，特别是恋爱的时候，由她们去吧！纳兰宅心仁厚，帮着女人说话。难怪这么多女人喜欢他！

下片述情。这是标准的上景下情填词的基本套路。"花雨忆前番，粉泪偷弹"，山遥路远，望是望不见的，也不清楚他此时此刻在忙些什么，还有什么可以做的呢？除了在雨花飘飞中回忆，除了倚楼从岁月深处捡起零零星星的欢乐碎片，还能做什么呢？我们可以看见一个宫装女子在城楼上偷偷流泪。

在落花缤纷里回想过去，风轻柔地吹散那魅惑的声音，告诫云的深处曾有水一般的柔情。那曾经醇酒一般的允诺让人深深迷醉。于是，她读懂了一种关于黑夜漂洗白云沉淀的颜色、轻纱缥缈暗影、远山托起黛色的云朵。当城头的号角

-136-

声爬过朱红的城门,锃亮的漆盘一层层剥落。她想,如果我是冰封的宝剑,直到两鬓青云变为白发苍苍,当花瓣在剑下纷纷洒洒,清脆的马蹄声声,会不会惊醒沉睡的美梦?

盈盈粉泪,柔肠百结。在晶莹的泪光中,宫楼的一切逐渐模糊,朱红的柱子、翘檐飞角、轻轻摇晃的铜铃发出苍老的蹉跎……

"倚楼谁与话春闲,数到今朝三月二,梦见犹难。"没有谁陪她闲说春语,她独自倚靠着栏杆,心里默数着分别的时日,数到了三月二,这个特殊的日子,竟然梦里相见都难。"梦见犹难"是反语。并不是真正说不能梦见,而是凸现相见时难。多年前,软禁在开封的南唐后主李煜曾写"别时容易见时难。流水落花春去也,天上人间!"(《浪淘沙令》)诉说无尽悲凉。如今,纳兰借女子之言,道出无限落寞和无奈。

乾清宫距什刹海的明珠府邸有多远,这个距离恐怕只有北京人清楚,直线距离大概也就是四公里左右。这也许就是词里"只隔遥山"说辞的来由。这样的距离并不遥远,但隔着皇墙,或者就隔着永恒的距离。

三月二,梦见犹难!

为伊判得憔悴

凉月转雕阑，萧萧木叶声乾。
银灯飘落琐窗闲，枕屏几叠秋山。
朔风吹透青缣被，药炉火暖初沸。
清漏沉沉无寐，为伊判得憔悴。

——河渎神

河渎神，就是河神，据说是汉初丞相陈平所变。民间就喜欢搞这些偷龙转凤的封神活动，把历史上有名望的人弄一个神位坐坐，也算是对他们的敬畏吧！就像唐朝宰相李靖被封为托塔天王一样。《河渎神》这个词牌使用率不怎么高，主要是因为起初唐词多缘题填词，写《临江仙》就说仙家那一点事，《女冠子》就叙述道情，《河渎神》当然是咏祠庙了。

词这个玩意儿，表达得比较多的是情感、情绪、情事，那些个祠庙的事儿，大家不爱去劳神。晚唐"花间鼻祖"温庭筠写过几首《河渎神》，第一首起拍便直写祠庙："河上望丛祠，庙前春雨来时。"之后巧妙地把笔触转接到船上，再转到船中的女子，描述她的孤独、寂寞、凄凉。绕了个好大的弯，太费事了。后来演变到词牌与内容没有什么关联时，这个词牌因缺少名作领衔，仍然遭到冷落。

康熙十八年（公元1679年），朱彝尊与李良年、李符等六大才子的词集合刻于金陵，名"浙西六家"，流传甚广。朱彝尊词集《江湖载酒集》有一首《河渎神·大孤册神祠》，全部用唐代诗人的诗句组成：

川上晚萧萧（张谔）

楚地连山寂寥（李嘉）

女萝山鬼语相邀（李商隐）

青山暮暮朝朝（刘长卿）

樵子众师几家住（皇甫冉）

鸳鸯一处两处（皮日休）

潮至浔阳回去（张谜）

风凄凄兮夜雨（王维）

用前人的诗句组成一首词，看起来是拾人牙慧，其实需要高超的水平，把各不相干的诗句天衣无缝地整合在一起，既要押韵，又要合平仄，更重要的是表达到位。没有一点功底是搞不定的。朱彝尊不愧是清初填词第一高手，信手拈来，合辙合韵，妙不可言，纳兰读了非常崇拜。

这年秋，京师发生地震，毁伤甚重。地震使敏感的纳兰心情格外沉重。秋天，天气转凉，潜伏在他身体里的寒凉又蠢蠢欲动。

情伤是纳兰一生挥之不去的心痛，初恋夭折、爱妻早逝，这一连串的情感波折使他一直在追思和挣扎中颠沛流离。除此之外，还有寒疾如影随形地追逐着他，让他身心疲惫、痛苦不堪。

身心俱寒，是纳兰的宿命？

自十九岁那年春天，青梅竹马的表妹被选进宫里，一对小情人硬生生被拆散，纳兰急火攻心，一口寒气堵在了胸中病倒后，寒疾就成为他生命的杀手。这团寒气郁积在他的心口，一生都没能吐出来。

这个锦衣玉食的贵介公子三十一年的生命历程中，有十二年是在心寒、体寒里度过的。这十二年又正是他一生中最灿烂的青春年华。这是怎样的煎熬？风华正茂，却苦不堪言。

"凉月转雕阑，萧萧木叶声乾。"这是一种发自心底的凉意。秋月如水，缓缓流过雕花的栏杆、天井和房屋。落叶沙沙作响，而秋月无声。落叶的动与月色的静结合出一种更深的空寂感。

没有了骨骼的落叶，一定摄走了月华的灵魂，飘过树枝，飘过沟壑，向另一个不可企及的世界出发。季节给了一个仰望的高度，让它们更接近想象的梦境，以至于轻飘飘的气质可以被秋夜的风声和寒凉注释或者阅读。

飘是一次坠落，是一次彻底的离弃，也可能是一种解脱。在纳兰的情感迷津里，凄清是贯穿他生命的箭矢，在肉体和心灵的双重折磨下，他的世界愁云密布。

于是，"银灯飘落琐窗闲，枕屏几叠秋山"。屋外是寒，屋里也是冷。烛光闪烁，洒在窗棂上。飘落，是一种轻、一种慢。在煎熬中，一切都显得迟缓，这是心灵的感触。没有重量的烛光因为心灵的感受也变得有了分量。枕前的屏风上，画里的秋景山重重、烟茫茫。喻示了人生渺茫无常。

"朔风吹透青缣被，药炉火暖初沸。"我一直对"药炉火暖初沸"这个描绘存在不解。这个景况是实写：冷风透被，火炉上的药罐子沸水翻腾。大户人家总不会把个药罐子搁在客厅、睡房来熬药吧？熬得乌烟瘴气的，满屋子的药味，大大的不妥。另外，上片开始用"凉月"这个秋天的代名词，下片怎么又用上了"朔风"呢？朔风，即北风，是指冬天的风。一夜之间，这种时序递进也太快了些。

诗词这个玩意儿，有时候不能过于较劲，不能一味在物理上进行逻辑考究。纳兰这首词里，出现的破绽我们知道就行了，毕竟瑕不掩瑜。

长夜绵绵，但怎么也睡不着，这是为什么啊？是因为思念伊人。这样的思念纵然让人憔悴不堪，也毫无怨言。"为伊判得憔悴。"显然，这句是宋代柳永词"衣带渐宽终不悔，为伊消得人憔悴"的缩用。虽然是借化，但表达的相思浓度似可触摸。感情达到高潮的时候，戛然而止，而回肠荡气。

在人生的旅程，你用一季栽下鲜艳的玫瑰，换我一生去拔出那枚刺，但我无怨无悔。

割取秋潮

土花曾染湘娥黛，铅泪难消。
清韵谁敲，不是犀椎是凤翘。
只应长伴端溪紫，割取秋潮。
鹦鹉偷教，方响前头见玉箫。

——采桑子

湘妃竹即斑竹，也称泪竹，是桂竹的变型。这种竹子多生长于湖南九嶷山中。传说舜帝治水，死于九嶷山，他的两个妃子娥皇和女英寻觅到此，一路哭哭啼啼，泪水滴落竹上成斑斑泪痕，从此就有了湘妃竹。湘妃竹，青青如黛、摇曳如梦，是纳兰初恋时心驰神往的柔软，是他最深的眷顾。

这首词上片回味与伊人偷偷幽会的情景，写得十分细腻，轻盈盈曼妙如梦。土花，指苔藓。青青的竹子沾满苔藓，斑痕累累犹如泪滴。这是纳兰回想当初的情景。竹影斑驳，清韵声声，引人入胜，那不是谁敲击乐器发出的声音，而是她头上的凤翘触动了青竹的清雅的回声。

竹影、清韵、凤翘，这些雅致的意象组合出的景致，无疑是令人神摇意夺的。遥想当年春衫薄，风华正茂，清朗俊秀，眼睛里闪烁的是纯净如水的光泽。

在那个秋天的午后，在摇曳的青竹下，如果，如果你没有如期而至，或者，我可以进入另一种情节，可以走进一个完全不同的故事或是传说。我的一生，本来可以有不同的遭逢，如果，在午后的竹影里，你只是静静地走过，凤翘闪过遗忘的竹林；如果，如果你没有回眸一笑。

纳兰思绪万千，怀想、惋惜、破灭、遗憾之情纷至沓来。青梅竹马的光阴为什么稍纵即逝，不肯停留？初恋的时光为什么如此匆忙？人生就是这样恍惚如梦，转眼间，再多的甜美都随风而去。

在陌生的时光里醒来，唇间仍留着你的名字。伊人，咫尺之间，我已与你山高水远。爱原来是一杯酒，饮了就化作绵绵思念。在怀想之后，下片是抛洒不尽的抱怨。本来是一对地久天长的佳偶，你陪伴我写下最美好的人生，拥有那份绵延如潮的甜蜜情怀。

端溪紫，紫色的端砚。在文房四宝里，端砚居四大名砚之首，出产于广东肇庆，石质优良，雕刻精美，很需要些银子才能买下。纳兰随口就是端溪紫，着实有富家子弟的气派。

伊人素手研墨，一室书香。红袖添香，点燃一室的温馨。有如此温柔解语的人儿伴着看书、奉茶、吟诗、作画，这是怎样惬意的生活啊！可惜，这一切只是纳兰的愿望。伊人已往深宫去，此时此刻，唯有青青的潇湘竹迎风摇曳。万般无奈，他只能将相思之语偷偷教给了鹦鹉，以抚慰自己空寂的心怀。

结尾"方响前头见玉箫"这句比较蹊跷。方响，又称方䯸、铜磬。古代打击乐器。由十六枚大小相同、厚薄不一的长方铁片组成，分两排悬于架上。用小铁槌击奏，声音清浊不一。玉箫，并非指玉制的箫。如果简单地望文生义，把这一句解释成：清脆的铜磬前面看见玉箫，不仅言之无物，也太蔑视了纳兰的才华。这个"玉箫"是古代故事里一个美女的名字。

中唐时期的韦皋年轻没有发迹时，在一个姓姜的大官家里做家庭教师，他的学生荆宝有一个婢女叫玉箫。相处久了，韦老师就喜欢上了玉箫。一来二去，两人在心里就都牵挂着对方了。后来，韦老师家里有事，捎信让他回去，临走前，他送一枚玉指环给玉箫作为定情物，交代：少则五年，最多七年，就来娶她。

时光飞逝，转眼就到第八个年头了，韦皋音讯全无，望

眼欲穿的玉箫长叹，绝食而亡。姜家叹惋她如此节义，把韦皋赠给她的那枚玉指环戴在她中指，黯然下葬。

此时的韦皋正仕途匆忙，到处做官。后来，以仆射的官衔镇守四川，遇到从前的学生荆宝，才得知玉箫因思念过度，绝食而亡了，大是伤感。于是，他就派人到佛殿里大肆塑造佛像，希望玉箫在天之灵能早日得到安慰。悔恨自己当时为求取功名，而置玉人于不顾，心里深深愧疚。在玉箫死后的第十六年后，韦大官人的部属送给他一名十六岁的歌妓，名字竟然也叫玉箫！更让人称奇不已的是，这玉箫的中指上有一块息肉突出，跟韦皋当年留给玉箫的玉环一模一样！宛如旧相好玉箫投胎转世，韦大官人喜不自禁，对她疼爱有加。

这个离奇的故事，仔细推敲并不离奇。前面是一个老套的薄情情节，这种事，从前稍微有一点名望的干部都干过，年轻没有发迹前，遇上一个歌女、艺妓、邻家女、美婢什么的，一见钟情。没有经济基础的有才青年与没有地位的有貌女子很容易撞出爱慕的火花，眉来眼去，卿卿我我，不在话下。后来，才子去考取功名，去建功立业，离别心爱的女子，别情依依，山盟海誓。再后来，才子发达了，投怀送抱的也多了，也就顺理成章地把从前的种种恩爱缠绵都忘得干干净净。而痴情的女子一直等着，等得红颜黯淡，青春不在，抑郁而终。

故事后半截的离奇之处，根本不是什么转世投胎，而是韦大官人的那个手下拍马屁的功夫太厉害，简直是鬼斧神工。他煞费苦心找了一个中指有缺陷的年轻女子，改了户口本，把她的名字和年龄都改了，讨得了领导的欢心，果然，之后他越混越好。这是题外话。

故事就是这样添油加醋，口口相传的。这个故事还被编成了折子戏，增加了奇幻成分，把这个歌妓直接就演变成玉箫的转世投胎。

纳兰在这里借用了故事的两个精神，一个是奇幻，一个是至死不渝的爱。他在皇宫宴乐的一片清婉的乐曲声里，看见自己朝思暮想的伊人，而她也许需要转世才能在自己的身边了。

这就是这首词的来龙去脉。

珊枕泪痕红泫

纤月黄昏庭院，语密翻教醉浅。
知否那人心，旧恨新欢相半。
谁见，谁见，珊枕泪痕红泫。

——如梦令

读这首词，不禁使人油然想起《红楼梦》里的林黛玉，那种小女人撒娇的作派呼之欲出。林妹妹喜欢宝玉哥哥，但偏偏小女儿心作怪，老是疑神疑鬼，欲语还休，或悲或喜的，搞得宝玉哥哥不得要领，纳闷儿得要死，并且经常性地检讨自己，深挖思想根源，斗私批修，把个少年情怀整得凄凄惨惨戚戚。

《红楼梦》与纳兰家事到底有多少勾连，不是我感兴趣的。这门显学让不少人白了少年头，我没有能耐去凑这个热闹。反正我读纳兰词，经常联想到《红楼梦》。或者纳兰家事是那个时代某阶层的杰出表现，曹雪芹顺手借用了些素材也难说。

从风格来看，这首词应该是纳兰早期的作品，大概在十八岁的时候。词里不是回忆，也不是想象，而是类似实录的描述。

十八岁，正是吹花嚼蕊的追风年华，是人生的妙笔生花；十八岁，是一片青葱、一滴清泉、一片雨茫；十八岁，不问花开花落。

十八岁的情是朦胧的，朦胧得恰似一片月光的温柔。十八岁的愁也是轻轻的，轻轻的犹如蒲公英的飘絮，在飞舞中翻阅迷离的旅程。十八岁的纳兰在渌水亭畔写下这首轻柔的歌：

刚刚升起的那一弯新月，洒照着黄昏的深深庭院。
悄悄的情话却叫人如痴如醉。

知不知道，你知不知道那个人的心思？
从前摸不透的恼恨和今日的甜蜜交织在一起。
晕啊！究竟是东边日出还是西边的雨，
谁看见，有谁看见，
珊瑚枕上滴落的斑斑泪痕。

纤月、黄昏、庭院，三个独立的词组组合出一幅傍晚时分的良辰美景。这幅景况为什么美，是因为两人甜蜜的窃窃私语。至于这些缠绵的情话具体在庭院的什么位置说的，纳兰没有交代，有可能是因为词牌的篇幅小，没地方写，也有可能是他乐坏了，晕头晕脑忘记写了。不过，这无关紧要，管它在什么地方说的，八九不离十是喋喋不休的甜言蜜语，能够让人醉的密语，绝对不是悄悄商量晚上去捉蟋蟀。

不过，前面两句，在连接上有一点裂痕。第一句是景况，这个背景与窃窃私语没有内在的联系，那么，翻，这个表示转折语气的副词来得有些突然。

"语密翻教醉浅"，简单翻读就是：密语却让人陶醉。我想，这与纳兰当时对汉语的掌控能力有关。毕竟，汉语对于出身满清家庭的他来说，是一门外语，诗词又是最精练的语言艺术，短短几年工夫不可能炉火纯青的。他十八岁就能写出装模作样的诗词，已经很不简单了，不必吹毛求疵，但缺陷还是要指出来的。

"知否那人心，旧恨新欢相半。"旧恨，是以前的懊恼、恼恨的意思。新欢，指的是现在窃窃密语导致的喜悦。古代汉语比现代汉语要复杂，一字多义，一不小心，理解就会南辕北辙。这里有"知否那人心"作铺垫，仔细读，还是好领会的。估计，前些日子，两人生过气，拌过嘴。要知道，初恋中的人是很敏感的，有什么响动，草木皆兵的心理就油然而生。比如少看了对方几眼，对方就会猜测：是不是不喜欢自己了？是不是讨厌自己了？是不是自己做错什么了？是不是移情别恋了？初恋时，一层纸没有彻底捅破，患得患失的心态格外强烈。所以，有此一问：前面几天，她还不理我，让我忧心忡忡，不知所措。现在又对我这么热情，说了这么多亲切的密语。唉，到底是为什么啊？女人心，真正是海底针啊！忽冷忽热，令人分不清东南西北。

其实，这也是纳兰没有经验，初恋少年大多有类似的经历。所以说，女人是男人成熟的催化剂。幸亏，他读过书，不是那么懵里懵懂，心思缜密，看出了端倪。

"谁见，谁见，珊枕泪痕红泫。"这里恐怕是明知故问了。明明看见了伊人床上的枕头上的斑斑泪痕，压制住内心的笑意故意去问。当然，不是去问伊人，而且自己问自己。因为这个问题不需要答案，彼此心领神会就行了。

我特别提醒的是，这种解读不是唯一的方法，有另外一条路可以进入这首词的意蕴。那就是纳兰借用对方的口吻写就的，前面的解读基本不变，只是最后两句需要重新排兵布阵：唉，这个人的心思真难摸透。谁知道，谁知道啊，我对此偷偷流下了多少的泪水？

红泫，红泪，女人脸上敷了胭脂，泪洗胭脂，滴下的泪当然是红色的了。由此，可以铁定流泪的是女子。另外，现代科学实验证明，女人的泪腺比男人发达，所以女人流泪多，《红楼梦》里的林黛玉就是典型代表，动不动就哭哭啼啼的，搞得贾宝玉恍然大悟：原来女人都是水做的！

昨夜香衾觉梦遥

凉生露气湘弦润，暗滴花梢。
帘影谁摇，燕蹴风丝上柳条。
舞鹍镜匣开频掩，檀粉慵调。
朝泪如潮，昨夜香衾觉梦遥。

——采桑子

这首词是从闺中女子的角度写的，词写得十分空灵、细腻。善言情者只须述景而情自在其中。词境有异于诗境，作为言情文字，词境比诗境更加精微窈深，因而，用词来抒发"飞红万点愁如海"的离情别绪，也就更能曲尽其致。

秋深，天凉了。露气，水汽。《礼记·月令》中这样记载："九月节，露气寒冷，将凝结也。"秋天是古典诗词渲染离情别绪的最佳时节。落叶飘飘里，一个渐行渐远的背影，淡漠在风中；满地黄花堆积，一双徘徊的脚步；夜凉如水，在蟋蟀断断续续的叫唤里，有一个孤枕难眠的人儿。季节的声息因为情感的切入更显得凄清。情景就是心态的反射。

除了寂寞与怀想，词里没有传递更多的事件信息。这是"花间词"的隔代遗传，清美、轻盈、清淡，没有很深的韵味。

诗词这玩意儿十分奇妙，除非发自内心的冲动，否则很难产生有穿透力的语句，这也是为什么有人说"诗歌是年轻人的专利"的根源！年轻人血气方刚，充满激情，思维敏锐，容易受环境影响，情绪波动大，诗词体裁句式分行所形成的空间便于激动性思想的记录。

"花间词"多是男写女情，基本处于客观状态，是一种揣摩和描绘。这样的写作虽然精致、细微，而且风光旖旎，但容易缺少某种真情实感。

我们来感觉下纳兰这首"花间体"。

"凉生露气湘弦润，暗滴花梢。"秋来凉生，露气浸润了。

琴瑟，露珠滴在花梢上。湘弦，即湘瑟。瑟在古代有几个别称：宝瑟、锦瑟、湘瑟。用宝玉装饰的，称"宝瑟"，绘文如锦的，称"锦瑟"。湘瑟，是因称为湘妃的娥皇、女英曾用过这种乐器，后人取了这个美称。可见，古代也讲名人效应的。

"湘弦"一词用在这里，没有特别的意思，也就是指一具瑟。填词讲究美感，喜欢用一些漂亮的字眼，而且讲究细致。像工笔画精谨细腻的笔法所描绘出来的景物一样。露气浸润琴瑟，露珠滴在花梢，这是很细微的描写，呈现出静谧感和凝重感。让人可以倾听到时光流动的声音。

纳兰被伤害的不是肉体，而是灵魂。他一次次地深入到自己的内心，隔着距离，和他的表妹对话，用尽自己的深情。无法忘记，又不放手，他的悲哀可能正是源于此。

"帘影谁摇，燕蹴风丝上柳条。"帘外疏影摇摇，原来是小燕子乘风登上了柳枝。夜晚，小燕子会不会还在树枝上跳跃？我不知道。这种自然生活细节只有细心的人才能够去发现。总而言之，词的上片是纯粹的景况描写。夜凉露重、闲置的锦瑟、花瓣上的露珠、摇荡的光影、小燕子、柳条。里里外外，一幅秋夜静谧的图景。

情景铺开了，下面应该是有关人物隆重登场。就好比剪彩典礼，铺设好了红地毯、花篮、彩带，虚席以待，等剪彩者闪亮登场。

"舞鹍镜匣开频掩，檀粉慵调。"雕饰舞鹍的镜匣开开掩掩，懒得匀调香粉去梳妆打扮。鹍，是古代像鹤的一种鸟。据说，这种鸟很臭美，爱卖弄。有一个成语"山鸡舞镜"说的就是它。南宋志怪小说集《异苑》里讲："山鸡特别喜欢自己的羽毛，每当走到水边望见自己的影子，便情不自禁地跳起舞来。魏武帝时期，南方进贡一只山鸡，魏武帝曹操想让山鸡跳舞却没有办法。公子苍舒灵机一动，让人找

来一面大镜子，山鸡看见了自己的形影，兴高采烈跳了起来，一直跳到累死为止。"有了这个故事，古人就把这种鸟雕饰在女人的梳妆匣上。檀粉，香粉。"檀粉慵调"是一个倒装句，懒得调弄香粉的意思。

据因果原理，懒调香粉梳妆就一定有原因，是什么原因呢？词里留下了这个空白，这也是诗词写作惯用的手法。有一个绘画术言"留白"概括了这种手法。中国山水画讲究在画面上要适当留有空白，让人腾挪想象，品味无穷之趣。诗词也一样，不能把话都说白了。说白了，读者就没有可琢磨的了，那样，太无趣了。总得藏着、掖着点什么，让人好奇。

况且，诗词本来就篇幅小，什么都说了，也没有地方写啊。纳兰这个"留白"很简单，古语说，女为悦己者容。这个女人懒去梳妆打扮是因为悦己者不在跟前，打扮给谁看啊？至于为什么不在跟前，纳兰一直没说，这里也就不劳神去猜测了。

"朝泪如潮，昨夜香衾觉梦遥。"这里有一个时间跨度。朝泪，清早流下的泪。一行之间，就从晚上跳到了清晨，这也是诗词的妙处。海阔凭鱼跃，跳来跳去，反正你还是得落进水里，不能在天空定格。泪如潮，典型的夸张，表明泪很多很多。因为思念，因为寂寞，因为无奈，泪流了又流。这是孤枕难眠的写意。

香衾梦遥，一个芬芳的女人蜷曲在被子里，努力想闭上眼睛，让自己沉入梦乡去梦见心爱的人，可恼的是，连这么一点企盼老天都不给予。除了流泪，还能做什么呢？

清晨的微光中，女人眉睫下那两行泪无声地流出眼角……

这是思念的写意。

春欲尽纤腰如削

游丝断续东风弱,浑无语半垂帘幕。
茜袖谁招曲槛边,弄一缕秋千索。
惜花人共残春薄,春欲尽纤腰如削。
新月才堪照独楼,却又照梨花落。

——秋千索

又见"梨花"。在纳兰的落寞情怀里,梨花这个意象反复出现。这清白的花,寄寓他太多的凄伤。梨花,总是让人不由自主地想起一个杏脸桃腮的纤腰美女,回眸那满是清泪的凄凉神情。

三月,梨花开了。那若无其事的独白,是那样的清幽、那样的缠绵,宛如一场雪花,在春天的尽头纷纷扬扬。梨花,此时仿佛已经成了纳兰心头那一朵洁白的疼,在疯狂地燃烧着他的心。纳兰如同一盏灯,灯油已经渐渐耗尽。

三月,是纳兰心底不可愈合的伤口。在他另外一首词里,也提及了"三月二"这个蹊跷的日子。这个日子与节令无关,与常规的纪念无关,与约定俗成的庆祝无关。这个日子仅仅属于纳兰和另外一个人的,是他们两个人的空间。

可不可以利用想象进行那个空间的复原呢?三月二,表妹迟疑地走出闺阁,被家人簇拥着坐上马车,进入车棚的帘子前,她回头从人缝里搜寻那个熟悉的身影,白净如凝脂般的脸上布满哀怨,之后,马车绝尘而去。那时,梨花正开,满树惨白如雪。

一入皇城深似海。表妹被选为宫女,成了皇帝的禁脔。青梅竹马的爱情,终于敌不过命运的捉弄。相思相望不相亲,天为谁春?

年轻的纳兰在不停地问着这个已经没有答案的问题。其实,从他表妹离开他的那一刻开始,有些结局似乎已经注

定。他一直用一种对自己很极端，在我们看来近乎残酷的方式，对待自己的内心，执守着回忆中的温存。

如今又是三月，纳兰触景伤情，无限凄苦。这是康熙十三年（公元1674年）的暮春，二十岁的纳兰公子闷坐在家里，浑然无语。

春风缓缓地吹，一缕缕虫丝飘荡在空中。

"游丝断续东风弱，浑无语半垂帘幕"，虫丝长长短短飘荡，是非常细致的景况，能够捕捉到这样的细微，多半是在心细如发的敏感时刻。人在抑郁的时候，时光似乎总是很慢很慢，身边的一切都会历历在目。暮色入屋，帘幕半垂，屋里人浑然无语，一切似乎十分宁静。这是怀念的时刻。

"茜袖谁招曲槛边，弄一缕秋千索"，曲槛边那红袖招展的女子，戏玩着秋千。她是谁无关紧要。重要的是，心上人曾经在秋千上摇荡。那是多么美好的时光啊！秋千依然，可摇荡的人已经不是她了。诗词讲究曲笔，绕着弯子写。晚唐评论家司空图提出诗要有"韵外之致、象外之象、景外之景"，让人费心揣摩，就像饮茶时的那份回甘，在舌根绵延深长。

晚唐花间派积极分子韦庄有一首《菩萨蛮》：

"人人尽说江南好，游人只合江南老。春水碧于天，画船听雨眠。垆边人似月，皓腕凝霜雪。未老莫还乡，还乡须断肠。"

词里盛赞江南秀丽景色，词面的意思是要游子终老江南。人人都说江南好，游子当沉湎其中，不想回家乡。游子莫不思乡，"江南"既是异乡，"游人"原为客旅，再好的江南，对于游子来说，仍然是异乡，浪萍难驻。古人的家乡意识非常浓郁，在超稳定的社会生活结构里，那些血缘关系、宗族关系、人缘关系制约着人的生活理想，构成根深蒂固的家乡情结。除非是迫不得已，在外面混得再好都要"叶落归根"。

从前，湘西有一种神秘的苗族蛊术"赶尸"。赶尸匠接到业务后,穿一双草鞋,青布长衫,腰间系一黑色腰带,头上戴一顶青布帽,腰包藏着一包符。晚上念着咒语,驱动尸体行走。这种业已失传的高深绝技之所以被发明出来,就是古人叶落归根、魂归故里的深层心理结构所导致的需求现实。那时湘西一带地方贫瘠,生活环境恶劣,在这里生存的外乡人和在外面讨生活的本土人,多是穷人。运尸还乡埋葬的费用大,难以承受,另外那里都是崇山峻岭,即使有钱,也难以用车辆或担架扛抬,于是,这项苗族专利技术应运而生。

既然有如此深层的故乡情结,韦庄别有用心地引诱游子,他描绘江南迷人的山光水色,最引人心动的是当垆如花似玉的卖酒女郎,攘袖举手之间,双腕皓如霜雪。江南既然如此美丽,有如此美女,游子那家乡不回也罢,所以说"未老莫还乡,还乡须断肠"。

整首词表面上看上去是一种乐不思蜀的心思,但一个"莫"字,却透露了无限伤怀。蕴含的是一片思乡之情,用意极其深婉。韦庄一生饱经乱离之痛,值中原鼎革之变,为异乡飘泊之客,"还乡须断肠"反衬思乡的无限苦楚。

这就是诗词话外之音的奇妙,纳兰深得其精髓。这首《秋千索》的上片没有直接去描写伊人,而是通过一静一动的描绘,去凸显伊人不在的愁苦,让人感同身受。

下片进入实质性的情态叙述。"惜花人共残春薄,春欲尽纤腰如削",惜花,是寓意对青春年华的爱怜。青春娇娆,但总难抵御时光的侵袭和情感的折磨。有一种分离是钝刀割肉,有一种相思是望眼欲穿,有一种期待是遥遥无期。

残春薄,春光要尽了。与其说是春薄,不如说是命运太过菲薄。以花喻青春,这样的比喻在古诗词里比比皆是。有一首冠名为晚唐名妓兼唐宪宗宠妃杜秋娘所作的《金缕衣》:

"劝君莫惜金缕衣,劝君惜取少年时。

花开堪折直须折,莫待无花空折枝。"

这首典范之作究竟是不是杜秋娘原创还有待商量,都过去一千多年了,如果是其他人所作,这个人也没办法站出来维权。姑且就算在杜美人头上吧。无论是不是她创作的,肯定是她发扬光大的。这首《金缕衣》词意明朗,通俗易懂。用花比人,比成青春少年。宣称不要辜负青春年华,要及时行乐,否则你会很后悔。这种观念如今比较流行,许多事,经常是这样卷土重来的。

纳兰叹息不止。春天要尽了,思念的人儿渐渐清瘦憔悴。纤腰如削,多半是形容美女,唐朝以外,纤细苗条是美女的基本要求。但这里,并非是形容女人。

战国时期楚灵王爱细腰美女,宫里的女人纷纷节食瘦身,以博他的欢心。这种风气连带影响到朝中大臣,楚国的士大夫们为了细腰,丰衣节食,饿得头昏眼花,就算扶着墙壁行走,也要把瘦身进行到底。这起荒诞不经的历史事件说明,瘦腰是多么的重要。如今,还有很多女人,在孜孜以求地继续进行着这个在我看来是折磨和摧残自己的事情。

瘦腰不一定非要节食,纳兰瘦了,是因为挂念伊人,心中忧虑所致。填词,有那么一点花里胡哨的毛病,中国古代审美意识有一股病态、阴郁的神色。对于男人的欣赏,自晋代起,女性化倾向蓬勃发展,当时的士大夫阶级以华丽为美,鲜衣宽袖、佩玉携香,娘娘味十足。一代枭雄曹操帐下首席参谋长(谋士)荀彧,半生戎马,时刻不忘把衣服熏得香香的,据称他身上的香气,百步可闻;坐过的地方,香气三日不散。

古人把"韩寿偷香,相如窃玉,张敞画眉,沈约瘦腰"合称"四大风流",津津乐道。前面三项风流韵事不啰唆了。单单说说"沈约瘦腰"。沈约是南朝齐梁时的美男子,风流倜傥,身材修长,写一手好文章,连当时的梁武帝都妒忌他,官做到相当于丞相的尚书令,也算功德圆满了。晚年,他跟领导梁武帝的关系不好,多次遭到领导痛责,如此这般地再三惊吓,他终于病倒了，茶饭不下，腰围速减。这病瘦的腰身竟然成了士大夫效仿的风雅。如此，纳兰用"纤腰如削"来形容自己，也不奇怪。

"新月才堪照独楼，却又照梨花落"，写到这里，纳兰还没有抖出包袱。因为让他愁闷的根源没有说出来。词里对应的那个人一直没有露面，只有一弯新月，照着独楼，照着满树的梨花纷纷而落。夜风冷冷，轻踏着旧梦的韵脚，剪落的是一地碎碎的月影。

梨花，纳兰心底的苍白。那一段刻骨铭心的初恋！

心期便隔天涯

> 风鬟雨鬓，偏是本无准。
> 倦倚玉阑看月晕，容易语低香近。
> 软风吹遍窗纱，心期便隔天涯。
> 从此伤春轻别，黄昏只对梨花。
> ——清平乐

追忆似水年华，曾经的欢愉，曾经的悸动，曾经的豆蔻年华，曾经的风花雪月，一切近在咫尺，一切的一切依稀如梦。

我经常琢磨一个问题：上天究竟公不公平？在赋予纳兰锦衣玉食、才华横溢的同时，又给予他一把伤情我，使他在裘马轻肥的生活旅途里爱得死去活来。一方面是富贵、优雅的物质生涯，一方面是菲薄、凄凉的情感世界，感情生活与物质生活极度对立，这朵富贵花过早地凋零在渌水亭畔。

或者，一切都是纳兰作茧自缚。人，真的是不是不能过于多情？我甚至想，索性没有那位神秘的表妹，没有那一段短暂的初恋。那样的话，我或者可以看到在青石板铺成的路上，权臣明珠的这位长子白衣轻裘，一骑青骢，哒哒的马蹄，清脆的银铃，闪出自家府邸，英俊的脸上神采飞扬。

或者，索性这段初恋的终结是因为表妹移情别恋，抛下纳兰。那么，痛定思痛之后，纳兰可以来一个华丽的转身，不再沉湎于怀念。但这不是真的，不是真的！表妹离别前那泪眼婆娑，那满树透凉的梨花惨白地开。断送他一生的宁静，只是那楚楚的一个回眸。

晚春三月，一年一度的梨花为什么要开放，并且开得那么固执？

"风鬟雨鬓"，当初幽会时，表妹那慌慌张张、神不守舍的样子又浮现在纳兰眼前。"风鬟雨鬓，偏是本无准"，风鬟雨鬓，鬟鬓蓬松不整，头发凌乱的意思。唐代有个通俗作家李朝威，在他的传奇小说《柳毅传》里描写落魄的洞庭龙女就用了这个词语，"见大王爱女牧羊于野，风鬟雨鬓，所不忍睹"。另外，宋代名气很大的美女作家李清照晚年凄凉，颠沛流离，心酸的时候，写了首《永遇乐》词"如今憔悴，风鬟雾鬓，怕见夜间出去"，描绘自己沦为市井的悲凉境况。

古代家庭条件好的女子非常讲究仪容，几乎到了一丝不苟的地步。因为，这关乎到门风、家教等脸面上的事，绝不能马虎。自己丢丑事小，败坏家庭声誉事大。所以，女子出门，总是打扮收拾得干干净净、整整齐齐、光光鲜鲜。明珠家有钱有势，当是非常讲究的。表妹头发凌乱来赴约，而且还迟到。应该是想了很多办法，找了许多借口，好容易脱身赶来的。头发蓬松凌乱有两种可能：一是没有时间打扮；再就是故意不打扮，迷惑旁人。无论是哪种情况，都显示出一种不从容的状态，由此，这个女子青春可爱的神态呼之欲出。

"倦倚玉阑看月晕，容易语低香近"，这里有一个空间，省略了些细节。前面说伊人急忙赴约，之后马上就跳跃到"倦倚玉阑"了。中间省略的环节不外乎卿卿我我、窃窃私语之类的。说着说着，夜也就深了，人也有些疲乏了。皓月当空，清辉似水，雾霭渐渐升起，冰盘似的被蒙上羞涩的棉纱，迷迷蒙蒙中，月亮的光环飘飘忽忽，透露着一种神秘的意蕴，一切仿佛如梦。倚靠着栏杆，看着朦胧的月，看着寥落的星斗，闻着伊人身上散发的幽香，世界如此美好！

"语低香近"，这个旖旎意象是宋代诗人晏几道率先发现的。如此细腻的笔触也只有晏公子这样的落拓才子才具有。身为相国之子，家道中落后，面对世间冷暖，他尤其怀念过去。如他的《清平乐》：

"心期休问，只有尊前分。勾引行人添别恨，因是语低香近。

劝人满酌金钟，清歌唱彻还重。莫道后期无定，梦魂犹有相逢。"

这是对曾经的欢乐年华无限缅怀。就在回味的点点滴滴里，时光一尘不染，那娇娆的脸庞叠现，仿佛还在昨日，似是你，似是我，平静地喃喃细语。如今，时过境迁，那些软玉温香，那些绵绵细语，只有梦中重温了。

纳兰这首词与晏几道的手法相似，语气相近，表达的情感动态相同。但我不觉得凭这些就可以认定纳兰是在模仿晏几道。关键是两人的境遇相似，以至于在表达上殊路同归。晏几道的父亲晏殊曾官拜宰相，在北宋仁宗时代尊荣一时。晏公子硬生生过了十七年"富二代"的好时光，真有"锦帽貂裘，千骑卷平冈"的气派。他从小见惯了在父亲跟前唯唯诺诺的官员、文人。这些谄媚的嘴脸出了晏家大院又是一副趾高气扬的气派，使晏公子打心底看不起。于是，他养成了孤高自负的品性。

晏殊过世后，家道中落，但晏几道高傲不减，不肯有求于人，困顿里仍然保持磊落、孤傲的性情。有一次，当时东山再起出任宋哲宗的翰林学士知制诰的文坛领袖苏轼跟学生黄庭坚说："你去通知晏几道，明日我去拜访他。"本来苏秘书长是想要晏几道来拜见自己的，考虑到这家伙虽然官比自己小，但却是当今一流填词高手，比较傲气，还是自己降低身段去拜见他吧！黄庭坚兴冲冲跑去告诉晏几道，说，苏东坡先生明天要来看他，希望他作好心理准备，最好是晚上打个草稿，把明天要说的事先理出个一二三四。晏几道听了，慢腾腾地说，如今在政事堂（相当于如今的国务院）上班的那些高官，一大半都是从我家出去的，我都没有工夫去搭理他们。你告诉苏秘书长，我明天约好了，要陪老婆逛街买胭脂，没空！

这就是晏几道的风格，真正的绅士风度，不以物喜，不以己悲，一切淡然处之。纳兰也是如此。当年，还是处级干部的教育部秘书（翰林院编修）徐乾学经常找机会去拜访国防部长（兵部尚书）明珠，每次看到纳兰都是脸色漠然，避不见客（闭门扫轨，萧然若寒素）。这副脸色相信现在许多去过领导家的人都遇到过。按了门铃，门开了，开门的领导儿子或者女儿木然问："找谁？"问清楚了，方让开身，一声不吭回自己房间去了。许多东西看透了，就尊重不起来了。

另外，他们的情感经历也相似，一样的至情至性。晏几道曾与友人沈廉叔、陈君龙家的莲、鸿、苹、云四歌女有过一段不解之缘，当中的悲欢离合催人泪下。"当时明月在，曾照彩云归"就是写他与小苹的初次交眸，那是怎样的电光石火？晏几道的爱情，是那么纯粹、干净，如一湖碧潭。之后，人生起伏，她们都各奔东西，只留下晏几道——这个古之伤心人用回忆度过余生。今时今地的纳兰又何尝不是如此？青梅竹马的表妹入了深宫，一段洁白无瑕的初恋被命运的狂风吹散。

因为与恋人不能见面，纳兰便跟晏几道一样，常常用词去虚构梦境，以重温往时爱情的甜蜜。

现在，我们来看这首词的下片。前面是回忆，接下来应该是回到现实了。"软风吹遍窗纱，心期便隔天涯"，春风柔柔，把窗纱吹透。这是纳兰当下的情景。风儿柔柔，应当是赏心悦目的时候，但伊人不在跟前，相亲相爱的愿望被隔绝，所有的一切都索然无味。

深深藏起来的深情与梦想，在心里默许一个遥远的愿望。几度铅华洗尽，几度随风寻觅，为的，就是那个沧海桑田的重逢，在漫漫的流年里，心里为你开出无声无形的一颗果实。

"从此伤春轻别，黄昏只对梨花"，这里是发自内心的独白。透露出举重若轻的深深凄凉。春天里的感伤，是因为一次轻别吗？轻，不是轻率、随意，而是命运不可承受之轻。宋代诗人贺铸早在《石州慢》词里讲述过这样的情怀：

"将发,画楼芳酒,红泪清歌,顿成轻别。"轻别,是命运的无情,是命运的无奈。于是,从今往后,只能对着雪一样冷艳而苍白的梨花潸然泪下。

伊人,你可知道,你曾经的笑意,你殷殷的话语,已经在我的指尖下悄然入句,你可知道,春风里轻扬的,不是迂回的风声低鸣,是那满树洁白的梨花,是我痛不欲生的心啊!

满地梨花似去年

药阑携手销魂侣，争不记看承人处。
除向东风诉此情，奈竟日春无语。
悠扬扑尽风前絮，又百五韶光难住。
满地梨花似去年，却多了廉纤雨。

——秋千索

《秋千索》，原名《拨香灰》，是清初西泠名士毛先舒谱的自度曲。纳兰过世后，明珠将纳兰生前写的手稿付于徐乾学刊刻《通志堂集》，徐乾学从没有见过这个词牌，以为是纳兰独创，就取词中"弄一缕秋千索"句为词牌名。后人以讹传讹，都认定是纳兰原创。

这首《秋千索》是纳兰二十二岁的作品。这年春末，顾贞观到了北京，经朋友介绍，结识了纳兰。纳兰当时在圈子里有"小孟尝"之称，爱交朋结友，助人为乐。他老子明珠是个大贪官，但不吝啬。除了有一点骄傲，纳兰基本没有其他缺点，当然，如果痴情也算的话，那就多了不可饶恕的缺点。这个心底透彻如水的男人，以情事人，待恋人深情如海，不言放弃；对朋友忠诚似火，坦荡无悔。他与性格笃实的顾贞观一见如故。

顾贞观是江南才人，以"落叶满天声似雨，关卿何事不成眠"诗句闻名天下。他中举后，官至内阁中书，相当于现在的国务院秘书职位，副处级（从七品）。后来，因受同事排挤，落职回了老家。这次到北京来，主要是想营救发配到冰寒之地宁古塔的好友吴兆骞。他拜见纳兰，随身带来了"西泠十子"之首毛先舒的五首词，其中，就有一首《拨香灰》。

毛先舒（1620—1688），杭州才子。明亡后，他不愿做清朝的官，宁肯闲在老家杭州，颇有一股子明朝遗老遗少的

倔强。他不与世合，萧萧然杜门著书，生活穷困。纳兰读了他的词，又从顾贞观口里得悉他的事迹后，十分敬佩。多年后，已经当了一等侍卫的纳兰还特地写信，给当时的杭州知府顾岱，举荐毛先舒参与编修地方志《浙江通志》。承纳兰的情，毛先舒要儿子去了文史馆上班，领了一份工资，家里的日子才好过了一点。

不过，话又说回来，《拨香灰》这个名字确实没有《秋千索》雅致，纳兰改正之功还是有的。

《秋千索》的句法字数与《忆王孙》相同，只是平仄有些差异，算不得一大创举。也就不过多费口舌了。只是，顾贞观来的时候正是春末，园里的芍药花开了。纳兰读了毛先舒的《拨香灰》，觉得新奇，就活学活用了。

"药阑携手销魂侣，争不记看承人处"，词里，这句的意思是说，当年曾与心爱的人携手园亭花栏之畔，怎能不记得当时芍药花婉约相迎的情景呢？药阑，即庭园中芍药花的围栏，泛指花栏。宋代诗人赵长卿题过一首《长相思》，词里道："药阑东，药阑西，记得当时素手时，弯弯月似眉。"这个世家子弟的词确实比较稀松，难怪一般的宋词选本大多不选他的词。

芍药花开在晚春立夏，美得婉约。古代男女常以芍药相赠，表达结情之约或惜别之情。芍药花又称"将离草"，它的花语为：依依惜别，难舍难分！这样的花儿，怎让人不心生怜爱呢！

怜花是惜人。"有情芍药含春泪，无力蔷薇卧晓枝。"宋代秦观把芍药带雨含泪、脉脉含情的神韵描绘得惟妙惟肖，分不清说的是花还是人。

"除向东风诉此情，奈竟日春无语"，如今，除了与风叙说一腔深深思念，又能如何？春风无语，春花无语，独留我黯然失色。在前面的回忆之后，陡然间的转折将词意拉进一个狭窄的心理空间里，一放一收，情感波动的曲线清晰可见。"竟日"，多日的意思。千愁万绪只能向春风诉说，可是连日来春天一直默默相对。这是怎样的无奈啊！

叙述，不仅仅是发音系统的条件振动，在意识和符号的纠结下，这种声波总是带着情感的色彩穿过时空的细流，在生命的针孔里等待回响。叙述者，需要倾听，否则，索然无味，并且毫无意义。如同在一个没有观众的舞台上表演，意味着只是排练，与演绎无关。因此，春无语，情况不容乐观。"欲将心事付瑶琴。知音少，弦断有谁听？"南宋兵马元帅岳飞使一杆沥泉蟠龙枪，戎马沙场，也知道倾诉需要聆听，而且是心灵的聆听。

纳兰向风儿倾诉，是因为心爱的人不在眼前，也是这份爱无法随便向人言及。许多东西埋藏在心底久了，就需要说出来，这是人的心理因素决定的。就像小孩跟自己的小狗说话，不在乎它是不是听得懂，是不是能够回答，只要它动动耳朵、晃晃头，表示在听就可以了。可惜，春天一直沉默，让纳兰无所适从，无奈到了极点。

在此，需要说明一个问题。纳兰此时已经成婚，妻子是已故两广总督卢兴祖的女儿卢氏。卢氏娴熟温婉，品貌端庄。按照现代的观念，有这么一个如花似玉、温文尔雅的老婆，纳兰不应该再去想念别人了。吃着碗里瞧着锅里的事儿，咱不能干。

其实，每个时代都有自己的道德观念，古代男人三妻四妾是理所当然的，只有一个理由可以限制，那就是看你兜里有没有银子。那时，只限定女人从一而终。至于这种风气合不合理，那不是我们现在能够左右的事，事情已经过去了，着急也没用。另外，卢氏是纳兰的家长匆忙替他选的，不是自由恋爱。综合上述情况，纳兰想念其他女人，也无可厚非。

"悠扬扑尽风前絮，又百五韶光难住。"眼前飘扬的柳絮被风吹尽，春光匆匆，转眼间，寒食节美好风光也将过去。百五：寒食节，即清明前二日，因去年冬至恰好一百零

五天，故称百五。

春光不再，但对伊人的思念从未停歇，即使是庞大而华丽的错觉，也给予真实的答案。流光最易把人抛，绿了芭蕉，红了樱桃。在记忆梦里不断闪现的，是伊人的身影，伊人的芬芳。

触景伤情，纳兰由追忆到落寞，再深深感叹。时光总如水，梨花开了三次，表妹入宫有三年了。春回，年年花开花落，而不见表妹回来。

"满地梨花似去年，却多了廉纤雨"，一样的梨花，一样的纷纷洒落，一样的凄凉，一样的无奈，只是多了几丝濛濛细雨。

已故诗人余地这样写过："雨不会停下，这个夜晚，一种冰凉的情绪。没有人哭泣，那些湿润的泥土，在你脸上生长。明天早晨，天空和往常一样，一片温漉漉的叶子。""你走了，窗户开始变得模糊，雨是一条冰冷的小路。没有送你，无数次分离，让我们的话越来越少。如果，你此刻回头，一定会发现，那个喊你名字的人，是我。"

雨中眺望，雨幕里是不是有你一次一次的身影？雨滴落泥，了无痕迹，而剩下的，只有那飘忽的歌声，消融在阑珊的水花中。想念如潮，想你脸颊染起的红晕，那如临水照花般映出的甜美。缭绕心间的是你梨花带雨的泪脸，那楚楚的忧伤。

梨花一样的幽怨，是你，是我！是我们的深深的依恋！

心已成灰

昏鸦尽，小立恨因谁？急雪乍翻香阁絮，
轻风吹到胆瓶梅，心字已成灰。

——梦江南

读这首词的时候，我的心里有一种说不出的疼痛。原来，纳兰因为初恋受伤的心，一直在那么悲痛地呻吟，一直在那么破碎的绝望，一直在很多的词中隐藏，只是被我们忽略了。这应该是纳兰失去了初恋的表妹最早的几首词中的一首。不过，我个人更倾向于这是关于他失去初恋最早的悲痛。

《梦江南》，又名《望江南》、《忆江南》、《江南好》、《春去也》，自唐代白居易作《忆江南》三首，本调遂改名为《忆江南》。段安节在《乐府杂录》这样说："《望江南》始自朱崖李太尉（德裕）镇浙日，为亡妓谢秋娘所撰，本名《谢秋娘》，后改此名。"

纳兰的这首《梦江南》，就像一滴清澈的泪，在一双深情的眼里，不停地坠落。这首词，给人一种无比伤心的感受。纳兰的伤心，在一些词语当中，真切地向我们呈现。

这首词抒写了失去自己心爱之人后的孤独、寂寞和悲痛，甚至是一种刻骨铭心的失落。当我们展开纳兰的词集时，就等于展开了纳兰的情感，纳兰深情的心灵，甚至是展开了纳兰憔悴的灵魂。

黄昏的光线笼罩之下的鸦群，渐渐飞远，我心爱的人啊，你在哪里？那个眺望的人啊，为什么还在窗前伫立？她是不是你？纷飞的柳絮像冬日的飞雪一样随着那丝丝的春风，越吹越远，是否能够触摸到你？是什么飘落在香阁中？

风中，或许有一缕幽香如同忧伤如影随形。那些簌簌的落絮的花儿，像是飘落的心事，催老了芳容，憔悴了孤单的春光。

轻风摇曳，吹落插在胆瓶里的梅花。那案几之上凋落的花瓣，多么像我了无着落的黯然青春，像我无法着陆的思念，更像我思念的泪水。

此时，那如雪飘落的，会是什么呢？那已经渐渐燃尽的，只是心字香烧成的灰烬吗？

"昏鸦尽"起句的这三个字，就把绝望、悲痛、孤独和思念相混合的情况给我们勾画了出来。"昏鸦"，这个符号，在纳兰笔下显尽凄厉。昏鸦飞尽，与其说是景况，不如说是个人内心的颓丧，一种空落之感。

昏鸦，是一种仓惶和灰暗的隐喻，也是一种刻骨铭心的伤痛的符号，更是思念、寂寞、孤独和失落的代指。黄昏渐渐地沉落在大地上，暮色将至未至的时候，晚归的乌鸦都飞远了，或者已经藏匿了，但那些凄厉的啼叫依然在耳畔回旋。让人感到一股深深的寒凉随风而来，袭上心头。

昏鸦渐渐飞尽，那些哀鸣还留在那伫立远望之人的耳里，那颗心，随着这群昏鸦渐渐远去，是不是可以触到一些温暖，并那个日夜思念的人？

"小立恨因谁？"这句问得很突然，很沉痛。如同俞平伯在《读词偶得》中评价李煜的《虞美人》词的"春花秋月何时了，往事知多少"那样：奇语劈空而下。

那小立的人又为了什么而满怀无法排遣的悲伤？又为什么满怀着无法到达的思念？

古代汉语的"恨"字有多种引申义，特别是男女情感上，"恨"有的可以引申为"怨"和"念"。

那个站在昏暗的光线之下的人，内心充满了无言的悲痛，究竟是为了谁呢？当然，不是为了所谓的昏鸦，所谓的如雪的落梅，更不是渐渐暗下来的天色。我想，如果想知道这个答案，我们可以接着往下读。

"急雪乍翻香阁絮"句,总是会让我想到晏殊的一首词。晏殊在一首《望汉月》中这样写道:"千缕万条堪结,占断好风良月。谢娘春晚先多愁,更扰乱、絮飞如雪。短亭相送处,长忆得、醉中攀折。年年岁岁好时节。怎奈尚、有人离别。"

柳絮,总是和少女的闺怨、愁绪和怀春的心事分不清。三月的柳絮飘飞,最初的春光与最后的冬寒总是纠缠不清。柳絮飘如雪,这不是一个简单的形容,在形状的比拟后面,透出一股深深的寒意,那就是一颗心灵无爱的寒冷。柳絮飘舞的时节,梅花就当凋谢了,季节的更替就是如此无情。如同现实、距离给予纳兰的感受。

案儿上洛满的红梅花瓣,那些时光之手拂下的残红,想它们曾经是那样的娇艳、那样的妩媚、那样的鲜活,如今,都静静地散落在花瓶边,如同一幅静物写生画,透出水墨的深韵。

最后一句"心字已成灰"一语双关。明代博学家杨慎《词品·心字香》记录:"所谓心字香者,以香末索篆成心字也。"古人喜欢将熏香做成心字形,熏香如同心意,燃过之后最终成为灰烬。心香成灰,虚实两致,不仅是实景,而且还有深刻的喻义,表面上姑且可以看做篆香燃尽,事实上是凭栏人心如死灰。

这首词当中存在一个场景置换。前面两句是纳兰自己站立在黄昏中,望着乌鸦飞远,心里充满伤感。后面是写心爱人的香闺,柳絮、花瓶、落梅、已经燃完的心字香。这一切就像一幅静物画,这些与一个妙龄女子息息相关的物象依次呈现,唯独没有女子的身影。燃完的心字香暗示着人去楼空,也喻示由此而心灰意冷的爱情结局。

纳兰是一个至情至性的男人，词于他而言，不过就是一种"自言自语"。没有词，就没有岁月回望里，那个满清贵显公子感人至深的深情泪眼，就没有那个充满憔悴和落寞，又无比孤独的依稀背影。没有纳兰，也就没有宋词在清代的昙花一现。

这首小令，从表面看是刻画忧伤的女子，在黄昏独立思人的幽怨之情。这首词的背后，其实隐藏着一个不为人知的伤心故事。纳兰十九岁那年，青梅竹马的表妹雪梅被选到宫里。这首词，是在他表妹被选入宫之后，纳兰因景生情，因此写下的绝望、孤独、落寞和思念。

纳兰与表妹雪梅一块儿长大，两小无猜，两人曾经一块儿玩耍，一块儿对诗作赋，就像《红楼梦》的宝玉和黛玉。表妹知书达理、冰雪聪明。初恋是美好的，一个是阆苑仙葩，一个是美玉无瑕，在情窦初开的豆蔻年华，他们相爱了，彼此心心相印，发誓要"在天愿做比翼鸟，在地愿为连理枝"。

纳兰的文字、他的思念和他的心灵可以见证，纳兰的表妹容貌端庄、秀丽，绝对不是后人牵强附会想象出来的。能选进皇宫的女子不会是粗枝大叶。至于她的品性修养也是一等一的。纳兰家是大户人家，是正儿八经的皇亲国戚（纳兰的曾姑母是康熙皇帝的曾祖母；纳兰的老妈是英亲王阿济格的女儿，是康熙皇帝正儿八经的堂姐）。老妈家的亲戚出身绝对不卑微。雪梅也是大家闺秀出身，从小受尊宠，只是后来家道中落，才寄养在纳兰家里。

这是一个明眸皓齿、兰心惠质的女子。

哪个女人不想自己长得清丽脱俗、貌美如花？可有时候，长得漂亮就是一种祸及一生的灾难。满清有规定：满清贵族十三岁至十七岁的未婚女子，不得私下谈婚论嫁，必须得参加选秀，供皇帝挑选。挑剩下的，才能去嫁人。

雪梅无可奈何地被选中成为宫女。纳兰早期的恋爱就这样化成泡影。雪梅，胆瓶梅。这两个"梅"字之间有什么联系呢？

表妹进宫之后，十九岁的纳兰大病一场，不仅误了这年科考的最后一关——殿试，还留下了病根，使他以后的岁月痛苦不堪。

伊人已经远隔着无法越过的距离，那成灰的不是心字的熏香，而是纳兰那一片冰心！

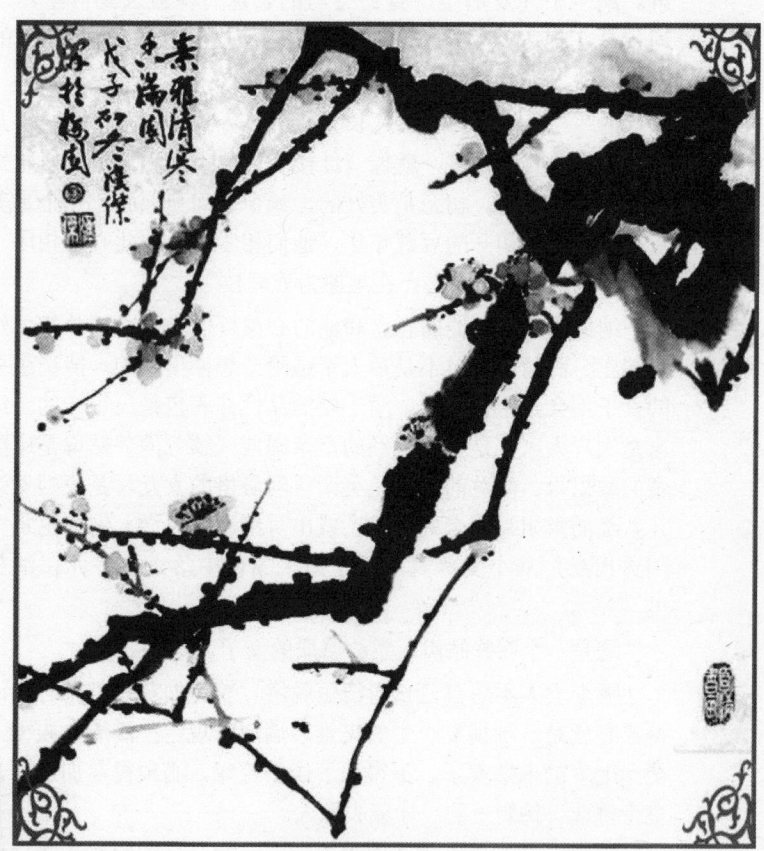

肠断天涯

冷香萦遍红桥梦，梦觉城笳。
月上桃花，雨歇春寒燕子家。
坠鞭别后谁能鼓，肠断天涯。
暗损韶华，一缕茶烟透碧纱。

——采桑子

离京城越远，纳兰的思念就越浓。思念谁呢？宫里的表妹。在纳兰的爱情词中，思念的作品大多是写给表妹的，而怀念、悼亡则是给亡妻卢氏的。

卢氏嫁给纳兰三年里，基本没有跟丈夫分开过，头两年纳兰在家复习功课，准备补考。考上进士后，纳兰又在家等待分配，这一等，足等了快两年，而这期间，两人根本没有因分别而思念的机会。而且，纳兰对卢氏的感情，是在她去世后才彻底引发的。

红桥，是明珠府的庭院景致，是观赏意义大于实际意义的小桥，在明珠府的什么位置，如今已经无法考究。三百多年的沧桑，明珠府邸几易其主，早已不是原来的模样，这座小桥也消失了。但它肯定在流逝岁月的某个角落、在漂着花红叶绿的水流上铺设。小桥左右不过一丈宽，两边都有几级石阶，在江南园林建筑风格的庭院里横卧着。旁边是几株垂柳，桥边的假山上，栽着些奇花异草。轻风吹过，清香漂浮。

跨过红桥的背影越来越远、越来越淡，淡漠得只有一丝孱弱的云烟，在怀念的尽头恍恍惚惚。

北方边城的春夜还有些寒意，城头凄婉的胡笳声惊醒了纳兰的一帘春梦。

"冷香萦遍红桥梦，梦觉城笳"，清香弥漫的红桥，那些缠绵、那些甜蜜，你眼波里盈盈的情意、指尖的温柔，梦里留香。可惜，如此甜蜜的梦境被城头的胡笳声打破。

胡笳，古匈奴的吹管乐器，汉时流行于北方少数民族地区。民间又称潮尔、冒顿潮尔。《太平御览》里解释说："笳者，胡人卷芦叶吹之以作乐也……"北方没有竹子，当地人就地取材，卷芦叶吹奏。古代称芦苇为"葭"，《诗经》里"蒹葭苍苍，白露为霜"说的就是芦苇。

"笳"字在汉代为"葭"字，古代对北方边地及西域各族人统称胡人，这就是"胡笳"的来源。随着社会发展，后来出现了多种形制的胡笳，芦叶改为芦苇秆的管身。三孔胡笳可以完整地发出近十二度音程的五声音阶，音色柔和，伴之以委婉的旋律，乐声起处，深沉凄楚，催人泪下。

相传，西晋末年帅哥刘琨，很有艺术细胞，喜欢吹胡笳，曾写了《胡笳五弄》曲谱。公元307年，东海王司马越派刘琨出任并州（今山西东部、河北西部）刺史、加振威将军、领护匈奴中郎将。刘琨带领一千多士卒浩浩荡荡进驻晋阳城，结果，数万匈奴兵将晋阳城团团围住。刘琨见势不妙，惶惶中登上城楼俯瞰城外敌营，见匈奴兵强马壮，人多势众，他不禁发出一声长叹。

因为是帅哥，这声长叹有那么一点潇洒韵味，而且，音量比较大，惊动了城下的匈奴兵。匈奴兵营里发出一阵骚动。这时，刘琨灵机一动，忽然想起了当年汉王刘邦围困项羽"四面楚歌"的故事，于是下令会吹卷叶胡笳的军士全部到帐下报到，临时组成了一个胡笳乐队，百余号人在城楼上参差不齐地吹起了《胡笳五弄》。匈奴兵听了军心骚动，怀念家乡，纷纷打马回去了。游牧民族，组织纪律性差，因此可见一斑。

那个著名的才女蔡文姬，也喜欢吹胡笳。她有《胡笳十八拍》："……十八拍兮曲虽终，响有余兮思无穷。是知丝竹微妙兮均造化之功，哀乐各随人心兮有变则通。胡与汉兮异域殊风，天与地隔兮子西母东。苦我怨气兮浩于长空，

六合虽广兮受之不容！"

  这首《胡笳十八拍》共五十九句，一千两百九十七个字，一字一句含泪泣血，悲千古之长恨，歌万世之断肠！是中国文学史上，一笔可歌可泣的财富。

  音乐的力量是强大的，强大得经常让人搞不懂。此时，纳兰在梦中被惊醒，悲凉的胡笳声勾起他一腔愁绪。究竟有没有梦到红桥不好说，既然他坚持说有，我们就姑且相信有吧。写诗填词嘛，有时候要找一个由头，好借题发挥。

  "月上桃花，雨歇春寒燕子家"，这是醒来后的情况，边塞的月色洒落在桃花上，雨停了，北方仍然料峭，燕子已经归窝。旖旎的春梦变换成如今寒凉的景况，对比之下，那城楼惊醒春梦的胡笳声确实惹人讨厌。

  月染桃花，夜色里，这个意境十分幽美，又让人难以触摸。雨停了，月儿出来了，这是一个忧伤的事实，在一种静谧的时刻里，喻意爱情的花朵悄悄开放，但它的鲜艳在朦胧夜色里只能念想，而无法清晰地洞悉。

  落寞，随月光洒进桃花娇柔的花瓣里。

  "箜篌别后谁能鼓，肠断天涯。"箜篌是十分古老的弹弦乐器，在古代主要供宫廷雅乐时使用，与西方的竖琴相似。

  箜篌也称"空侯"，汉代经学家刘向《世本·作篇》记载："空侯，师延所作，靡靡之音也。出于濮上，取空国之侯名也。"箜篌，到底是本土乐器还是外国进口乐器一直没有定论。按照有关资料分析，应该是：早在三千多年的商代，宫廷音乐家师延就制造了这种乐器。后来，汉代自印度流传进来了一种同类乐器，两种乐器异曲同工，经过对照改进，也就分不清彼此了。

  唐代女音乐家李凭，能弹一手好箜篌。李贺曾经听过，如痴如醉之后，写了一首《李凭箜篌引》，记叙那种美妙的感受：

  "吴丝蜀桐张高秋，空山凝云颓不流。

  江娥啼竹素女愁，李凭中国弹箜篌。

昆山玉碎凤凰叫,芙蓉泣露香兰笑。

十二门前融冷光,二十三丝动紫皇……"

就艺术水准来说,李贺这首诗不亚于白居易的《琵琶行》。但李贺的语言和意象过于高峻,曲高和寡。

不过,这种箜篌的弹奏技术,到了宋代以后就濒临失传。宋代杨湜在《古今词话》中这样记载:"秦少游在扬州刘太尉家,出姬侑觞。中有一姝,善掰箜篌。此乐既古,近世罕有其传,以为绝艺。姝又倾慕少游之才名,偏属意。少游借箜篌观之,适值狂风灭烛,姝来且亲,有仓卒之欢,且云:今日为学士瘦一半。"

这段话可以这样意译:秦观在扬州的时候,有一次刘太尉请他家里赴宴,并找了一个会弹箜篌的歌妓陪酒。箜篌是古老的乐器,已经濒临失传。这位美人对秦观仰慕已久,秦观没有看过,就想看看这个乐器,当秦观凑近的时候,偏偏在这个时候,窗外吹进了一阵风,将房中蜡烛吹灭了,黑暗之中美人软绵绵地倒在秦观的怀里,秦观当然也没有错过良机,很快便与美人完成了一段仓卒之欢。这位美丽的歌妓还悄悄对少游说:"今日为学士瘦了一半。"秦观事后为此事作了一首类似于回首这段经历的《御街行》:"可怜一阵白苹风,故灭烛、教相就。"

箜篌是一种相当优雅的乐器,高山流水一般的音阶,清幽的音色,耐人寻味的是,这种乐器在十四世纪的明代早期就已经失传,纳兰为什么写这个东西呢?检索了许多解析版本,真正的方家一般是绕过这个问题,不去像现在那些人想当然地解释为:"睹物思人,箜篌闲置,你走了,谁来弹奏?"我相信明珠富可敌国,家里不乏奇珍异宝,有一具古代传下来的稀世箜篌不足为奇,问题是,隔了几百年了,谁又身怀绝技,会弹奏一手行云流水的箜篌?与纳兰亲近的几个美丽女人中,除了沈宛,其他的似乎没有谁更有艺术细

胞。

在这里像是实指,又像是借喻。如果是实指的话,那么这个表妹,真的是聪明伶俐,让人心动。如果是借喻,那么这段话的言外之意应该是:隔着千山万水,隔着一堵巍峨的皇墙,谁给我弹琴,弹一曲风花雪月?犹如宋代辛弃疾《满江红》词"人去后,吹箫声断,倚楼人独"里的悲叹。

"暗损韶华,一缕茶烟透碧纱",美好年华虚度。这里有一句潜台词:一切都是因为你不在我的身边。所谓韶华,不仅仅是青春时光,还有与之对应的欢愉、优美、激情。否则,青春也不过是年轻而已,面色光滑,有劲没地方使。就像一个小女孩跟我说过:我只剩下年轻这一个优点了。宋代优秀浪子秦观对此深有体会,他在一首《江城子》里写到:"韶华不为少年留。恨悠悠,几时休。"

青春虚度,深情无处可寄,且看一缕茶烟轻轻袅袅透过碧纱,飘然而逝。

茶烟,煮茶燃起的烟。古人饮茶不像如今用开水冲泡,而是像熬中药一般,先将茶烤熟碾细,水煮沸,然后将茶放入水中煮。燃料是木炭,先"试火",去掉木炭里的浓烟,方来煮茶。古人烹茶最忌浓烟。唐代茶道高手苏廙的《十六汤品》中,将有浓烟煮的茶称为"大魔汤",为第十六等最差的。这个点评很"雷人"。

茶烟的诗意境界,古人颇是喜爱。《红楼梦》贾宝玉题潇湘馆联:"宝鼎茶闲烟尚绿;幽窗棋罢指犹凉。"上联说宝鼎不煮茶了,屋里还飘散着绿色的气韵,将潇湘馆一带粉垣,千百竿翠竹遮映的韵致用茶烟比拟得惟妙惟肖。

潇湘馆,《红楼梦》,茶烟,纳兰,这当中有什么联系呢?

一片幽情冷处浓

桃花羞作无情死,感激东风。
吹落娇红,飞入闲窗伴懊侬。
谁怜辛苦东阳瘦,也为春慵。
不及芙蓉,一片幽情冷处浓。

——采桑子

桃花,这团妖艳之火,从古到今,都是情欲的象征。阳春三月,桃花怒放,满山就像落下了百里胭脂云。

当年,唐代风流才子崔护就是在桃花盛开的季节偶遇美少女的,但见她桃花一般的艳丽,桃花一般的妩媚,桃花一般的清幽如水,默默地,默默地站在那里。

桃林,一树又一树火热的桃花,艳阳天,小屋,光彩照人的少女,娇柔的容颜。一切是那样的美好、那样的鲜艳、那样的动人心弦。滚滚红尘,桃花始终是一份如火如荼的爱恋。一年后,当崔护再度来时,少女已不知去向,他怅然若失,提笔在门扉上写下一首《题都城南庄》:

"去年今日此门中,人面桃花相映红。
人面不知何处去,桃花依旧笑春风。"

短短四句,却流传千古。那朵人面桃花永远开放在岁月深处,芬芳隽永。一个简单的疑问,让这个世界无限惆怅。没有情感的世界,桃花也懒于招摇。这是纳兰的心灵世界。女为悦己者容,花为什么而开?人生有孤独,但孤独绝对不是美好的人生。与其无情,不如凋谢。

桃花在开,桃花一直在开,没有喧闹,没有蜂媒蝶使,谁理喻桃花的寂寞?于是,风吹落桃花时,纳兰拟人地叙述说:桃花羞愧就这样没有爱恋、没有眷顾地凋谢,幸亏有东风吹送,飞入闲窗,陪伴一个懊恼郁闷的人儿,倾听他的叹息。

花离开枝头时，会有一丝钻心刺骨的痛，盛开与陨落从来都是生命的南辕北辙，也是命运的无奈必然。当痛也是一种快乐时，那么，生就是一件非常无聊的事。生无可恋，究竟是桃花的宿命，还是纳兰的宿命？

懊侬，懊恼的意思。古代音乐家协会（乐府）收集有一个曲名《懊侬歌》，产生于东晋和南朝吴地（江浙一带）民间，内容多为抒写男女爱情受到挫折的苦恼。

另外，中医学有此病症。清代嘉庆皇帝的御前太医汪必昌《医阶辨证》称："懊侬之状，心下热如火灼不宁，得吐则止。"就是胸膈间自觉有一种烧灼嘈杂感，病因多由于表征发汗不得法，致外邪入里，胸中郁闷所致。纳兰正患有与这个症状相似的寒疾，卧床休养。

桃花飘零，一瓣一瓣又一瓣。屋里的纳兰看着点点飞红，心里万分惆怅。

"谁怜辛苦东阳瘦，也为春慵"，中国唐宋之间有个特殊历史时期——五代十国，都是当时的军阀割据政权。当时南朝梁国风流名士沈约，曾当过东阳太守，沈东阳是后人予他的美称，就像人家叫宋代的农业干部（屯田）柳永为柳屯田一样。沈约在宋、齐、梁三朝都做大官，跟后来的梁武帝萧衍关系不错，两人都是世家子弟，又都喜欢文艺，经常一起在宫廷为大家演出助兴，互相较劲。

萧衍的家庭背景比沈约深厚，分配工作的时候选了一个好单位，领导王俭（卫将军）又是他家的老朋友。有人罩着，起点又高，萧衍一路官运亨通，最后，成了手握重兵的一方诸侯。所谓乱世出英雄，当时的南齐皇帝东昏侯萧宝卷是一个典型的纨绔子弟，不仅贪玩，而且生性残忍，喜怒无常，有那么一点"二愣子"品性，看谁不顺眼就杀谁，动不动就杀大臣，一不留神，把萧衍的兄长、时任尚书令的萧懿也给杀了。惹急了萧衍，一怒之下，带兵进宫废了东昏侯，拥立东昏侯的弟弟萧宝融为齐和帝。

昔日好友成为一人之下万人之上的大司马，沈约出谋划策，妙笔生花，大造舆论声势，帮萧衍自立为帝。

在南朝烟雨中，腰身瘦削、风姿俊朗的沈约摇一把折扇，优雅地穿过都城建康（今江苏南京）宫殿的长廊，成为士大夫们学习的儒雅榜样。在古代士大夫审美错觉里，文弱、清癯的身形是雅致的必然，腰身细瘦的沈约就成了名士风流的象征。

沈约文采斐然，为萧衍编造了一个身负异禀、龙种降生的离奇身世，坚持正确的舆论导向，积极为萧衍能当上梁武帝开辟视听道路，算得上是劳苦功高。但时过境迁，沈约并没有受到真正的重用，还因为梁武帝萧衍再三猜疑、惊吓，终于病倒，日益憔悴，腰围速减，悒郁而死。"沈约瘦腰"，多喻意文人优雅品性，也有病容憔悴、抑郁多疾的怜悯意味。

伤情人纳兰自诩沈约，也不是狂妄。家世、才情、形象等软件和硬件，纳兰在当时的清代都是首屈一指的，跟从前的沈公子比一比，不算过分。况且，中国古典诗词读多了，很容易养成孤芳自赏的品性，这也是古代文人普遍的自傲和尊严。

疾病缠身的纳兰没有正面提及因何而心生懊丧，憔悴不堪，但伤情之态昭然若揭。

"不及芙蓉，一片幽情冷处浓"，这里转折突然，在承接上存在一点别扭。意思是说，此情此景，还不如芙蓉，芙蓉能够于冷幽之处散发出隽永的芬芳，而桃花艳丽，却繁华不再。"一片幽情冷处浓"直接取用了明代寒儒兼抒情诗人王彦泓的《寒词》："个人真与梅花似，一片幽香冷处浓。"将梅花的冷香换成了芙蓉花的幽香，把一种寂寞化作一种坚持。不过，还是有孤芳自赏的意味。

瘦断玉腰沾粉叶

此露下庭柯蝉响歇。纱碧如烟，烟里玲珑月。
并著香肩无可说，樱桃暗解丁香结。
笑卷轻衫鱼子缬。试扑流萤，惊起双栖蝶。
瘦断玉腰沾粉叶，人生那不相思绝。

——蝶恋花

在一个初夏的夜晚，万籁俱寂。庭院里，树叶上落满露水，蝉鸣已绝，月色朦胧，一切都显得静谧而浪漫，一切如梦如幻。在这如诗如画的夜晚，纳兰和心爱的女人并肩挨着，静默着，什么也不说。因为什么都不用说，她在身边，就是最美最甜的语言。

此时，丁香花还在开放，团团锦簇，清风徐来，花香扑鼻。这香气浓郁却不张扬，恬静而不单调，清清幽幽、绵绵延延；没有突兀的烈，却有不绝的幽，闻久而不失其淡，稍掠而不减其香。

那是多么美好的时光啊！可惜，一切恍然一梦，一切都已成为过去。纳兰在时光的暗处，回忆这一切，心中充满酸楚。

"露下庭柯蝉响歇。纱碧如烟，烟里玲珑月"，起首就是细腻的描绘：晚露凝结在庭院的树叶上，蝉儿停止了叫唤；低垂的纱幔碧绿似烟，月儿玲珑剔透。这样静谧的夜晚，一切恍惚如梦。"纱碧如烟"是一个非常优美的意象，取用唐代李白《乌夜啼》诗："机中织锦秦川女，碧纱如烟隔窗语。"

这样的夜晚，一切都可能发生，一切都会发生，而发生的一切都将成为隽永的回忆。夜月玲珑，朗照时光的月啊，朦胧恰如青春年少的心事。朗月不知心底事，那些清辉下的青春萌动，那些忐忑的情结，人生最初的情感芬芳，在悄悄郁结、滋生。

恍惚里，我看见几百年前纳兰所钟情的那个女子，与他并肩伫立在一棵樱桃树下，她脉脉无言，丁香一样芬芳而幽怨。

丁香，木犀科丁香属落叶灌木或小乔木。因花筒细长如钉且香而名。古代诗人多以丁香写春怨和清愁。丁香花成簇开放，好似结，称之为"丁香结"，象征着高洁、美丽、哀婉的心绪，与爱情、相思、幽怨难分难解，在诗词歌赋的长河边轻风摇曳。

宋代人称贺鬼头的词人贺铸，曾爱上一位风尘女子，两人来往密切、感情深厚。贺铸人如其名，长得比较有特点。身材高大威猛，面色铁青，粗眉上翘，与古装戏里的凶神恶煞有得一拼。走到街上，经常把小孩吓得尿裤子。能够有一个美丽而大胆的女子爱着，确实不容易。常言道：鸨爱钞，姐爱俏。这个女子却非如此。她虽然流落风尘，但心志不俗，热爱文学，她爱的是贺铸的才华。真正的爱情是惊天地泣鬼神的壮烈之举。两人相爱至深，后来贺铸调离去另外的地方做官，女子孤独相思，情愁难解，寄了一首诗："独倚危阑泪满襟，小园春色懒追寻。深恩纵似丁香结，难展芭蕉一寸心。"

贺铸收到诗信，读后深感内疚，填写了一阕《石州引》回寄，以表心迹：

"薄雨初寒，斜照弄晴，春意空阔。长亭柳色才黄，远客一枝先折。烟横水际，映带几点归鸦，东风消尽龙沙雪。还记出门来，恰而今时节。

将发。画楼芳酒，红泪清歌，顿成轻别。已是经年，杳杳音尘都绝。欲知方寸，共有几许清愁，芭蕉不展丁香结。枉望断天涯，两厌厌风月。"

想当年，画楼芳酒，红泪清歌，多少温柔故事。而宦海无常，顿成轻别，到如今只能相望天涯。贺铸感叹人生如浮萍，浪迹天涯，相亲相爱却不能相守。

丁香花，淡雅、芳香，簇拥而似柔肠百结。丁香花是美丽的花，也是忧伤的花，仿佛一种宿命。2004年，网络歌手

唐磊的一曲《丁香花》传遍大江南北：

"多么忧郁的花，多愁善感的人啊，

花儿枯萎的时候，当画面定格的时候。

多么娇嫩的花，却躲不过风吹雨打。

飘啊摇啊的一生！

多少美丽编织的梦啊，

就这样匆匆你走来，

留给我一生牵挂……"

多么娇嫩的花，却躲不过风吹雨打。伤感的歌曲感动了许许多多人，而最让人心碎的是流传在这背后的故事：

2001年10月的一天，从山东某三流大学毕业，分配到深圳工作的唐磊，在网络上闲逛，无意中进了碧海银沙语音网的"美文之声"，他随便取了一个网名"落雪飞花"进了"美文之声"朗诵室。恰巧，梦捷在里面，他的网名立即引起了她的注意。从此，他认识了这个叫做梦捷的女孩。他利用业余时间从事音乐创作和表演，成了小有名气的网络歌手。

梦捷是一个苦命的女孩，这个"八零后"出生在浙江，从小体弱多病，父亲早逝，她被寄养在四川达州的伯父家。因为身患绝症，右肺被全叶切除，聪颖好学的梦捷辍学在家，读大学的堂哥用打暑假工挣的钱给她买了台电脑，他告诉妹妹："这里面有一个多彩的世界，你进去看看吧。"

十七岁的梦捷成了一个网民。也许是缘分吧，她第一次上网就点开了碧海银沙语音网，也是在这里认识了唐磊。她在聊天对话框里"说"："你的名字好有诗意！轻盈洒脱，寓意超绝！我很喜欢这种情愫——好凄美的境地。飞落雪花一片，捧于手中，待欲细看时，早化为莹莹水珠一滴。让人心悸，让人心伤。"

梦捷告诉唐磊说，自己最喜欢丁香花，那是一种紫色的小花，非常漂亮，象征爱情。旋即，唐磊说："你何不给自己取一个网名,就叫丁香吧。"

从此以后,梦捷变成了网络世界里一枚结着美丽愁怨的丁香。从此,梦捷与唐磊成了无话不谈的朋友。

丁香成了唐磊心中的一个期待。他几乎一有时间就来到"美文之声",一见到丁香,他心里就会莫名涌起一阵温暖。但他压根没有想到,丁香是一个病入膏肓的绝症患者,一个在聆听自己生命倒计时的孱弱生命。

在后来的接触中,唐磊明显感觉到异常。经常在通话时候,丁香会突然不说话了。唐磊长时间地等待,QQ发了无数个,UC也发了无数个,依然没有回音。而她的QQ和UC始终没下线,依然鲜亮地闪烁。

唐磊隐隐感到不安,这之后,很长一段时间丁香没有出现在网上,她像风一样消失了。

在这期间,唐磊的歌唱创作已渐有起色。他代表深圳参加了全国校园音乐先锋原创歌曲比赛,还在深圳雨花音乐西餐厅举办了个人作品的演唱会,已经有唱片公司频频和他联络。

2004年元月的一天,丁香突然在网上给唐磊发来一个问候,问他在哪里。唐磊那时正在北京一个录音棚里录制新歌。

丁香说:"我想见见你。"

唐磊觉得奇怪,忙问她在什么地方。

"我在北京大学附属医院。"丁香在北京?还在医院?一种不祥之感涌上唐磊的心头,他连忙问道:"你生病了吗?"

"你见了我,什么都清楚了。"

丁香是专门来北京找他的。原先她死活不同意自己的叔叔婶婶把她送到北京治疗,后来,听说唐磊去北京录歌了,

她于是就顺从了叔叔婶婶的意思。她想在生命的最后时光亲眼见见唐磊。

见面在溢满丁香花气息的病房里,丁香苍白的脸上挂着淡淡的微笑,眼睛很好看,目光很清澈。唐磊百感交集,万语千言却不知从何说起。望着丁香那笑靥如花的脸,望着那双清澈透明的眼睛,唐磊心里有一种锥心的疼痛。

似乎在自言自语,丁香安慰唐磊:"我早就不怕死了。今日种种,似水无痕。我会进天堂的,因为我有你的祝福,有你的歌。"这句话让唐磊泪如雨下。

无边的黑夜,唐磊借着一荧孤独的灯光强迫自己沉静下来,他和丁香的交往像黑白胶片既清晰又支离破碎,他的泪一次一次滚落。天明时分,唐磊一气呵成写下了一曲凄美哀绝的《丁香花》。

暖暖的冬阳照进了病房,唐磊轻拨琴弦为丁香吟唱,感动在彼此心间流转,那一刻,音乐消退了悲伤。

当这首歌传唱开了的时候,时间到了2004年2月14日。这天夜里,病榻上的丁香多次休克。冥冥之中,她又一次听到了生命时钟倒计时的滴答声,她清楚,当明天清晨到来时,那轮新鲜的太阳已不属于她了。她说,丁香花开的声音是世界上最灵性的歌声。

但她等不到了。就在这天深夜,她一阵猛烈的剧咳之后,床单上喷洒下点点血迹。她觉得天昏地暗,全身没有一丝力气,苍白的脸上虚汗直淌。她断断续续冲着唐磊说"……我没力气了……我坚持不住了,原谅我……"之后,她闭上了眼睛。

窗外没有风,整个世界仿佛万籁俱寂,月光苍凉……

这是一个凄美而动人的故事,我不忍心揭破网络推手精心策划的故事布局。丁香,永远的淡雅,永远的无奈,永远的凄伤!

纳兰词意是借丁香花去喻示他与恋人之间那种美丽而婉约的心结,但我相信他用错了花,归根结底,丁香是伤心之花。

"笑卷轻衫鱼子缬。试扑流萤，惊起双栖蝶"，依然是回忆，纳兰描述心爱的女子曾经赏心悦目的样子：她轻轻笑着卷起轻衫，试着去扑打轻飞的萤火虫，却惊扰了那双宿双栖的蝴蝶。这是少女的轻盈、少女的神态、少女的心怀。

鱼子缬：一种有鱼子花纹的丝织品。

多么美好的时光，多么轻快的人生，多么娇娆的女子！

如果生活一直这样下去，那该多好！然而，词的末句，纳兰笔锋陡然一转，无比沉痛地告诉我们，"瘦断玉腰沾粉叶，人生那不相思绝"，女子轻盈可人的身段多像腰身纤细，沾满花粉的美丽蝴蝶。可是，这却是一只飞不过沧海的蝴蝶。

可是，从前所有的欢愉和美丽，都已经过去！而那样美好的人生，那样美丽的青春，又怎么不令人怀念不已，伤心不止呢？

可惜春来总萧索

杨花糁径樱桃落,绿阴下、晴波燕掠,
好景成担阁。秋千背倚,风态宛如昨。
可惜春来总萧索,人瘦损、纸鸢风恶,
多少芳笺约。青鸾去也,谁与劝孤酌?
——茶瓶儿

柳絮轻柔,飘飞曼舞,洒落在小路上。这是春夏之交的景致,温情、浪漫,充满诗情画意。这时,绿树成荫,蜂媒蝶使,樱桃成熟了,阳光暖洋洋的,风很温和,波光潋滟的水面上,燕子掠过时光的背影……生命里最曼妙的季节不过如此。

纳兰笔底轻盈,前面三句描绘的景色如诗如梦,令人赏心悦目。古代行文作诗,手法层出不穷,其中有对偶,对称,反衬什么的。以乐景写悲情,愈见其悲。纳兰运用这种反衬手法,于良辰美景之中,凸显寂寞与哀愁。效果是使悲凉寂寞更加浓郁和难以排解。就像黑白照片,用简单的明暗对比去产生强烈的震撼效果。在古典文化意识里,柳絮是多情的象征,也蕴含飘零的寓意。这也是纳兰设置的暗笔。

"好景成担阁",花自飘零水自流,良辰美景空设,一切兀自虚度。这么好的时光,这么艳丽的景致,在纳兰眼里,都是闲置。为什么呢?

"秋千背倚,风态宛如昨",秋千在微微荡漾,你背倚秋千的娇媚风姿,宛然就在眼前。这两句如果不细致琢磨,很容易误解为:你背倚秋千,千娇百媚的风姿宛如昨天一样。这里,并不是存在语病,而是纳兰的文字功底不很老到,遣词造句方面还没有达到行云流水一般的境界,表达上有一点拗。

在这里荡秋千的人,一定是一个美丽的少女。"秋千"一直都跟少女有着某种剪不断理还乱的联系。著名的才女李清照曾经也是一个在秋千上荡漾的少女。春光旖旎,清照坐上秋千,将脚上的绣鞋脱下随意丢在地上,尔后,轻轻一蹴,秋千便悠悠荡起。坐在秋千上,清照眼波流转,目光所及之处,一片葱茏,绿得让人疼惜,红得惹人欣悦。秋千在春光里上下翻飞,清照的衣裙亦在春光里翩跹轻飏。

然后,她看到家里来了客人,从秋千上跳下来,由于用力过猛,无法控制自己的重心,竟摔倒在地,幸好她用自己的双手支撑住了身体,使自己没有因此受伤。但她的手却因此被弄脏了,于是从地上爬起来,用自己的绣帕,懒洋洋地擦拭自己的双手。

那是一个春末夏初的时节吧!汗水从薄薄的罗衣里渗出,那张美丽的脸上,也有了些许的汗水,很像那柔软的花瓣上沾满的浓密的露珠。于是,她呆呆地出神地望着花朵,没有注意到,悄然站在她身边的那个一身白衣的男子。他一直站在她的身边,望着她,深情无限,仿佛望着美丽的花儿。她在他的眼里,是这个世界上,最美的花朵。

她回过神来,看见了他那双深情的眼睛,匆忙地逃回屋里去,秀容凌乱,慌忙中跑掉了自己的鞋子,以袜着地,很快地跑到了门后,手里拿着一朵青梅,在门缝里偷眼看着那个客人,金钗也从头上滑落下来了。这真是一幅天真的少女纯真情怀的一种自画像。那位能令她如此紧张的客人,会是那位书生赵明诚么?我还是愿意相信,这个客人就是赵明诚。

于是,李清照就写下了这么一首《点绛唇》:

蹴罢秋千,起来慵整纤纤手。露浓花瘦,薄汗轻衣透。见客入来,袜刬金钗溜。和羞走,倚门回首,却把青梅嗅。

老实说,我不喜欢有些人把纳兰说成前无古人后无来者的一代诗词宗师。近代国学极品王国维先生评价纳兰容若"北宋以来,一人而已",并非是决断地把他抬得高不可

及,这只是半句话,前面还有定语,完整的评价是"以自然之眼观物,以自然之舌言情。初入中原未染汉人风气,北宋以来,一人而已"。推崇的是纳兰词的真性情,那种纯净、那种自然。

纳兰才华横溢,如果再让他多活几十年,肯定能有更高的成就。可惜天不假年,让他三十一岁就去世了,这不得不说是莫大的遗憾。但反过来说,他有生之年,学识和阅历的积累还不深厚,还不具备那种顺手拈来、炉火纯青的语言驾驭能力。毕竟,汉语对他来说,是一门外语。认识到这些,再来读纳兰词就顺达了。

纳兰在上片进行的景况的描写中,用了一实一虚的手法。前面的是现在的景况,后面的是过去的风光,表现的是物是人非的实况。又是暮春时节,杨花、樱桃、小路、飞来飞去的燕子、池塘里波光潋滟,还有伊人曾经荡过的秋千,一切都跟过去一样,但这些景致里,少了最重要的环节:伊人。

没有伊人的风光,再美的铺陈都是徒然。景实与内心空落的对比,使那种愁绪更显悲凉。杨花飘飞既是绘景,又是点明时令,这样的暮春,在古诗中是一个花与泪同落的季候,由此奠定了全词伤感的基调:杨花漂泊无定。

下片是孤伤之情的叙说,是填词的上景下情的基本套路。

"可惜春来总萧索",这样的叹惋是古词中的通用方式。萧索,冷落的意思。万木争春、繁花似锦的喧闹春天,而一个人的世界总是那样的冷冷清清。心底的荒凉是最深的荒芜。

由心理萧瑟引发的是生理上的"人瘦损",是情理之中的事情。重要的一环即将浮出水面,心底的荒芜是因为物是人非,伊人不在眼前。然而,伊人不在的原因又是什么呢?这才是症结所在。

在生活事务里,分离有多种具体情况,即使在不提倡女子抛头露面的古代,她们也还是有机会出门的,比如探亲、踏春、去庙里进香等等。这样的分离是暂时的,不会引发大面积的情绪震撼，只有带着某种束缚形式的别离才令人黯然神伤。那是一种失去，渐行渐远的一去不复返。

"纸鸢风恶，多少芳笺约"，在这里，纳兰终于进行了货真价实的控诉。这是含泪的痛诉，是愤怒的抗辩。温文尔雅的锦衣公子再也抑制不住内心的痛恨，咬牙切齿地表明他对导致这场分别的力量的愤怒立场。一个"恶"字说明了一切。

纸鸢，即风筝。是自由自在的象征，是放飞的青春，是飘扬的爱情，是纯洁的向往。青春的爱情美好、艳丽、如痴如醉，但也是脆弱的。就像飘舞的风筝，线的韧度与风的强度掌控它最后的飞翔。命运，多么的无奈！

这阵让风筝坠落的恶风指的是什么呢？这是耐人寻味的问题。对于富可敌国的高官明珠而言，能够破坏他家大公子恋情的力量不多。家境、人品、相貌、才气，纳兰都是京城一等一的，他不是一般的"富二代"，没有纨绔子弟的飞扬跋扈，没有走马章台的放纵，他不会说"我爸是李刚"这样的豪言壮语。

他有品味、有才华，而且至情至性，想做他妻子的女子数不胜数，想当他岳父岳母的更多。这方面没有太多的障碍，那么，来自纳兰父母的态度又会怎样呢？就算明珠夫妇从门当户对的角度出发，不看好这段恋情，但也不至于非要棒打鸳鸯，赶尽杀绝。作为富贵家庭的长子，在家庭的地位有约定俗成的高度，父母一般还是会考虑他的感受，会找一个折中的办法。小说《红楼梦》里，荒唐帅哥贾宝玉经常把他老爹贾政气得要吐血，甚至还遭到一顿暴打，关键时刻，老爹还是拿他没办法。因此，余下能令纳兰不可抗拒的力量只有伦理道德和至高无上的皇权了。

表兄妹相爱，在古代是不受伦理约束的。宋代诗人陆游就是娶了表妹唐婉为妻。这叫亲上加亲。纳兰的恋人是他的

表妹，虽然有兔子吃窝边草的嫌疑，但不那么碍事。经过逐个排除，剩下的障碍就只有皇权了。皇权至高无上，就算明珠当时是兵部尚书，相当于如今的国防部部长，也无法抗拒皇帝选宫女这项基本国策，也无法阻止纳兰的表妹被选入宫。

　　生活就是这样无奈，谁也无法彻底掌握自己的命运。有钱有势可以支配很多很多，可以拥有很多很多，可以摆布很多很多，唯独不能真正摆布命运。面对如此强大的皇权，纳兰除了愤懑还是愤懑。他伤心地哀叹：这凶恶的风啊，吹落了风筝，拆散了我的初恋，吹散了芳香的信笺上，我们那么多的甜蜜遐想和约定。

　　从此，"青鸾去也，谁与劝孤酌？"伊人去了，谁来劝我不要独饮？

　　青鸾，传说为青色的凤凰类神鸟，常伴着西王母娘娘。

　　传说青鸾羽翼青如晓天，在太阳下泛着柔和的光芒！青鸾是为爱情而生的鸟，它们一生都在寻找另一只青鸾！

帘外落花红小

风丝袅，水浸碧天清晓。
一镜湿云青未了，雨晴春草草。
梦里轻螺谁扫，帘外落花红小。
独睡起来情悄悄，寄愁何处好。

——谒金门

用现代汉语翻译下，这首《谒金门》就成了这副模样：
风儿啊，吹起虫丝烟一般缭绕，
雨洗云天分外清澈。
云朵在水中倒影飘摇，
雨过天晴的春意纷纷惹人恼。
睡梦里我为你轻扫娥眉，
梦醒窗外落红娇小。
一个人的时光多么寂寥，
我的忧愁寄在什么地方才好？

纳兰这首词写得比较轻盈，是他早期作品，虽然蕴含愁绪，但不是后来那种说不出的透骨凄寒。

谒金门，唐教坊曲名。《词谱》以韦庄词为正体。又名《空相忆》、《花自落》、《垂杨碧》、《杨花落》、《出塞》、《东风吹酒面》、《醉花春》、《春早湖山》等，一体多名，搞得头晕。

这个格调出产过不少名作，其中，有一首是南唐宰相冯延巳写的："风乍起，吹皱一池春水。闲引鸳鸯芳径里，手挼红杏蕊。斗鸭阑干独倚，碧玉搔头斜坠。终日望君君不至，举头闻鹊喜。"冯宰相的人品颇有争议，但他的词确实写得好，风格奇特，常以大境写柔情，空间境界比较阔大；善于用层层递进的抒情手法，把苦闷相思表现得一层深似一

层。在情景描绘上善于用逆向配置法，将客观景物的情感指向，与主观情感性质正好相反。以乐景写哀情，使词中的忧愁，具有一种超越时空和具体情事的特质，迷茫朦胧，含而不露。

据说，冯宰相写了这首《谒金门》后，著名词学家、南唐中主李璟酸溜溜地对他说："'吹皱一池春水'，关你什么事？"冯宰相一听苗头不对，背上刷地冒出了冷汗，赶紧回答："是啊，确实不关我的事，比陛下您老人家写的'小楼吹彻玉笙寒'差远了。"李中主顿时心花怒放，脸色好了起来。

纳兰也是用逆向配置法，以乐景写哀情，形成强烈的反差，从而凸现了伤春意绪，伤离哀怨。

"风丝袅，水浸碧天清晓"，这个"丝"字应该不是某些所谓方家解读的形容词，而是名词，是指虫丝。"风儿轻丝一样缭绕"自然解释得通，但还是不如"风儿啊，吹起虫丝缭绕"逼真。春天里，有种小虫儿喜欢在柳树、槐树上吐丝，在风中倒挂金钩地晃荡；柔风细细，春雨后的青山更青、蓝天更蓝，天地一派清朗。

"一镜湿云青未了，雨晴春草草"，水面上倒映云朵，青翠一望无际。纳兰描绘的春景美轮美奂，一派令人振奋的风光，但上片以"春草草"三字陡然折转，露出了心中的苦涩。草草，烦躁之意。春草草：浓郁春色却令人增添愁怨。

在层层景色铺展之后，就像当年荆轲刺秦时打开那卷地图，层层铺开，最后映入眼帘的竟然是一把锋利的匕首，纳兰捧出的是一颗伤感的心。为什么会这样？古代章回小说经常用"欲知后事，且听下回分解"的把戏，留一个悬念，后面一一道来。

过片点明烦恼的缘由，"梦里轻螺谁轻扫，帘外落花红小"，梦中曾与伊人相守，为她轻轻地描画眉毛，醒来却不见伊人的踪影，只有窗外飘着小小的红花。原来是美梦乍醒，好景成空。

螺，螺黛，为古代女子画眉之墨，扫：画眉。轻扫娥眉，是古代闺房隐秘而又别具魅惑的日常工作。古人讲究仪容，有钱人家女子无所事事，又不能随便去串门、逛街，时间比较富裕，早早起来的重要事务就是梳妆打扮、涂脂抹粉、画眉描唇。

古代女子画眉的工序十分严格，眉毛要剔光，在眉影处照《眉谱》依葫芦画瓢，描出自己喜欢的样式。为规范画眉工作，唐明皇李隆基曾令画工画过"十眉图"，统一了描眉的十种式样：一为鸳鸯眉，又名八字眉；二为小山眉，又名远山眉；三为五岳眉；四为三峰眉；五为垂珠眉；六为月棱眉，又名却月眉；七为分梢眉；八为逐烟眉；九为拂云眉，又名横烟眉；十为倒晕眉。

古代女子基本不上学堂念书，但不少女子写字、画画却出奇的好，颇有那种无师自通的天分，其实，都是画眉久了，练就了一手好笔法，触类旁通，歪打正着了。

描眉工作具体隐秘性的特点，可能是因为女人一觉睡醒，头发乱糟糟的、眉秃秃的、脸上的雀斑暗暗的，乍看上去怪吓人的，需要仔细掩饰才能光鲜鲜地出来见人。但历史上不乏英勇无畏的男人，敢去见女子没有梳妆打扮的本来面目。西汉时期担任长安市长（京兆尹）的张敞就因为替老婆画眉而名留青史。

张敞和他的老婆十分恩爱，他老婆小时候受过伤，眉角有块疤痕，张市长每天要替老婆画好眉才去上班。有人把这事作为丑闻告诉了汉宣帝。汉宣帝问及这件事，张市长振振有词地说："闺房里的乐事，有比为太太画眉更旖旎的，这算什么？"汉宣帝想了半天，也觉得没什么，就此将张市长树立为模范丈夫。此后，张敞画眉与韩寿偷香、相如窃玉、沈约瘦腰齐列为士大夫心驰神往的四大风流韵事。

既然是风流韵事，纳兰向往那样一下不足为奇。为伊人画眉是纳兰心底的期待，这样的期待只能在梦里实现，可见其在现实生活中具有一定的难度。伊人不是自己顺理成章的

女人，也就无法顺理成章地替她画眉了。抽丝剥茧，原来真正的郁闷在这里。所以，纳兰只好"独睡起来情悄悄"，不知道一怀愁绪应该寄托在什么地方。

其实，这一怀愁绪要寄托的地方，纳兰心知肚明，但他不能说。再说下去就成了"我与一个宫女不得不说的那些事"。

空作相思字

春残,红怨,掩双环。
微雨花间昼闲,无言暗将红泪弹。
阑珊。香销轻梦还。
斜倚画屏思往事,皆不是,空作相思字。
记当时,垂柳丝,花枝。满庭胡蝶儿。

——河传

暮春,花儿零落,残红满地。一般来说,这个时候敏感的人都会惆怅。好花不常开,好景不长在,触景伤情,索性关了门来。眼不见为净嘛。

读这首词可以感受到弥散的愁,但还没有纳兰后来那种渗透骨节的苦楚。表妹入宫对他的打击非常大,那种突如其来的变故最初的反应是惊慌失措,以为世界的末日到了,但那毕竟是以为。少年情感挫折那一点事儿,说穿了,也不是什么天崩地裂的事。就算有天昏地暗的感觉,那也是未经世事的夸张。也许,抱怨当中更多的成分是任性、撒娇,但这并不妨碍我们钦佩纳兰对爱情的一往情深和锲而不舍。

事实上,在纷纷攘攘的人群里,又有多少初恋不是背离初衷,又有多少情感不是无疾而终?爱情是人世间最美丽的意乱情迷,初恋是人生最纯净的心旌摇曳。那是无论何时何地都令人心旷神怡的春暖花开。但有一句睿智的话时常提醒人们见异思迁,那就是:"不在一棵树上吊死!"话儿很哲学。也许是因为汉语语义多义性的缘故,许多话都可以混淆使用。这话用在一相情愿的时候颇有针对性,如果是用在见异思迁之机,这句格言就具有建设性了,尽管有那么些乱七八糟。

真爱是不能也不会放弃的!没有尊严的时代除外。

纳兰的爱情事迹一直在他的词句里闪烁。在书写着《饮

水集》的线装书里,功名利禄的轨迹一直黯淡,抑或鸦雀无声,真情的轨迹始终明亮着。那么干净的灵魂!几个世纪的苦水都无法湮没他。这不是传说,不是。

传说里只有暮春、残红,紧紧掩上的门。这是一个典雅而忧伤的景致,像一曲反复吟唱的骊歌,在时光的深处若隐若现。我们可以设想这样一个电影技术镜头:两扇朱红的门轻轻地关上,又慢慢打开,如此反复。门外是精致的庭院,是飘零的花瓣,悄悄地落、悄悄地落,无声无息。时光似乎在恍惚,如同指尖上的凉意。而在慢下来的节奏里,我们似乎能听见心碎的声音。

微雨花间,听上去颇有那么一点花间词的味道。就技术性而言,纳兰这段时间的填词作业似乎还在摸索阶段,结构拖沓。前面的红怨,已经说得明明白白,那么第三、四句又是"花间"又是"红泪"就显得累赘了。不就是表现一种闲愁嘛,何必这么费劲?节奏也太慢了一点。

也许,纳兰就是想用这样的节奏表现愁闷与闲置。"微雨花间昼闲,无言暗将红泪弹",细雨霏霏,花儿无语。漫长的白天里,无所事事,只有思念的清泪暗流。这样的"闲"不是无事可干,而是不想去做什么。心有所恋,情无所依。"红泪"是一个暗喻,取自魏晋时代美女薛灵芸的故事。

薛灵芸是三国时常山人,跟赵子龙是老乡,她父亲是亭长,相当于如今的某居委会主任,那时候贪污风还没有盛行,她家里并不富裕。但偏偏鸡窝里飞出金凤凰,薛灵芸长得非常漂亮,当地的郡守谷习把她买下献给魏文帝曹丕。薛灵芸告别父母登车上路时,哭哭啼啼,泪水不可抑制,她以玉壶盛泪,泪水落在壶中凝如血色。后世多称女子的眼泪为"红泪"。饶是如此,这"红泪"也不是谁都能流的,必须得是美女,而且比较可怜。宫女一般能满足这些条件。话说到这里,大家应该能够明白纳兰的暗喻了。

"阑珊。香销轻梦还",阑珊,凄凉、凄楚、凋零、未尽的意思。夜色凄凉，午夜梦回，一片空空如也。内心的忧伤和思念，仍然未尽。

上片是一组跳跃的、分段的画面，但是虚拟之景，是设身处地遥想伊人此情此景。遮遮掩掩地描述伊人深宫寂寞，思念不已的景况。

上片是景，下片承情。"斜倚画屏思往事，皆不是，空作相思字"，梦醒之后，伊人斜倚着屏风思念往事，一切都是令人伤感的，一切都是凄清的，只有相思二字占据了全部情怀。唐代"浪子回头"的先进典型韦应物《效何水部》诗："夕漏起遥恨，虫声乱秋阴。反复相思字，中有故人心。"纳兰取用了他诗里的意境并且化用了最后一句诗。

韦应物韦公子十五岁就给唐玄宗皇帝当侍卫，飞扬跋扈，很是神气。后来，因为"安史之乱"而失去职务，百般无奈，跑去学堂读了几年书，一不小心成了著名学者。他是先当侍卫再读书，纳兰恰恰相反。不过，读了诗书，心境总有相似之处。这年，二十二岁的纳兰在上一届因病误考之后，终于补考成功，考中了二甲第七名，成绩不错。高中进士的喜悦多少冲淡了些郁闷。词里的忧伤少了那么一点怨气。

"记当时，垂柳丝，花枝。满庭胡蝶儿"，记得当时，柳条柔柔如垂丝，花枝招展，蝴蝶满庭院飞。回忆之中的景色依然那样清晰，那样美丽。垂柳、花枝、蝴蝶，这些是爱情故事里屡见不鲜的陪衬，散发着经久不衰的芬芳。

在一个寂静的夜里，一个美丽而忧伤的女子用回忆的芳香来抚慰自己。她比烟花寂寞。

银汉难通

烛花摇影,冷透疏衾刚欲醒。
待不思量,不许孤眠不断肠。
茫茫碧落,天上人间情一诺。
银汉难通,稳耐风波愿始从。

——减字木兰花

因为有了"碧落"二字,聪明的注释机会主义者一眼就看出这是纳兰怀念亡妻的作品,并且熟练地解析:上片写冷夜孤眠,思量断肠的痛苦。下片点明与亡妻已成天上人间,生死异路,又痴情渴盼能够相逢重聚。

碧落:道家指东方第一层天,碧霞满空。后来泛指天上,与黄泉对应。唐代诗人白居易《长恨歌》:"上穷碧落下黄泉,两处茫茫皆不见。"根据这个线索,把这个词专用为阴阳相隔的比喻似乎也就天经地义了。古代汉语词汇的引申义比较复杂,我觉得还是不要画地为牢好。碧落,既然泛指天上,为什么不可以与人间相对应?非得与生死搅在一起?这首《减字木兰花》确实很凄伤,仔细品味却没有那种透骨的冷,那种萧瑟、荒凉、肃杀之气,不像是对亡灵的祭悼。

抱怨,是这首词的词根。

"烛花摇影,冷透疏衾刚欲醒",烛花摇影,本是一个风光旖旎的场景。烛灯里,一切都朦朦胧胧、恍恍惚惚。幽暗中,一团火光通常带给人的是暖意与安宁。许多西窗剪烛或者红袖添香的温柔情节都是在这样的氛围里演绎的。而这里,却成了孤苦零丁的映衬:一灯如豆,微弱的光影里,一个愁色满面的人孤枕难眠。夜寒冷,被衾寒冷,比被衾更寒冷的是一颗寂寞的心。冷,是最直接最真切的感觉,冷至透,透至悲凉。

"待不思量,不许孤眠不断肠",想不去思量一切,不让孤单的时分愁肠寸断。冷,不仅仅是气温寒凉,而是因为孤寂。心头的凄凉，使寒意更浓。一个孤眠的人，真是应了那句"罗衾不耐五更寒，梦里不知身是客"，绵绵如丝的孤独惆怅，空悠悠的能渗出水珠子来，落在心里，幽幽的，是那种发不出一点声响的离落。

旧梦前尘，烟水微茫。不思量，自难忘。打开手掌，要如何来向时光乞来一点一丝的暖？

在轮回中无法抗拒的等待还要多久才能看到一个答案？思念，很无力，那是因为看不到思念的结果。也许，思念不需结果，它只是证明在心里有个人一直存在。一个人的世界，很安静，安静得可以听到自己的呼吸和心跳声。似乎习惯了等待，蜗居在一段时光里怀念另一段时光的掌纹。

我终于读出来了。这是纳兰在无奈的时光里坐等黎明。词里表达的是他与表妹雪梅爱情旅途的坎坷以及他对这份爱情的忠贞不渝的意志。他渴望能和心爱的人双宿双飞，可是命运多舛，他却要承受的是无尽的孤独。然而他要穿越茫茫风雨，像牛郎与织女那般跨过阻挡他们相爱的银河，他觉得不管天上人间，只要两情相悦，百折不挠，坚定不移，有情人会终成眷属。

"茫茫碧落，天上人间情一诺"，天路茫茫，皇墙阻隔了一切。天上人间，我们坚守着允诺，就会穿过所有的波折，在春天的尽头牵手。碧落，喻指高不可及的境地。那不是道家虚无缥缈的碧落天，而是皇宫的紫金之巅。一诺：谓说话极守信用。古人的品格修养中，有一个重要的内容：一诺千金，一言九鼎。承诺之后，明知山有虎偏向虎山行。

从纳兰其他词里可以得出一个基本事实：纳兰与表妹有个约定。这个约定是十年，与清朝宫女十年可以放归的政策有关。康熙十二年（公元1673年）三月初的一个夜里，十九岁的纳兰与表妹在渌水亭畔约见。这次约见是在痛心而凄苦的气氛中进行的，春寒犹在，惨白的月色下，梨花如雪。表妹

明天就要被送进皇宫了,这一去,青梅竹马的爱情戛然而止;这一去,皇城似海深深,宫门紧锁,后会遥遥无期。两人相顾无言,回天无力的挫折感笼罩在他们心头,那种撕心裂肺的痛蔓延全身……

夜寒露重,两人在梨树下许下十年之约。

"银汉难通,稳耐风波愿始从",银汉:银河。喻指隔绝他们的皇城。稳耐:安心忍耐。银汉迢迢难渡,我们坚守诺言,忍耐着风风雨雨,心愿自始至终,初衷不改。

你念,或者不念我,情就在那里,不来不去;你跟,或者不跟我,我的心就在你的心里,不舍不弃。

今夜冷红浦溆

风紧雁行高，无边落木萧萧。
楚天魂梦与香消，青山暮暮朝朝。
断续凉云来一缕，飘堕几丝灵雨。
今夜冷红浦溆，鸳鸯栖向何处？

——河渎神

在一些人眼里，纳兰的悼亡词举世无双。说他的悼亡词是一种对话，是生者与逝者的心灵沟通。悲怆中透着徐徐眷顾之风，悲凄里弥散着追悔的深韵，脱去了干涩的悲伤，换之以灵犀暗度，荡人心魄。而他，一直沉浸于悼亡的伤痛之中不能自拔，由此过早地离开了这个让他痛不欲生的世界。

对于纳兰诗词成就的评估我倾向于真情高于技术的评价。平心而论，对于诗词语言的贡献他并不高于他同时期的朱彝尊、顾贞观、陈维崧等人。但他词里，特别是悼亡词里流露的至情至性和那种清丽、率真，却别具一格，罕见对手。

至于把他生命短促的心理原因归结于悼亡的伤痛，我觉得这个说法比较草率。丧妻之痛固然严重，但那是短暂的剧痛，时间可以慢慢治愈。真正影响他心理的还是与表妹藕断丝连的恋情，那才是他始终没有愈合的伤口。漫长的等待和焦虑，让他身心疲惫，那是一种慢性毒药，渗透到他的骨头里，使他的生命布满凄凉。

从他十九岁表妹入宫到他三十岁，整整十一年，他无时无刻不牵挂着表妹。人生沮丧莫过于此，咫尺之间，却如同天涯。他怀念初恋，期待未来，在牵肠挂肚的煎熬中度过，这种眷念、渴望以及担忧的复杂情感，耗尽了他生命的灯油……

这是康熙十八年(公元1679年)，表妹入宫六年了，纳兰已经二十五岁。这六年里，起初，他们隔着高高的皇墙相

思，后来，纳兰参加工作，在皇宫里当差，隔三岔五地就可以见到表妹，但也是眉目传情，或者互相望着对方的背影黯然伤神。如果，这段恋情到此为止也就罢了，最多是心里藏些遗憾，有些尴尬。偏偏他们俩矢志不移，坚持这份爱情。那若即若离的花啊！那藕断丝连，那不离不弃的痛。

"风紧雁行高，无边落木萧萧"，这是深秋，风一阵比一阵凉，大雁高飞。落叶萧萧，荒凉无边。萧瑟的秋色，令人心乱不已。公元766年，五十五岁的杜甫告别成都的茅屋，自云安顺流而下来到夔州(今重庆奉节)。夔州滨临长江，江流在此进入瞿塘峡，峡口多风，深秋时更是天高风急。诗人登高眺望，只见无边无际的林木落叶萧萧而下，滚滚而来的长江奔流不息。雄浑、寥阔而又肃杀、凋零的气象，使诗人更加感到太空浩茫，岁月悠久。联想到自己年华已逝，心情落寞，在《登高》中深深感叹："无边落木萧萧下，不尽长江滚滚来。"

面对萧索的秋色，纳兰取用了杜甫的诗句，同是哀秋，但内涵显然不一样。杜甫感受着巫山巫峡、瞿塘江楼的萧森之气，遥望京华落日，体味宋玉之悲，感慨一生寥落，闻涛声而悲。纳兰是感叹爱情渺茫，人生无奈，心理域度还是存在差异的。无边落木，景况邈远、深邃，匹配纳兰的情感忧伤，在语境上稍微大了一点。

"楚天魂梦与香消，青山暮暮朝朝"，这两句是虚写，喻男女情感那点儿事。宋玉《高唐赋》云："昔者楚襄王与宋玉游于云梦之台，望高唐之观……玉对曰：所谓朝云者也。王曰：何谓朝云？玉曰：昔者先王尝游高唐，怠而昼寝，梦见一妇人，曰：妾，巫山之女也，为高唐之客。闻君游高唐，愿荐枕席。王因幸之，去而辞曰：妾在巫山之阳，高丘之阻，旦为朝云，暮为行雨，朝朝暮暮，阳台之下。"这段绕口令一样的对话就是"巫山云雨"的来处。

纳兰使用这个典故，有身份暗示的用意。青山依旧，相亲相爱的梦飘渺无涯。人世间，最难说清楚的，终是感情。相逢无语君应笑，各自春风慰寂寥。世事，有时看起来残酷，翻转过来想，也是一种慈悲。

咽泪装欢，我用尽一生的力气，终究换不得半生的恩爱缠绵，那么我们为何又要遇见？我以为时间会埋葬了所有的感情，所有的痛楚，在遇见你的那一刻破堤倾出，谁又能忍受？时间是倒立的漏斗，我把所有的回忆都埋葬在里面，却又遇见你，打破这本已平静的沙面。

接下来，纳兰继续描述眼前的景况，并依此展开联想。"断续凉云来一缕，飘堕几丝灵雨"，断断续续的凉云飘零，下雨了。灵雨：好雨。《诗经·鄘风·定之方中》："灵雨既零，命彼信人。"这个形容词不必太去计较。纳兰这两句用了一个"灵"字在里面，但词句并不怎么有灵气。

关键是结尾两句，有那么些韵味。"今夜冷红浦溆，鸳鸯栖向何处？"夜已深，水边红草萋萋，寒意袭人，那鸳鸯又栖息在何处呢？

词里几对叠字词和双声叠韵连绵词交织使用，音调铿锵，琅琅上口，节拍尤为分明，吟哦之际，宛若行云流水，呈现一唱三叹的韵致。结句的问句，有宋代柳永《雨霖铃》词"今宵酒醒何处，杨柳岸，晓风残月"的风情，纤巧细密，柔媚清奇，音律婉约。

柳永柳公子落拓一生，情无系处，跟秦楼楚馆的女人们打成一片，倚玉偎香，似乎快活无边，但脂粉深处却是浪萍无驻。跟他有瓜葛的女人数不胜数，却没有谁真正属于他。滚滚红尘里，姹紫嫣红，繁花如梦，谁是最后的芬芳？柳永在寂寥的夜里等着，却看不到为自己亮着的那盏孤灯。弱水三千，他找不到属于自己的那一瓢，最钟爱的那一瓢。

而纳兰的那一瓢水，明明白白，却够不着。他的呼唤是漫山的鸟鸣，每一声啁啾都是寂寞。

肠断黄昏

丝雨织红茵，苔阶压绣纹，是年年、肠断黄昏。到眼芳菲都惹恨，那更说、塞垣春。

萧飒不堪闻，残妆拥夜分，为梨花、深掩重门。梦向金微山下去，才识路、又移军。

——唐多令 雨夜

康熙二十一年(公元1682年)春天，二十八岁的禁卫军中校纳兰随康熙皇帝去了奉天、吉林一带，视察军务。刚刚收拾了吴三桂领导的"三藩叛乱"，年轻的康熙皇帝踌躇满志，带着两万余人在北方的辽阔土地上奔走，告祭先祖，阅览北方地形胜景。

身为禁卫军中校，对于这样的保卫工作，纳兰不是非常上心。他没有像文学院助教（翰林院侍讲）高士奇那样兴致勃勃地围着皇帝转悠，而是与比利时传教士兼国家天文台副台长（钦天监监副）南怀仁一同策马前行。

此时，春雪初融，千嶂屹立于天际，路途多泥淖，马蹄跋涉，登顿为难。大队人马到了辽宁开原东部山区，进入皇家围场，开始行猎习武。三千弓箭手跟随康熙合围野兽。翻过一道山岭之后，惊起一只老虎。将士们将老虎团团围住，并驱赶到较空旷地带。这只凶猛的老虎在数千人合围下东奔西逃，很快就筋疲力尽了，趴在地上喘气。这时，头戴金盔，身披豹尾饰甲的康熙皇帝隆重登场。他满面红光，神采奕奕地骑马到老虎的侧面，摆好位置，对准颈部，把弓拉满，一箭射去……之后，君臣意气飞扬，众侍卫抬着绑缚结实的老虎下山去了。

立春后，大队人马浩浩荡荡地继续前行，雨中过了叶赫河。但见梨花一树，惨淡含烟，勾起纳兰无限惆怅。梨花开了，纳兰的心痛了。跃入眼帘的白，传递的不仅仅是素洁、静穆，还有一股深深的凉意。

九年了，从表妹入宫到现在，已经九个年头了。这九年里，他们一直藕断丝连，期待着守得云开见月明。这一份近似于绝望的恋情，就快有转机了。根据惯例，宫女入宫满十年或者年满二十五岁至三十岁，可以放出宫去嫁人。纳兰悲凉地期待着。

雨夜，听着淅淅沥沥的雨声，纳兰揣摩深宫里的表妹此时此刻正在做着什么，想着什么。词就是从这个切点入题的。

"丝雨织红茵，苔阶压绣纹"，细雨霏霏，雨水打落花叶，庭院里铺了红地毯一般，布着青苔的石阶如一匹匹锦绣。红茵，红色垫褥。形容红花落遍，犹如铺了红色的地毯。绣纹，织绣纹样。布着青苔的石阶如同深色的织锦。

春天，正是花红叶绿之时，但风雨忽来，满地落红细叶，一幅凌乱景象，惹人哀愁。景况涂上心灵的底色，透露着情绪的波动。喜悦时，冰天雪地的寒冷会忽略而施以浪漫的色素；悲哀时，蓝天白云的清丽会投下郁闷的阴影。一切随心。总之，纳兰铺设了一片伤感。

"是年年、肠断黄昏"，以景带情，心绪就这样呈现出来了。年年岁岁，总是这样悲伤地面对黄昏。由此，仿佛看见一位清丽的女子在傍晚的雨中，独立房前，望着落红铺满的庭院，暗自嗟叹。时光如水，青春转瞬即逝，还有多少美丽年华可以挥霍？她黯然神伤。

如果等待是唯一的宿命，那么，风起时，掀动的是怎样的沉思？

黄昏是宁静的开始，也是寂寞之门。当一切慢慢沉寂下来，许许多多往事和叹息便纷至沓来，满怀心事向何人说？

"到眼芳菲都惹恨，那更说、塞垣春。"尽入眼帘的花红柳绿，惹来的都是愁绪。还有什么比面对青翠、艳丽更能引发心底那对青春的叹惋？更何况自己日夜思念的人儿，正在遥远的边关。千里迢迢，关山梦断。

塞垣：原指长安以西的长城地带，这里泛指北方边境。在古诗词里，这样的意象演变成为了一种符号，一般不具体指明什么地方。前蜀韦庄《送人游并汾》诗："风雨萧萧欲暮秋，独携孤剑塞垣游。"这个仗剑游荡的汉子也就是在北方边关一带走走罢了，没必要确定他的具体位置。另外，不要把"塞垣春"与那个词牌名《塞垣春》搞混了。

上片的描述，基本呈现出来一个大致的轮廓。我思，故我无处不在。纳兰通过设想对方的思念情态，来印证他和表妹心心相印、息息相通。所谓"心有灵犀一点通"，爱情就是共同的思念，共同的期盼，共同的渴望。如果有任何一方失却心灵的重量，那么，爱情的天平就将失衡。

下片，纳兰继续伸展。"萧飒不堪闻，残妆拥夜分"，萧飒，形容风雨吹打草木发出的声音，那是一片凄婉之声。残妆：妆残。夜分：半夜。组织起来就是：夜半仍然拥被无眠，斜靠床头，梳妆已残，思念不止。这是一种等待的姿势，看上去慵懒、寂寞，但内心深处有一丝渴望的火苗在悄悄燃烧。

残妆，这个讯息传递的内涵很丰富。不仅仅是表述口红淡去，鬓丝凌乱的样子，而是表明妆一直没有卸下，对远方的思念不是夤夜梦醒，睡不着再慢慢想起的，而是一直在思念，思念到深夜。同样是想念，质量上还是有区别的。只有刻骨铭心的爱恋，才会有如此孜孜不倦的想念。

世事，有时看起来残酷，翻来覆去，未免不是一种慈悲。对不起，我的心只能容纳一个你，一段已经被尘封的记忆，一个曾经和我度过每一段美好时光的你。思念，终于抵不住时间。我看见那张曾经无比诚挚的脸。我的忧伤如线，突然从内心的最深处涌出来，千丝万缕，作茧自缚。

有哪一个人，不会以为爱着的时候，自己手中的这份爱，是女娲补天时漏下的精华；有哪一个人，不期望身边这个人，伴着自己度尽浩浩余生？

可是，我们能看见结果吗？

"为梨花、深掩重门"，梨花，是纳兰与初恋情人的爱情理想。那份白，那份洁，那份素然，已经渗透到他们之间的情感纠缠里，成为一个允诺，成为坚持的象征。为守住这份爱，必须要紧锁心门，不让任何鸟语花香染指。

为了梨花不被风吹落，关上重重的门。深掩重门，字面上看上去，就是把院里一道一道门都锁上。重门：层层设门。晋代左思《蜀都赋》："华阙双邈，重门洞开。"也指宫门；南北朝诗人谢朓《观朝雨》诗："平明振衣坐，重门犹未开。"现实，只有皇宫和大户人家才有重重门扉，去过北京故宫参观的人就有体会。从天安门进去，接着就是午门，里面的太和殿、中和殿和保和殿也是层层设门，后宫里这样那样的宫更是一门套一门，大大小小不计其数。这么多门，不只是防盗，主要还是防止后宫春光外泄，皇帝一不小心戴了绿帽子。

其实，落夜锁门，是过去宫廷的一项制度。纳兰把客观事态注入主观意愿，是为了凸显守住一份深情的心态。掩住的不是那些朱红的大门，而是后宫里一颗坚贞的心。

宫女地位卑微，在宫廷中各有杂务，但是还有一种特殊的杂务，就是预备着皇帝的临幸。皇帝有一大堆的妃子，但喜欢尝鲜是人之常情，所以经常要换些宫女陪睡。程序是这样：太监端着摆放有大把宫女名字的牌子，毕恭毕敬地给皇帝，皇帝随便翻一块，翻谁是谁。被翻中牌子的宫女马上要停止当天的工作，香汤沐浴，梳妆打扮，等待临幸。

改变命运需要机会，这就是机会。于是，宫女们都想方设法省下那一点可怜的例银，贿赂太监，把自己的牌子放在前面，翻中的几率大。如果陪皇帝一晚怀孕的话，就会被升为嫔，光宗耀祖，指日可待。

史上著名女人慈禧太后就是一个成功的例子。当初，选进皇宫时，她只是一个预备妃子（贵人），别说跟皇帝睡觉，连见皇帝的机会都少。上面的嫔妃一大把，从年初排到年关也轮不上她。这女人颇有心计，有天下午，趁咸丰皇帝在后花园游玩的机会，她故意现身，在花丛边摆了几个妩媚的造型，惹出咸丰皇帝一身躁火，当场就"临幸"了她。后来，这个女人果然大富大贵，顺便把堂堂清朝弄得乌烟瘴气，奄奄一息。

纳兰很自信地肯定表妹跟那些处心积虑想上位的宫女不一样，相信她会像一只小鸟一样蜷曲在隐秘的角落，只等待自己的召唤。

"梦向金微山下去，才识路、又移军"，她恍恍惚惚梦见了自己找到在边关山下驻扎的心上人，刚刚弄清楚了心上人的位置，谁知道，军营又拔寨转移了，不知去向。结尾写得十分微妙，"才识路、又移军"不动声色地把一种无助、空落推进，具有质感。命运作弄，连梦也趁火打劫，不让一个梦圆满，以至于相思无所归依。

金微山：如今的阿尔泰山，位于新疆北部和蒙古西部。与纳兰去的辽西一带相隔十万八千里。这又是喻指：汉唐时代的边塞文化视野基本在西北部，当时的边塞诗歌吟咏对象也在那里，创造出来的名词和意象与西北息息相关。约定俗成，后世多用这些成熟的意象。

纳兰词里的边塞概念也是如此，没办法，不用这些，一些信息不好准确传递。比如，纳兰去的叶赫河，当时叫"夜黑河"，是满语音译。如果写成"梦向夜黑河下去"，准确是准确了，但汉语诗词里的边塞味也就丧失了。这样的音译，汉语文化冷不丁一时还真消化不了，更不用说写进汉语诗词里了。

回廊一寸相思地

银床淅沥青梧老，屧粉秋蛩扫。
采香行处蹙连钱，拾得翠翘何恨不能言。
回廊一寸相思地，落月成孤倚。
背灯和月就花阴，已是十年踪迹十年心。

——虞美人

银床：井栏的美称，也称辘轳架。在纳兰的词中，多次出现井绳、辘轳，这不是一个偶然现象。作为一个道具似的存在，这个物件出现的频率显然过高，已超出了单纯的景况描写。这口井在明珠府邸的后院，相对僻静，是约会的好地方。大户人家有钱，不像农村，在村西边挖一口井，一村人共用，而是自家挖口井用。有钱就是好办事，把井栏和井口整得漂亮些、精致些很正常，所以，名字也叫得漂亮。

这是一个有特殊意义的景致，时常闪现在纳兰的记忆深处。曾经，他在这口井旁，拥有过少年时代情窦初开的美妙瞬间，那没齿不忘的初恋的芬芳。

在扑朔迷离的历史镜像里，纳兰的初恋始终没有一个清晰的面貌。一方面恐怕是因为少年情事，没有媒妁之言、父母之命，并且没有成为事实，大家都忽略不计；另外一方面恐怕是讳莫如深。为什么讳莫如深呢？

许多清史专家们在汗牛充栋的清史里淘了大半辈子，也没有从康熙的宫妃里淘到纳兰的初恋情人，唯一与他有关联的惠妃叶赫那拉氏，是康熙皇帝的爱妃，而且，这个女人究竟是纳兰的姑姑或堂妹都说不清，反正这个女人是纳兰还没有出五服的族人。他们之间有没有发生恋情众说不一。但无论是谁，都不能与其他男人发生风花雪月的爱情故事。

悠悠万事，皇家的事最大，要是让皇帝哥哥知道自己某个宫女从前在家里就跟男人勾肩搭背或者亲了嘴儿，一怒之

下，把这个宫女乱棍打死，再抄了她娘家的事肯定做得出。还有，顺带抄了那个让皇帝哥哥戴了乌七八糟的绿帽子的男人的全家，也不是不可能。当年，诗仙李白为唐明皇的爱妃杨玉环写了三首诗：

其一：云想衣裳花想容，春风拂槛露华浓。若非群玉山头见，会向瑶台月下逢。

其二：一枝红艳露凝香，云雨巫山枉断肠。借问汉宫谁得似，可怜飞燕倚新妆。

其三：名花倾国两相欢，常得君王带笑看。解释春风无限恨，沉香亭北倚阑干。

诗里把杨玉环赞美得前无古人后无来者，杨贵妃读了心花怒放，不由多看了李白两眼，被唐明皇李隆基瞅见，顿时一肚子酸水就冒出来了。没多久，就找了借口，送了单程路费给李白，让他出了京城，浪迹天涯，有多远走多远。这只是多看了两眼，若是再有牵手、贴脸蛋那档子事，断然不是赶出京城这么便宜了。

纳兰的这段情事，若干年后，被清朝一个著名的无名人氏偷偷摸摸记在了笔记里。这个无名人氏以极其负责的态度提供了有案可查的事件：康熙皇帝的元配妻子仁孝皇后死后，纳兰还借做法事的机会，乔装打扮，冒充喇嘛进宫去看初恋情人。

仁孝皇后卒于康熙十三年（公元1674）。这年，纳兰二十岁，他写给那个神秘女子的凄美之词，许多都出于这个时候。这仅仅是巧合吗？更多的时候，正史比野史更不可靠，特别是涉及到皇家的事务。

还是让我们回到纳兰这首词来吧。词里有几个名词跟现代很陌生，这些只存活于故纸堆里的文字，如果不仔细校对，很容易让我们误入歧途。比如"银床"，估计现在有九成以上的中国人不知道原来是指井栏。

屧粉：屧，为鞋的衬底，这里借指那旧时恋人的足迹。清代，女鞋以香樟木为高底，鞋尖弯翘而起，呈反曲之势，鞋跟高

-207-

似棋子,这样可以让缠足显得更加纤小。有人闲着无事,就挖空心思搞技术革新,把高底掏空,底面雕出玲珑轻巧的镂空花纹,然后,在中空的鞋跟里放满香粉。穿上这样的鞋走动起来,香粉从鞋底的镂花中点点泄落,所经之处,一路留香,就会在地上留下花纹玲珑的足迹。

秋蛩:蟋蟀。连钱:连钱草,多年生草本,多生于路边、林间草地、溪边河畔等阴湿处。翠翘:女子头饰物,形状像青色小鸟。

弄明白了这些,再来读这首词,就好理解多了。

上片描述景色依然,伊人飘渺的情形。"银床淅沥青梧老,屧粉秋蛩扫",细雨淅淅沥沥,井栏依旧,梧桐树已经老去,你曾经的足迹被蟋蟀叫嚷的时光抹去了痕迹。在这里的梧桐树已经老去,我个人觉得,有自指的嫌疑。也可以这样理解,因为思念你,我的心已经和这棵梧桐树一样老去了。

在井栏、庭树、落叶之外,又添了虫鸣,使一幅深秋庭院清寂之景,如现眼前。你曾经走过那条小径,遗落下香粉洒成的莲花步印,以及你的衣香一缕,在小径的阴影里已经渐渐淡去。可是,在纳兰的心里,仍然是那么芬芳。

而今,"采香行处蹙连钱,拾得翠翘何恨不能言",青苔苍老,湿草萋萋,在草丛间偶然拾得你戴过的翠翘玉簪,胸中无限伤感却无可倾诉。

是什么恨不能言说?从此,隐隐透出此词,是写给青梅竹马的恋人。唯此,才有拾得翠翘不可言的压抑。

下片续承上片的词意。故地重游,独立于花阴月影之下,心潮起伏。曾经幽会的回廊空空荡荡,站在这里回想以前,心灰不已。"回廊一寸相思地,"化用李商隐《无题》诗句:"春心莫共花争发,一寸相思一寸灰。"表明思念如焚,肝肠寸断。就在灯火照不到的地方,和着月光醉在花阴

里，那花的香味依稀是那女子的香味吧。眼里所见，仍然是十年前的旧迹，胸口跳动的，仍是十年前的那颗心。

　　我把对你的记忆和情，永久封存，如同藏入花荫的女儿红，愈久愈醇厚。何事萧郎成陌路？我站这里，你还记得我吗？时光划破我的胸口，我依然对你思念如故，让你看清我十年踪迹十年如一的心。

　　十年，锦瑟年华，流年暗度一脉相思。浮生若梦，我爱者何去？爱我者何来？我可以锁住我的心，但却锁不住那对你的爱和因为想你而浮出心海的忧伤。

　　现在，我可以先告诉你，可是，命运的答案恐怕要等很久，等到问题都已经被淡忘。那时，回不回答，或者要回答些什么都不再重要。若是，若是你一定要知道。那么，请你慢慢追溯，在记忆里仔细地翻寻，在那些年少的夜里，有些什么，有些什么，曾袭入我们柔弱而敏感的心。那时，月色曾怎样清朗，如水般的澄明和洁净，照着井栏边的你和我！

　　如果愿意，请听我唱最后的离歌，无论忧郁，或者惆怅，我坠落的音符都会结成露珠，禅坐在回忆的叶脉上，静听花落！如果，如果可以，请今夜前来，和我相会，听我这首离歌。

寻常风月

算来好景只如斯,唯许有情知。
寻常风月,等闲谈笑,称意即相宜。
十年青鸟音尘断,往事不胜思。
一钩残月照,半帘飞絮,总是恼人时。

——少年游

十年之叹,是纳兰爱情词中一个明朗的讯号。十年,也许是他与初恋情人之间的一个期许。清朝有例:宫女入宫十年,如果没有转正(提升为嫔妃),可以由家人领出宫嫁人。无论这是封建王朝为解决资源闲置采取的一个良策,还是人性化管理举措,都是值得纳兰庆幸的。虽然生命里最美好的年华在深深的后宫里虚度,但毕竟还能够有一点期盼。表妹十五岁左右入宫,十年之后,二十五岁,依然年轻,最重要的是,可以厮守下半生。

人活着,得有希冀。纳兰一直期待着与表妹团聚,不惜耗费十年风华正茂的青春年华。这才是纳兰,那个至情至性的翩翩公子。在过去,又有哪个男子可以用自己十年的光阴去等待一个女子?又有几个男子,忍受着3650多个黑夜的孤独和煎熬,去一次次接近那遥不可及的人?

从这里,纳兰的痴,就清晰地呈现在我们眼前。这种痴,虽然有偏执的嫌疑,但丝毫不影响他在我心里的位置。他的情,一直是我眼里的光芒。因情而生的光芒,才是这个世界最为温暖和亮丽的温馨。可悲的不是在"一棵树上吊死",而是那些在心里还不知道自己能爱谁的态度。

对于纳兰的情感历程,约定俗成的大致轮廓是这样:纳兰少年时代有一个青梅竹马的恋人,这个恋人是他的表妹。她的名字叫雪梅,大概姓谢。后来,在封建家长、高干明珠的专横干涉下,表妹被送去选宫女,并且幸运地选上,一对

恋人由此被活生生地拆散。纳兰为此十分痛苦，一年后，家里为他选了一门亲事，娶了已故两广总督卢兴祖之女为妻。

是年卢氏年方十八，是一位知书达礼的大家闺秀，两人婚后的生活十分美满。可惜，上天作弄，结婚后的第三年，卢氏因病去世。自此，纳兰一直生活在怀念和自责当中，在悼亡的苦水里不能自拔。三年后，在他二十六岁那年，家里为他再娶了妻子官氏，但两人感情不合。纳兰三十岁时，经朋友顾贞观介绍，找了南方一个文艺女青年沈宛做情人，一年后，纳兰因突发疾病去世，应了"情深不寿"的宿命。

在这份情感履历中，我总觉得许多细节上有待商榷。悼亡事件是人们公认的，也是纳兰至情至性的完美表现。其中蕴含的凄伤、悱恻、痛惋之情呈现出刻骨铭心的质感，如同木刻的版画，入木三分地展示那种舍去复杂的修饰和矫情的情感凹度。但我坚持认为，与表妹的恋情是影响纳兰情感走向以及生命归宿的主导因素。因此，就悼亡词的质量来核定纳兰的情感比重，不见得很具权威意义。我觉得，悼亡是纳兰情感基因的一次裂变，因为妻子的去世使他更深刻体味到丧失的痛楚，更深切地渴望爱情。

悼亡之痛，真的痛过与表妹那段漫长的、隐秘的情感煎熬吗？长痛不如短痛，说的就是长痛对于人的折磨指数要高于短痛，甚至剧痛。

十年等待，十年的痛！渗入骨髓的凄凉。

"算来好景只如斯，唯许有情知"，经历漫长的十年等待，纳兰是不是渐渐趋于平静呢？或者说内敛？二十九岁的纳兰，已经真正成熟。在他的词里，渐渐消去了从前那种生涩和局促，显得自然而朴实，而且不再刻意使用典故，以弥补表达上词不达意的缺陷。

"算来"，清淡淡的一个词，没有神采飞扬，没有柔媚风情，没有斩钉截铁，就像一个人漫不经心地盘算明天按部就班的行程。仔细回味，却能感受到其中所蕴含的无奈和隐痛：想必人生就是如此,所谓良辰美景,只是一个心意罢了。只要你知道,你,才是我人生的美景,才是我的梦寐以求,才是我最初和最后的等待。

许多年以前,南唐那个曾经的忧郁天子李煜就有过这样的表情:"世事漫随流水,算来一梦浮生。"(《乌夜啼》)痛定思痛之后,一切似乎归于平静,喜乐和忧都不再写在脸上。李煜一身才情,精书法,善绘画,通音律,但做了专业不对口的南唐皇帝,实在委屈。他被宋太宗赵匡义软禁在汴京(河南开封)后,万般无奈,写出这样的词,表达对现实无常的深深无奈,对悲苦寂寥的妥协,感叹曾经的繁华胜景都随风入梦了无痕迹,恍惚虚幻,轻轻吐出心底最沉重的沧桑。

"寻常风月,等闲谈笑,称意即相宜",十分寻常的情事,没有石破天惊的一见钟情,没有曾经沧海的邂逅,没有百转千回的波澜。而平淡之中显见真情,简简单单的笑,明明白白的话,中意了,情人眼里出西施。不需要刻意的风花雪月,那种熟悉,那种亲近,那种耳鬓厮磨,那种青梅竹马,就是称意,称意了,这风月不再寻常,这谈笑不再等闲,风景再平常也是美景如斯。

"十年青鸟音尘断,往事不胜思。"青鸟:神话传说中为西王母取食、传信的神鸟。后代指信使或传递爱情的信使。十年没有伊人的音信,只有悠悠往事不堪回首。下片急起直转,前面的怡然之感顿时发生了变化。上片的淡定,实际上是为下片的感叹作铺垫,如一首曲子在缓慢的过门之后,节奏陡转,先抑后扬,对比之下,凸显主题的急迫。

十年音尘断,是一种夸张的说辞。事实上,纳兰与表妹在这十年当中有过接触。第一次是纳兰在表妹进宫的第二年就冒险乔装打扮成喇嘛,入宫去看她。当时,她在凭吊皇后的人群里肃然而立。檀香四起,佛号声声,纳兰远远地望着

她，相望而不能相亲。后来，纳兰到乾清门上班，在皇宫里有机会见到她，而且两人还有传递纸条、秘密约会的记录："昨夜个人曾有约，严城玉漏三更。"（《临江仙》）但那不是光明正大的相亲相爱，是"地下情"。所以，纳兰自己判定"十年音尘断"也不算严格的撒谎。诗词嘛，不能当数学来对待，要允许有水分。

近代国学导师级人物王国维老先生对纳兰词极为推崇，给予过不少权威评价，说他"以自然之眼观物，以自然之舌言情。真切如此"等等，有的话估计是说快了，未必经得起推敲，但他有意无意地把纳兰词与李后主词相提并论，我倒觉得老夫子到底学问高，眼光独到，对诗词的感觉就是不一样。从纳兰词风格的形成轨迹里可以看出，他后期的词作确有李后主的影子。写诗填词不仅需要语言上的修炼，还需要生活的磨炼。

李后主词珠圆玉润、浑然天成，几乎无懈可击，除了他的语感独到之外，跌宕、郁闷的身世遭遇对他的填词风格塑造不无关系。依此类推，随着纳兰的生活阅历推进，所见所闻所思自然与时俱进，而对于情感的执著与痴迷以及无奈，他与李后主有着惊人的相似。

李后主深爱大小周后两姐妹，大周后死后，他对小周后更是一往情深。宋太祖派大将曹彬攻克金陵后，李煜被俘到汴京软禁，封违命侯。宋太宗赵匡义即位后，垂涎小周后美色，多次强留小周后于宫中。每次小周后回去，都是哭哭啼啼，李煜痛苦万分，而又无可奈何。

古代画家绘有《熙陵幸小周后图》，明代著名文艺鉴赏家沈德符曾经看过这幅画，在《野获编》中记载自己的观感："宋人画《熙陵幸小周后图》，太宗戴幞头，面黔色而体肥，周后肢体纤弱，数宫人抱持之，周后作蹙额不胜之状。"

纳兰的表妹此时也是万般不情愿地被锁在康熙的后宫里，度日如年。于是，一样的残月，两处照人。"一钩残月照，半帘飞絮,总是恼人时",以景写意,是李后主的词韵,纳兰深得其味。

后来,一个叫徐志摩的抒情诗人说:"成容若君度过了一季比诗歌更诗意的生命,所有人都被他甩在橹声后面,以标准的凡夫俗子的姿态张望并羡慕着他。但谁又知道,天才的悲情反而羡慕每一个凡夫俗子的幸福。虽然他信手的一阕词就能弥漫过你我的一个世界,可以催漫天的烟火盛开,可以催漫山的荼蘼谢尽。"

绣被春寒今夜

深禁好春谁惜,薄暮瑶阶伫立。
别院管弦声,不分明。
又是梨花欲谢,绣被春寒今夜。
寂寞锁朱门,梦承恩。

——昭君怨

《昭君怨》本琴曲名。源于昭君出塞的传说:西汉美女王昭君十六岁入宫,由于她充满自信,没有用钱收买画工把自己画得更漂亮一些,直到二十一岁仍然默默无闻,没有机会被皇帝看中。那年,匈奴呼韩邪单于与哥哥郅支单于亲兄弟明算账,弟弟呼韩邪单于被打败,赶到长城脚下,为求援助,与西汉结好,请求和亲。王昭君无奈地被选中。临行前,她操琴弹奏一曲,怨气弥散宫殿。汉元帝头一次见了她的容貌,惊为天人,懊恼不已。第二天,就把为宫女画像的首席画家毛延寿拖出去砍了。

王昭君当时究竟有没有在大殿弹琴?弹得是不是怨气冲天?没办法考究,横竖这个词牌与她有关系。仔细想想,一个绝世美女好端端在皇宫里浪费了五年大好时光,生出那么一点怨气也是正常的。但那里面的悲哀,恐怕更多的是对青春蹉跎、生命无端虚度的叹息,未必就是没被皇帝宠幸的抱怨。后宫的水实在太浑,几千号美女围着一个男人转悠,个个花枝招展、容貌不凡,竞争上岗激烈,不使上些手段被皇帝看上,一辈子基本就在深宫吃吃睡睡,数数手指头,废了。

秦汉唐宋的宫女如此,大清帝国的宫女也是如此。纳兰中校(二等侍卫)站岗放哨的乾清门,是帝后寝宫以及嫔妃、皇子等居住生活区域,内廷后三宫(乾清宫、交泰殿、坤宁宫)的正门,遥遥相见宫女的忧怨面容,对此深表同情。更何况里面还有自己深爱的表妹。

词的上片以景造境。造境是古典诗词的基本写作方法。通过景况的烘托或渲染,使一种对应的心态和情态呈现出质感:宫禁森严的皇宫里,莺歌燕舞的美好春色又有谁去留意?"好春"两个字,一语双关,既是大好春色,也暗指红颜的宫女。寂寞的人儿伫立在石阶上,暮色苍茫,笼罩着她窈窕的身影。后宫里依稀传来管弦乐声,那是别家宫苑的欢乐,皇帝正在那里。偌大的皇宫里庭院深深,一片丝竹之声,把伊人内心的落寞和寂寥映照出来。

词至下片,发生了微妙的转折,时间跨度产生了变化。由傍晚进入了暗夜。纳兰对宫女的境况也从关切转到为她们抱怨。"又是梨花欲谢",是啊,又是梨花要谢的季节。春风一度,万紫千红里,梨花,始终是一段若无其事的独白。惊蛰以后,那料峭的花语,如何守身如玉,让百毒不侵?

梨花是形容女子容貌和美丽的专用词汇,唐代白居易的《长恨歌》中就用"一枝梨花春带雨"来形容杨贵妃的美貌。而梨花易谢,暗喻宫女的命运和青春也如梨花。另外,这里也有一种暗示,纳兰与表妹是在梨花正开的时候分离的。

"绣被春寒今夜"。今夜,薄薄的绣被耐不住料峭的春寒。绣被的贵气与春寒形成反差,暗示宫廷生活徒有其表,光鲜下面掩盖着的是无情的冷冽、寂寞。一个倒装句把宫女生活的寂寥、无奈叙述得凄婉缠绵。

红色的宫门紧锁,那把铜锁分明不是寒铜铸造,而是用寂寞造就。蜷曲在薄薄的绣被里,那亮丽的红颜只能梦想着皇帝召幸。

梦终究是空,越美好的梦醒来后就越是空虚。宫女在怅望、伫立和等待中慢慢苍老。年年苦恨又不断重复,在春寒料峭中,无望的宫女只能在梦里承受皇帝的恩泽。幻觉中的一点点安慰,无异于镜花水月,可悲可叹!

守在乾清宫门前的纳兰分明听见她们的灵魂在哭泣,那么悲戚,那么凉。此时,那天上的月亮,仿佛也在偷偷地为她们哭泣。早年一个女子唱过一首《月亮偷着哭》:"要怪就怪那一场大雪,让你迷了回来的路。爱叫人想得两眼模糊,我竟然不知你停在何处;要恨就恨那一次赌注,让我分享太多的苦。爱叫人盼得痛心刻骨,你何时回来我不停倒数。天上海上没有路,月亮在偷着哭,想要满足无从弥补,思念如风吹不散心头的孤独。天上海上没有路,月亮在偷着哭,想要飞渡不够技术,期待如酒醉不出梦中的幸福。"

春夜里的梨花即将凋谢,那是怎样惨淡的白?深深庭院里,有多少红颜在默数流年?她们默默地、默默地守候和煎熬,又是一夜落花迷径,冷风飘窗,孤灯寒被里是不尽的幽怨。这里,我觉得是纳兰对她表妹的怜惜。

此时,她对于纳兰来说,也是"爱叫人想得两眼模糊,我竟然不知你停在何处;要恨就恨那一次赌注,让我分享太多的苦。爱叫人盼得痛心刻骨,你何时回来我不停倒数。"

词的开头就揭示后宫美女充盈,无人珍惜而又处在层层设防、严密封闭的环境之中,宛如一座森严的堡垒。数以千计的丽姝淑媛只是花瓶一样的摆设,无人问津,只能寂寞地度过一生。然而宫墙关不住桃红柳绿的动人春色,压抑不住心底的躁动。

锦瑟年华。谁的掌心含着泪,谁的指尖透着冷凉?纳兰暗自叹息。夜色下的紫禁城看不到白日里的富丽堂皇、流光溢彩。一切都被寂寞笼罩,皇恩浩荡之下是无处不在的寂寞,以及那一颗颗心的空空如也。

城头的画鼓响了三通,子夜的紫禁城异常沉寂。年轻的纳兰目光如水,但比水更清澈透明,仿佛他眼内的世界,要比眼外的世界深邃得多,幽远得多。每个人都在心灵深处有一处花冢,埋藏那些隐秘而滂沱凄美的情感。这座花冢,被寂寞上了一道锁。

而那个被他日夜想念的表妹,是不是正在梦想着被皇帝看中,承受所谓的皇恩浩荡?

纳兰心灵的一道缝隙在慢慢撕开,他与表妹的恋情似乎出现了危机。之后,纳兰将面临怎样的悲痛呢?

此情已自成追忆

谢家庭院残更立,燕宿雕梁。
月度银墙,不辨花丛那辨香。
此情已自成追忆,零落鸳鸯。
雨歇微凉,十一年前梦一场。

——采桑子

经过十来年的怀念、咀嚼、等待,初恋情结到纳兰三十岁时,似乎已经终结。从十九岁分别至今,这份情感耗去了他太多的心血。太多太多的辛酸,太多太多的忧伤,一直压在他敏感的心口,让他无法真正去舒展自己的心灵,让自己轻松地生活。

船到岸了,许多演绎的故事戛然而止,一切都该降下帷幕,一切恍然如梦。康熙二十三年(公元1684年)春天,人到三十的纳兰突然感到一种从没有过的空洞。这一生来,他有过这样那样的奔波,这样那样的寂寞,这样那样的等待,但从没有过这样的疲惫,那种心被抽空的虚无。于是,他又来到恋人曾经住过的地方,进行最后的情感凭吊。

这首词毫无悬念,如果有什么扑朔迷离的感觉,那或者是一些只懂汉语而不懂诗词的人进行的掩饰。读古典诗词,也讲究心灵相通。就像古代巫术里的灵珠,没有慧根的人拿着是废物一块,有的人拿着,可以窥透前尘后世。

"谢家庭院残更立,燕宿雕梁",谢家、谢娘、谢桥,这是词中常用意象,是一种借喻,不是实指。如果有谁非要以此为据去推测纳兰的初恋情人姓谢,也没办法。已经过去三百多年的事了,谁也说不清。谢家,代指美人所居之处或泛指闺中女子。晋代"咏絮才女"谢道韫和中唐两度为宰相的李德裕的妾谢秋娘等皆有盛名,后人多以"谢家"、"谢娘"等代指美女或心爱的女子。

又来到旧时恋人曾经住过的庭院,一直站到天快亮了。华丽的雕梁上，燕子还在酣睡。夜阑人静的时候，却有人独立中庭。这很蹊跷。除非是心里有放不下的事或者焦心的遭遇，好端端的谁会一夜无眠呢？到底什么事让纳兰夜不能寐？"残更"就是五更，天快亮的时候。

追忆似水年华，最痛苦的爱情是两个路人变成情侣之后再走成陌路。

"月度银墙，不辨花丛那辨香。"月光照过粉白的墙，繁花如梦，满园芬芳，分不清哪一缕花香。银墙，粉白的围墙。这是在纳兰自家庭院。有人解读为，纳兰在思念情人，却反过来说是情人在思念着自己。这个独立庭院的人是他所爱的女子。听起来好像是那么回事。

写词之人展开想象的翅膀，去描绘一种情形，是古典诗词再也正常不过的手法了。不过，这样的识读根本经不起推敲。根据词里所写的"十一年前梦一场"来看，"十一年"是实写，是一个精确年份。如果是泛写，用"十年"读起来更顺溜。纳兰肯定不是为了凑字合辙而特别加一个"一"字。

纳兰写这首词是三十岁，往前推十一年，就是十九岁。十九岁他还没有迎娶卢氏，词里的女子应该不是卢氏。续妻官氏是他二十六岁娶的，更不应该是官氏。结识沈宛的时间更短，书信往来也不过是两三年的事。只有他十九岁那年选进宫的表妹，才符合词里的描写。好，现在我们认定了是叙述与表妹的那一段情感，如果是表妹长夜不眠，在庭院站立，那么，她应该是在宫里，而皇宫的墙壁是朱红的，这是常识。读古诗词，不能信口开河。

"不辨花丛那辨香"这句脱胎自唐代元稹的《杂忆》诗："寒轻夜浅绕回廊，不辨花丛暗辨香。忆得双文胧月下，小楼前后捉迷藏。"

元稹是晚唐最负盛名的风流才子。这家伙能让比他大十

岁的才女薛涛心如止水的心重新澎湃，与他上演了一出如火如荼的姐弟恋，可见他的魅力有多大。元稹不仅人长得帅，更要命的是诗写得出奇的好。构思精巧，用词平和而往往别出心裁。"曾经沧海难为水，除却巫山不是云。"这种鬼斧神工的诗句就是他发明的。这样的妙语连珠用来撩拨文学女青年，还不手到擒来？于是，他年轻时，就把自己的表妹给始乱终弃了。

这首诗中叫做"双文"的女子就是崔莺莺，是他姨妈家的闺女。那时，元稹还没有招干，她姨父死得早，家里早早败落，元稹就去帮她们。这首《杂忆》就是元稹回忆当初翻围墙与表妹约会的心动场景：那时候，天气略寒，夜色朦胧，回廊曲折，难以辨认花丛的位置，只能在花丛的芬芳之中暗中辨认恋人身上的香味，偷偷摸摸地找她。而双文姑娘在朦胧的回廊里故意躲藏，欲迎还却。

元稹在《西厢记》中这样写过："待月西厢下，迎风户半开。拂墙花影动，疑是玉人来。"我一直在想，如果按照著名的大诗人里尔克的说法：诗歌是经验，即经历和体验，那么，这首诗，一定是和《杂忆》一样，是曾经发生过的事情的一种提炼。这是真实发生过的事情，并不是元稹无端虚构而出的美丽诗篇。

元稹和自己的表妹崔莺莺私定了终身。但元稹考中之后，却另娶了高官的女儿——韦丛。后来，崔莺莺也另外嫁了人。有一次元稹经过她家的时候，想要见她，她写了一首诗回绝："自从销瘦减容光，万转千回懒下床。不为傍人羞不起，为郎憔悴却羞郎。"这首诗的题目叫《寄诗》（绝微之）。微之是元稹的字。这首诗的题目的意思是和元稹断绝来往。

元稹仍然百般纠缠，于是，她又另外写了一首《告绝诗》："弃置今何道，当时且自亲。还将旧时意，怜取眼前人。""还将旧时意，怜取眼前人"，这一句，如同一个重锤砸在元稹的心里。崔莺莺如此的决绝，才断绝了他再次纠缠的念头。其实，崔莺莺才是懂得怎样做人的女子，相对元稹来说，我更喜欢她一些。

纳兰化用元稹的成句，在我看来，是别有用意的。诗词写作过程，有一种心理暗示驱动，面对现实的境况，会不由自主地在前人的诗词表达中摘下相应的语词匹配。这才是化用前人句子的真实原因。元稹这首诗所表达的情感和背景在某方面与纳兰的现实情况有许多微妙的相似之处。和表妹曾经偷偷摸摸的恋情，还有分离。所以，他自然而然地想起了元稹的这句诗。但改动了一个字，一个"那"字，把表示此情此景改为过去式，追忆之情油然而生。

值得提醒的是，不要因为纳兰用了元稹的诗句，就把他与元稹等量齐观。当年，元稹写了《杂忆》诗不久，就与表妹双文分手去京城赶考去了，从此，两人分道扬镳。风流才子把这一段恋情当做人生的一次旖旎的经历，并且自鸣得意地写了自传性文字《莺莺传》，记录了自己的风流过程。他很潇洒，吃了，喝了，用了，嘴巴一抹走了，留下一个"常在花丛走，片叶不沾身"的洒脱背影，剩下崔姑娘独自收拾残局。

现在，时兴"不求天长地久，但求曾经拥有"。青年男女看得顺眼，就卿卿我我一阵子，腻了，拍拍手，分道扬镳。潇潇洒洒地去，正如潇潇洒洒地来，不带走一丝云彩。古代可不敢这样，纵然是飞扬跋扈的唐朝，男女之间的距离还是很讲究的。特别是女性，婚前偷情的后果很严重。她们在享受爱情的同时，还得咽下为此所酝酿的苦果。

古代婚姻的处女情结非常严肃，严肃得一丝不苟。如果你跟恋人最后成了亲，那还没什么，否则另外嫁人，就算你做得再巧妙，没有泄露半点风声，新婚之夜，没有那一团艳若桃花的血迹，你就惨了。除了被扫地出门，还一辈子抬不起头，这一生就算毁了。总而言之，双文姑娘这日子可想而知，过得很难。

同样是表妹，同样的情感经历，纳兰与元稹的态度截然

不同。一个是拍拍手,追求新的感情;一个是痴心不已,知难不言放弃。

然而,下面的转折让我不知所措。纳兰一直苦苦坚持的爱情为什么竟然成为了记忆,这是为什么?这是为什么?我的心底透出一股深深的悲凉。"此情已自成追忆",明白无误地传递出结束的意味。这一句是化自晚唐情歌王子李商隐的七律《锦瑟》:

锦瑟无端五十弦,一弦一柱思华年。
庄生晓梦迷蝴蝶,望帝春心托杜鹃。
沧海月明珠有泪,蓝田日暖玉生烟。
此情可待成追忆,只是当时已惘然。

李商隐这首诗因何而题,就与诗里所说的"无端"一样,无从说起。历代文人众说纷纭,吵吵闹闹一千多年了,最终还是没有定论。或者,正是因为这样,这首诗才更具魅力,成为经典中的经典。

锦瑟,是一种绘有锦文的瑟,二十五根弦。《周礼·乐器图》:"雅瑟二十三弦,颂瑟二十五弦,饰以宝玉者曰宝瑟,绘文如锦者曰锦瑟。"为什么在李商隐笔下竟然成了五十弦?这个问题让许多聪明绝顶的后人挠破了脑袋也没有想出个所以然。众多的解释都不尽人意。这是一桩文字悬案,这里就不蹚这浑水,绕过去了。如果有人对此确实耿耿于怀,想弄出个究竟,可以提供一条线索予以在一边去琢磨。《汉书·郊祀志上》记载:瑟在秦朝之前是五十根弦,有一天,秦始皇命著名宫廷女音乐家素女弹瑟。素女当时心情不好,玉指轻拨,一片愁云惨雾随心而出,老秦听了非常郁闷,一气之下,挥剑把瑟剖成两半,从此,瑟由五十根弦变为二十五根弦了。

现在,要讨论的重点是"此情可待成追忆"这句。李商隐一生多情,据说,他跟著名女道士宋华阳,恩师令狐楚之子令狐绹的美貌丫鬟,宫女姊妹花飞鸾、轻凤等都有过不清不白的关系,后来,娶了泾原节度使王茂元的女儿。王茂元的女儿,知书达理，而且人还长得非常美丽。生前与李商隐恩爱有加，所以，她死后，李商隐写了很多悼亡或和悼亡有关的诗。

或者是因为这些错综复杂的情感经历，导致这个风流才子的诗写得非常的晦涩。没办法啊，情感这东西很微妙，一念起，种种悱恻缠绵的回忆历历在目，骨鲠在喉，不吐不快。但许多事又不能说白了，以免造成人际纠纷。考虑到这些现实原因，李商隐很负责任地经常在诗里借用典故，李代桃僵，闪烁其词，写起朦胧诗来。

这首诗估计是李商隐几段情感经历的总结。当中使用的四个典故分别代表四段情路。"庄生晓梦迷蝴蝶"是指宋华阳。她是李商隐的爱情启蒙老师，他们之间乌七八糟的关系算得上李商隐的初恋吧。初恋是很让人怀念的！这是其一。其二，诗里的庄生、晓梦、蝴蝶，指的是庄子，他是道家的宗师。根据李商隐旁敲侧击的写作习惯，应该还是暗喻女道士宋华阳。"望帝春心托杜鹃"当是指宫女姊妹花飞鸾、轻凤了。望帝，是古代蜀国的皇帝杜宇，死后，他的灵魂变为一只杜鹃鸟。这里借当中的"帝"字，暗喻皇宫。以此类推，下面就不啰唆了。

李商隐诗里所表达的追忆情怀和叹惋正是纳兰当时的心境。往事如水，而今有什么比飘零的情恋更令人伤痛？一切都已经过去，留下的只有伤心和回忆。

有一段电影台词是这样说的："世界上最远的距离，不是生与死的距离，而是我站在你的面前，你却不知道我爱你；世界上最远的距离，不是你不知道我爱你，而是彼此相爱，却不能够在一起。"在这里，应该加上一句：世界上最远的距离，不是你不知道我爱你，而是你知道，但你已经不爱我了。

雨歇了，风吹来凉意，这样的凉从手指一直传进心底。十一年啊，十一年的坚持，十一年的等待，恍惚一场荒唐不

经的梦。此时，李后主仿佛是纳兰的前生。李后主说："世事漫随流水，算来一梦浮生。醉乡路稳宜频到，此外不堪行"，"往事已成空，还如一梦中"。

这样的悲叹，如今，能让我们看见什么？

人生若只如初见

人生若只如初见,何事秋风悲画扇。
等闲变却故人心,却道故人心易变!
骊山语罢清宵半,泪雨霖铃终不怨。
何如薄幸锦衣郎,比翼连枝当日愿!

——木兰花令·拟古决绝词

读到这首《木兰花令·拟古决绝词》时,我的心已经凉透了。词里流露出的强烈的悲痛和绝望让我的心一阵阵抽搐。这首拟古决绝词究竟是为谁而作,一直没有定论。有人说是纳兰写给当初的朋友姜宸英的绝交词。

《木兰花令》原为唐教坊曲,后来用为词牌。有不同体格,俱为双调。词题说这是一首拟古之作,《决绝词》本是古诗中的一种,是以女子的口吻控诉男子的薄情,从而表态与之决绝。如古词《白头吟》:"闻君有两意,故来相决绝。"煞有介事的解读说,纳兰与姜宸英交恶,他借用汉唐典故而抒发抱怨,并且词情哀怨凄惋,屈曲缠绵,让后世叹惋至深。

姜宸英,浙江慈溪人,诗词书画无所不能。因为屡考不中,不知不觉,成了老牌补习生。考试需要字迹工整,三年一届,考的次数多了,姜宸英不知不觉练就了一手漂亮的小楷,竟然成了清代帖学的代表人物。

由于老是考不上,五十多岁的姜宸英想走曲线就业的路子,跟比自己小二十七岁的纳兰混上了。试图靠上明珠这棵大树,谋个像模像样的差事。虽然,科考是做官的必然途径,但清初,政策有所放宽,时不时搞一次降低规格的"招干"考试。明珠身为一品高官,位高权重,推荐个把人没有太大的难度。

纳兰是家里的长子，又是正房所生，在家里有约定俗成的地位，说几句话，老爹还是会考虑的。跟纳兰混好了，是稳赚不亏的买卖。事实上，老姜与纳兰交好，受益匪浅。他经常得到纳兰的接济，还做了明珠家里的"挂牌"家庭老师，拿工资不怎么干活。那年，姜宸英的母亲去世，老姜回南方老家奔丧的路费和其他的盘缠都是纳兰给的。

可惜，老姜这个人一直不走运，渐渐养成了一股小家子气，自傲与自卑一样强大，身上书呆子的酸味冲天。有一次，纳兰边与姜宸英喝酒边苦口婆心地规劝说："我老爸待先生不薄，但没有大的帮助动作，为什么呢？是因为当中夹着安图这个仆人。他这个仆人不是一般的仆人，我老爸很器重他。以后啊，你不要由着自己的性子给人家脸色看，尽量跟他处好关系。这样的话，你想做官的事就好办了。先生年龄不小了，还是放下一点姿态吧！做人还是低调一点好！"

纳兰设身处地为姜宸英着想，这席掏心窝的话说得在情在理。谁知老姜听了，砸了酒杯，腾身而起，指着纳兰的鼻子骂了一通，之后，傲气凛然地搬出了纳兰府邸，与纳兰绝交。有专家说，纳兰的《木兰花令》就是在这种情况下写下的。"闺怨"是一种假托，无非是借失恋女子的口吻，谴责那负心的人。对号入座，姜宸英就是这个负心人。

老姜确实辜负了纳兰对他的一腔真诚。他老人家一生追名逐利，为求个一官半职，学到老，考到老，持之以恒，在七十岁的古稀之年，终于考中进士，进翰林院做了编修，成为国家后备干部。两年后，他因科场案牵连，于狱中饮药自尽。作为失败的典型，姜宸英实在成功。

尽管题目有"柬友"二字，但我觉得未必就是写给姜宸英的。纳兰宅心仁厚，心性高亮，更难得的是，他身上有着一般人所难以具备的命运境遇。他血管里流着蒙古族的奔放；生活于大清显贵家庭，却因饱读诗书，极度汉化，把圣贤书中高悬的种种

-227-

难臻的标准,作为为人行事的准绳;汉语诗词里的浪漫精神洗练了他的人格。他不会做这样小肚鸡肠的事。

一颗玉石,洁白似雪,并且温润如新,这就是谦谦君子纳兰。

我觉得,这是纳兰与表妹的爱情绝唱。

从字面上看,这是一首哀怨至极的情诗。那怀念,那悲伤,那无奈,毫不遮掩,仿佛杜鹃啼血,都是从心窝里面掏出来的血和泪。看似平铺直叙、不动声色的悲哀,那种对美好的短暂和无常的深深叹惋,真是悲凉。是无论如何也无从消解的彻骨悲哀。

"人生若只如初见,何事秋风悲画扇",人生如果一直像我们当初相识时那样,该多好。那时,你是那样的纯净、那样的清澈、那样的温婉,犹如一朵荷花,亭亭玉立,清纯可人。我们的情也是那样的清新、温润。可是,为什么会这样,为什么会像秋扇一样,用的时候就紧抓着不放,用不着了就弃之不理,相爱相知的人转眼间就成陌路?

从前,有一首打油诗是这样写的:"六月天气热,扇子借不得;若有人来借,等到秋后也。"夏季天气热,扇子是抢手货,显得弥足珍贵,到了秋后天气转凉,用不着了,也就不稀罕,随手扔一边去了。

汉代有一个才貌双全的极品女人班婕妤,是汉成帝的妃子,深得皇帝宠爱。后来,汉成帝见到赵飞燕,见她体轻如燕、倾国倾城,一双媚眼带着一种若即若离的勾魂之光,不禁神摇意夺,当即就带回宫里。于是,班美女渐渐受到冷落,她看到自己仿佛秋天被弃的扇子,写下了一首《怨歌行》:

"新裂齐纨素,皎洁如霜雪。

裁成合欢扇,团团似明月。

出入君怀袖,动摇微风发。

常恐秋节至,凉飙夺炎热。

弃捐箧笥中,恩情中道绝。"

用洁白的细绢剪裁的团扇,形如满月,皎洁如霜,天热时与主人形影相随。秋凉了,就被闲置箱子里。后人便以"秋凉团扇"作为女子失宠的典故。

那个在深深后宫哀怨的女人经过角色转换,变成了纳兰公子。十一年啊,多少个日日夜夜的苦苦思念和等待,耗尽了青春的灯油,结果,等来的是表妹绝然而去的背影。

康熙十七年(公元1678年),二十四岁的纳兰自号楞伽山人,立志锁着自己一颗春心,让心如止水。有人说是因为妻子卢氏去世,纳兰心灵遭受创伤,心灰意冷所致。楞伽,梵语,意译难往山、可畏山、险绝山。相传此山是佛陀宣讲楞伽经之处,系由种种宝性所成。山中有无量花园香树,微风吹拂,枝叶摇曳,百千妙香一时流布,百千妙音一时俱发。

诚然,纳兰的悼亡词凄清至极,尤见真切,有冷似鬼魅之声。但我不认为他对卢氏爱得刻骨铭心。在他与卢氏共同生活的三年里,他更多的时间是花在校刻《通志堂经解》、撰辑《渌水亭杂识》、复习功课、与顾贞观等人谈诗论词上面,并没有全心全意去与卢氏卿卿我我。

在他一百多首情爱词里,除了悼亡词外,几乎没有他与卢氏的恩爱写实。他对卢氏的悼亡更多的是性情上重情信义使然,或者是对死亡的恐惧、对没能好好对待卢氏的自责和对世事无常的抱怨。而真正让他自号楞伽山人的缘由,是他与表妹的爱情。这一年,纳兰刚刚进乾清宫当侍卫不久,与后宫的表妹有了联络,纳兰以此为名,向表妹表示自己将心如槁木,春风不度,恪守曾经的诺言,一心一意等待她。

在元配妻子卢氏去世后,作为明珠家的长子,纳兰责无旁贷地负有传宗接代的重要任务,他一直拖了三年,才在父母的压力下,续娶了官氏。但婚后两人的感情一直不好,对此,纳兰在词

-229-

里多有流露。

"等闲变却故人心,却道故人心易变!"如今轻易地变了心,却反而说情人间就是容易变心的。这两句十分紧凑,有一点绕,但意思明朗。在一心一意地痴情等待时,爱人变心了,却反过来责怪自己善变。

这当中有一个问题需要摆明。按照纳兰词的写作脉络和有关记载,这首词应该作于康熙二十三年(公元1684年),也就是纳兰等待入宫的表妹十一年之久的那年,纳兰三十岁。这之前,纳兰与南方的美女作家沈宛书信来往有两年了。不知,这算不算变心?在男人可以三妻四妾的古代,这是一个说不清道不明的问题。但在纳兰的内心世界里,他表妹无疑是最重的,重得不愿意她有半点瑕疵。

据李靖华《言官藉要》中记载:"某年某日,纳兰公子泛舟秦淮河上,召了几个歌伎随船伺候。泛舟中,一个歌伎对过往的另外一艘船里熟悉的某公子嫣然一笑,被纳兰公子看见了,当即一脚把这个歌伎踹到河里。"纳兰一生很少去南方,只是在三十岁那年去了两次,一次是九月底随康熙皇帝南巡,另外一次是之前的春末夏初时节,借故去南京看望通信交往了两年的笔友沈宛。而这次正是他伤心失望之时,这个歌女三心二意的轻佻情态惹出了他满怀怨气,才做出这样夸张的举动。

"骊山语罢清宵半,泪雨霖铃终不怨",这里是用了唐玄宗和杨贵妃的典故。安史之乱,安禄山的叛军一不小心破了潼关,直逼京城长安,唐玄宗带着杨贵妃仓皇逃离京城,往四川的路上,部队驻扎马嵬驿时,士兵哗乱,逼唐玄宗赐死了杨玉环。后来,晚唐诗人白居易写了《长恨歌》,描述并神化唐玄宗与杨贵妃的爱情故事,说七月七日长生夜,唐明皇和杨玉环在骊山华清宫长生殿里阴阳相见。杨贵妃犹如梨花带雨,无怨无悔地说:在天愿做比翼鸟,在地愿为连理

枝。

真的没有怨吗？杨贵妃在马嵬驿临死前，泪眼婆娑地对唐玄宗说："妾诚负国恩，死无恨矣。"一个堂堂的九五之尊，竟然眼睁睁地看着自己心爱的女人上吊自杀，还说什么天荒地老、比翼双飞？

"何如薄幸锦衣郎，比翼连枝当日愿"，薄情的人啊，山盟海誓依然声声在耳。当年的允诺、十余年的等待如一江春水默默流去，比翼双飞的愿望啊，到头来是一场空！

真正的深情是念念不忘，是雨打风吹也不飘摇，任时光的流水把生命越洗越薄，任江山老去，此情不移。

可惜，纳兰等待了十一年，没有等到表妹出宫，没有等来有情人终成眷属，等来的是表妹渐行渐远的背影⋯⋯

为什么到头来，一切恍如一梦？就像《红楼梦》里唱的："一个是水中月，一个是镜中花。"为什么会这样？为什么会这样呢？我一直在心里问自己。

三百多年的岁月尘封了一切。有两种可能导致了这样的悲剧：一是表妹习惯了宫里的生活，并且被皇帝宠幸，无法再出宫；其二，她想自己不再像梨花一样一尘不染、洁白无瑕，不愿意再用一具不洁的身体去玷污纳兰十年的等待，于是毅然转身⋯⋯

不管如何，这都是纳兰的心灵深处的朽烂，这都是他一生的落寞和凄凉。这也是他灵魂深处的悲痛和绝望。可是，我觉得，这个结局，也是他表妹雪梅内心深处，永远都无法抹去的悲痛。不知道为什么，在我的心里，始终觉得，他表妹雪梅仍然是爱着纳兰的。

在我看来，她离开纳兰，也许是想让纳兰更好和更幸福地生活。著名的作家张小娴说得好：爱是成全。说白一点，也就是让对方更好，更幸福地生活。也许，这只是我天真的想法，一相情愿的想法。

如果是这样,想一想,能怪什么呢?怪不得人情凉薄,也许只能怪,上天太作弄人,皇权太过至上,无法逾越。

通过对这首词的阅读,纳兰那满是泪水、无比憔悴的脸庞浮现在我的脑海,那一身风尘的背影,在时光的长河中越走越远。但他,带走了多少颗心灵对他的怜惜和懂得?又带走了多少为他感动的泪水?写到这里,我只是觉得无比地心凉。原来,世事,竟任我们的灵魂这么荒凉,这么荒凉。

十一年,纳兰把自己的心碎成一树梨花,守着月光般的皎洁。而他像那只蝴蝶,终于飞不过沧海。美梦醒来的时候,沧海依旧是沧海,蝴蝶依旧是蝴蝶,只是失去了心。心碎在了沧海的无垠中。十一年前,表妹入宫,纳兰悲痛欲绝,大病一场,险些丢了性命。这次的痛,已经渗透了他的生命,多少年了,他一直是依靠对表妹的爱和团圆的信念,在这个尘世落寞地行走。情散了,他的灵魂也空了,内心一片冰凉。一年后,纳兰的寒疾再次发作,纳兰带着孤独离开了这个让他一直眷恋的尘世。

多么绝望的爱,多么悲催的爱啊!

这就是宿命吗?